妈妈，我想为自己而活

MY MOTHER, MUNCHAUSEN'S AND ME

HELEN NAYLOR

［英］海伦·内勒 著 吴湘 译

北京联合出版公司

目录

序言 / 1

第一部
童年、青春期、我的母亲

我是个失败的女儿，我是个失败的人，

这是我人生的魔咒。

第一章 照片 / 3　　第二章 樟脑丸 / 6　　第三章 洗衣机 / 11

第四章 圣诞饮料 / 17　　第五章 镜子 / 23　　第六章 失眠症 / 29

第七章 稻草人 / 34　　第八章 失败 / 44　　第九章 惊鸿一瞥 / 49

第十章 断开锁链 / 56　　第十一章 逃离 / 60

第二部

痛苦的错位

我本以为，我们的亲密关系和其他母女没有差别。

我拥有一片片拼图，但它们被错乱地放在一起，而且盒子上的图片是错误的。

第十二章 蜜罐 / 67　　第十三章 破碎 / 72　　第十四章 肥胖 / 76

第十五章 筋疲力尽 / 78　　第十六章 一片片拼图 / 83

第十七章 第一次B超 / 90　　第十八章 细细的蓝线 / 94

第十九章 轻微帕金森氏症症状 / 99　　第二十章 婴儿床 / 103

第二十一章 散步 / 106

第三部

我想做个好妈妈

我想让孩子们感受到爱——对他们的一切全盘接受的爱，

深藏在他们生命的底色中——这是我从未感受过的。

第二十二章 洞穴 / 113　　第二十三章 牛仔裤 / 119

第二十四章 手提包 / 125　　第二十五章 茱莉亚 / 131

第二十六章 反映 / 136　　第二十七章 贝利的生日 / 139

第二十八章 转变 / 150　　第二十九章 平安夜 / 157

第三十章 沙滩上的印记 / 163　　第三十一章 名誉 / 168

第三十二章 鸿沟 / 173　　第三十三章 被迫害者 / 178

第四部

漫长的阵痛

我意识到，妈妈总把事情往更糟糕的方向夸大，

以获得更多的同情。

第三十四章 楼梯下的盒子 / 189　　第三十五章 界限 / 204

第三十六章 眩晕症 / 210　　第三十七章 自恋狂怒 / 219

第三十八章 养老公寓 / 224　　第三十九章 比赛 / 231

第四十章 新的开始 / 237　　第四十一章 最后一次 / 245

第四十二章 微波炉 / 255　　第四十三章 洗脑 / 264

第四十四章 煤气灯效应 / 271

第五部

迟来的觉醒

我对自己"美好"童年的信念，已经变成一种令人反感的嘲讽。

只有等到我睁眼看清时，才发现这一切都是那么显而易见。

第四十五章 护理院 / 283　　第四十六章 一个正常的圣诞 / 290

第四十七章 全面体检 / 295　　第四十八章 埃莉诺的预言 / 300

第四十九章 艰难的诊断 / 303　　第五十章 放手 / 307

第五十一章 电话 / 313　　第五十二章 葬礼 / 318

第五十三章 戒指 / 326　　第五十四章 日记 / 332

第五十五章 自恋型人格、孟乔森综合征和我 / 342

第五十六章 走出阴影 / 359

来自海伦的一封信 / 363　　致谢 / 365

导读：她是我妈妈，那又怎么样？ / 366

序 言

我原本是爱我母亲的。

言下之意，现在我已不再爱她——这种说法骇人听闻而又违背伦常。但我们的关系完全不正常。

我曾全心钦佩她，她就是我心中女性的楷模。在我眼中，她美丽、善良、完美，我们亲密无间。等长大一些，朋友们会嘲笑我："你每天都跟她聊天吗？"好像我和妈妈亲密得有些诡异。整个童年，都是我在照料她。由于她的残疾，我们如同共生一样绑定在一起。

大众有一种思维定式：母亲都是好人。她们都慈爱体贴，天生的母性光辉让她们温柔善良、富有同情心。一个母亲的任何不当举动，都可以被解读为"心是好的，就是做法欠妥"，因为母亲永远爱孩子，永远为孩子倾尽所有。母亲就是好人。

但，我母亲不是。

她为自己打造的形象，是一位慈爱的家长、真诚的朋友和脆弱的被迫害者，但这并非事实。我母亲装病三十年，她伪装出来的残疾禁锢了我的家庭，偷走了我的童年。她用"身体抱恙"操纵着我，迫使我牺牲和妥协，就因为我爱她，不得不屈从。我的一切身份认知和成长经历，都建立在一个基础事实之上：我的父母都身有残疾。而这根本就是一个谎言。

我以为自己所拥有的母亲，其实只存在于我的幻想中。我根本不了解真实的她，而人是无法去爱一个存在于幻想中的"幽灵"的。虽然我已经不再爱我妈妈，但我不恨她，也不是无动于衷。更确切地说，她被困在我内心的真空中，冰封在我麻木的头脑中，我能做的只有置之不理。我依然想念她——当然不是真正的她——我想念的，是我以为自己拥有的妈妈，那个爱我的妈妈。

甚至，我的思想和记忆都被我妈妈提供的"真相"给扭曲了。比如说我最初的记忆：三岁时，我和我最好的朋友凯莉丝坐在我家的楼梯上。夏天里，楼梯是我们能找到的最凉爽的地方，所以我们坐在楼梯顶上，身穿短裤和T恤，倚着墙吃糖。糖融化在糖纸上，我们费了很大劲想把糖撕下来，弄得手指上全是黏糊糊的糖浆。最后我们放弃了，干脆把糖连着包装纸整个吃下去。这一整段回忆洋溢着幸福和快乐。

问题在于，这段记忆其实发生在我真正有最初记忆的大约一年之后。我记得我站在朋友家的椅子上，假装用一把蓝色的玩具大刷子刷墙。我还记得我摔了下来，胳膊着地，被送进了医院。这段回忆黑暗得多——一个小姑娘被她最信任的双亲虐待。我以为这件事发生在我四岁的时候，因为妈妈告诉我这件事发生的时间，比它实际发生的时间晚得多。她在很长一段时间里不断地复述它，以此操纵我的记忆，所以我无从得知真相。就如同她的整个人生，也是一个精心编织的谎言。

如果不是因为她的日记，我可能永远都不会了解到真相，关于这段记忆或我整个童年的真相。在五十五年的时间里，我妈妈每天都会记录她的日常生活，从她十二岁（二十世纪六十年代）直至她去世之前。对别人来说，读父母的日记，可能是一种笑中带泪的体验；对历史学家而言，这会是一部精彩的社会史；但对我来说是另一回事。读了母亲的日记，我才能进行心理剖析，发现"幽灵"到底是何人。同时，随着我越清楚地认识我的母亲，我就越深入地了解自己。

第一部
童年、青春期、我的母亲

我是个失败的女儿，我是个失败的人，

这是我人生的魔咒。

第一章

照片

尽管已经过去了三十年，我依然能清晰地回忆起我外公外婆家的房子——那是一栋黑白相间的半独栋小楼，就像我儿时的家一样，深深铭刻在记忆中。那扇肃穆的黑漆大门，正对繁华街区。时至今日，我仿佛还能感受到那厚厚的奢华地毯的触感，我的脚趾陷在柔软的焦糖色长绒里，看着外婆站在厨房门口，腰系围裙，脚踩粉色拖鞋。她腰身并不纤细，但十分温暖，很适合依偎。而且，她常常偷塞给我一块块掰得整整齐齐的巧克力。她背后的厨房橱柜上，有一张画着小猪的海报，图上的文字总是引人大笑。但是我不识字，所以没能明白笑点。

外公的花园里种满了西红柿和金贵的西葫芦，花园上方紧临铁轨，火车呼啸而过，引擎轰鸣，犹如令人安心的背景音。外公个头很高，总是穿得很体面。我最清晰的记忆是坐在他的大腿上，他总抱怨自己的腿痒，却在我的膝上轻轻地挠。

有时妈妈会给我讲她童年的故事，比如遭遇洪水的经历。她告诉我，连日的暴雨淹没了街道，独木舟成了唯一的交通工具。洪水不断上涨，房子全都泡了水。外祖父母、妈妈和小姨没办法，只能跑到楼上去避难。外公那次是回去拿什么来着？不管是什么，反正他不但没有找到，而且被洪水给困住了。他在厨房里苦苦挣扎，奔涌的洪水差点把他给冲走。这时，小姨挺身而出——这位勇敢的少女跳进洪水中，把外公从齐腰深的、肮脏浑浊的洪流中拽了出来，一直把他拽上楼才算安全。他们四个人眼睁睁看着洪水不断上涨，几乎要淹没楼梯顶，大家都发愁了，想着如何才能到屋顶上去避一避。幸好洪水渐渐退了，从一级一级的台阶缓缓退下去，留下一地狼藉。妈妈告诉我，正是我爸爸在这场洪灾后帮助他们家修整重建，她才开始和爸爸恋爱的。

我很喜欢和外公外婆待在一起，同时我也总觉得很孤独。我作为大人世界里唯一的孩子，没有兄弟姐妹，就如同一种诅咒一般。我经常蹑手蹑脚地爬到楼上，偷偷潜入卧室，楼下起居室里传来大人低沉的嗡嗡声。我最喜欢的房间是那个小小的前厅，那里贴着亮闪闪的蓝绿色壁纸，就像孔雀的羽毛，上面还画着很多五颜六色的仙女。我经常凑近观察这些长着翅膀的、小小的仙女，希望她们能从画纸中跃然而出，和我一起玩儿。

我还记得曾在楼梯顶上驻足观望，并且第一次看到相框里的那幅全家福，摇摇欲坠地挂在栏杆上，是在我出生之前拍摄的，已经微微泛黄了。外祖父母站在照片中间，小姨站在一边，我的父母站在另一边。爸爸艾伦是照片上最矮的人，只有五英尺五英寸[1]高，比妈妈要矮上一截。他的长相很像演员伊安·希斯洛普，但他戴着副眼镜。上了年纪之后，他双颊下垂、大腹便便，显得脸更圆了。但是这

---

[1] 约合 1.65 米。

张照片里他还很年轻,身材适中,头发浅棕微卷,脸上的笑容无比灿烂——这是他很少显露出的开心。

我的妈妈埃莉诺几乎像外公一样高,而且因为身材苗条,她在全家福里显得格外出挑。她的面容让我想起年轻时的玛格丽特·撒切尔,她们都有同样的高鼻、鬈发和细长的眼睛——尽管妈妈的眼睛藏在金边眼镜的后面。与撒切尔夫人不同的是,她从来不穿"女强人套装"[1]或是高跟鞋。她只爱涤纶材质,裙子都是从玛莎百货买来的经典款式。她的肩膀耷拉着,一副听天由命的样子,脚上穿着平底圆头的浅口鞋。照片中,爸爸用胳膊搂着她,两人脸上的笑容一样灿烂。

我细细地看着照片,心里想着,没有我,这个家庭看上去已经很完整了,我的存在甚至有点格格不入。我不禁怀疑自己是不是被领养的。这对一个小姑娘来说,真是一个很大的命题了。当然,我确实是我父母的亲生女儿,因为我继承了他们的容貌和一双目光锐利的蓝眼睛。尽管我才四岁,我还是感受到了自己的特殊之处——在我的小家庭中,我是一个不受欢迎的局外人。我想不起来,为什么我会有这样的感受,只是记得那时的我已经很不快乐了。

---

[1] Power suit,一般指廓形、垫肩或大翻领的西服套装。——译者注(本文如无特殊标注,均为译者注)

第二章

樟脑丸

我的家乡在历史上曾经很著名，有许多关于城堡、中世纪国王和十七世纪"内战"要塞的故事传说。但是在八十年代我出生之前，它已经变成了英格兰中部地区一个自给自足的小镇。这里没有四通八达的交通，因此得以保留很多独立小店和简陋的基础设施。此地既没有足够的资源来拓宽年轻人的眼界，也无法阻止他们感到失望。它就是一个美丽却闭塞的偏僻小镇。

我们的房子在小镇的主干道上，刷着嫩黄色的墙漆，与其他干净整洁的白色联排房屋有些格格不入。据我妈妈和爸爸说，他们曾经的生活范围远不止我们的房子，他们会骑车去银行上班，周末则去划船。但是他们描述的种种，我并没有什么记忆，因为在我七岁那一年，一切都改变了。我的父母在这一年双双变成了残疾人，恰巧与他们被裁员是同一时间。

虽然我知道爸爸有很严重的心脏和肺部疾病，但妈妈的残疾对我们生活的影响才是最大的。爸爸可能患有肺气肿，这是因为他的烟龄足有四十年，属于咎由自取，后来，他还确诊了心肌病，不过妈妈觉得这是遗传疾病，并没有什么重要的。但妈妈的肌痛性脑脊髓炎[1]和慢性疲劳综合征[2]非常诡异，难以捉摸。关于她病症的起源，有各种奇异的说法，她最常用的一种解释是，有了我之后，她有一次得流感的时候过度用药。有时她又会说，是由于她在衣橱里放了樟脑丸引起的，或者说这是她产后抑郁（从未确诊）的后遗症。这些不同版本的故事，只有她熟识的老朋友不在场时，她才会提及。妈妈痴迷于她的这种病，把所有的时间都花在研究、谈论病情和参加肌痛性脑脊髓炎小组活动上。我觉得，这个病才是她的掌上珍宝。

自从得了这个病，妈妈就再也不做饭、打扫卫生了，而且她也不送我去上学，甚至连楼下的小商店都不去了。她每天下午都在休息，这就意味着她白天不会出门，家里也几乎无人拜访。

自从我外祖父母去世以后，妈妈的家史又出现了新版本。妈妈以前告诉我的故事，是外婆和外公都出生于威尔士的矿工家庭，机缘巧合，得益于一位狄更斯式"贵人"的帮助，将外公从贫困中解救出来，并得以进入私立学校。他成了家里的天才，并且在其后拥有了一家药店，这简直是活生生的"白手起家"范例。

现在，妈妈又给这个故事增加了一条黑暗的线索。外婆是一名疑病症[3]患者，她在一次甲状腺手术中意外落下了病根，总是莫名担心自己的健康状况。外公是一个工作狂，他不是在药店，就是在外面

---

[1] Myalgic Encephalomyelitis，简称 ME。
[2] Chronic Fatigue Syndrome，简称 CFS，与 ME 一样，都被世界卫生组织归类为神经系统疾病。主要症状为存在六个月以上、导致日常生活能力受损的疲劳；存在认知功能障碍、全身疼痛和/或睡眠不解乏而无法恢复正常功能等。
[3] Hypochondriac，指患者担心或相信自己患有一种或多种严重疾病，并且反复就医。尽管经反复医学检查显示阴性以及医生给予没有相应疾病的医学解释，也不能打消病人的顾虑，常伴有焦虑或抑郁。

交际，老是缺席家庭生活。外公外婆关系紧张，总是大吵大闹，这种时候，母亲只能蜷缩在楼上。我的小姨是家里比较受宠的孩子，父母总是迁就她，纵容她欺负性格沉静的姐姐。对妈妈来说，她的童年充满了艰难苦痛。

外祖父母去世以后，我们家就和小姨断绝了联系，妈妈说她是被迫与她妹妹断联的，完全是出于保护我们。她把小姨描绘成一个非常可怕的危险人物，尽管她从来没有给我讲过任何相关细节，当时我还太小，只是单纯地相信妈妈说的一切。

即使是依然和我们家有联系的朋友和亲戚，我们也始终与他们保持距离。他们每年的来访，就像是对我们与世隔绝生活的入侵。那时我不明白这样是不正常的：圣诞节跟亲戚通电话时，你不得不向他们描述你是谁；你要拼命说明自己的身份，否则他们根本认不出你。

我们三个人每天过着一成不变的日子。每天午饭后，爸爸会去酒吧，妈妈会上床休息，而在我的整个童年中，每个周末和假期的下午，我都只能自己找事儿做来打发时间。直到我自己为人父母，我才意识到这是不正常的。而在此之前我都从未质疑过，为什么我的父母会让一个刚上小学的孩子处于无人看护的状态，没有任何娱乐，也完全无视我的安全。那时候我没有想到，这就叫"照料缺失"。

记得有一天，我躺在沙发上，耳畔一片寂静，夏日午后的酷暑让房间变得潮湿闷热。我已经在花园里玩了一会儿，转着圈圈跳舞，轻轻哼唱脑海里响起的旋律。当天气变得太热，我会走进房间，找些纸，写一个故事，讲述一个像我一样的十岁女孩爬进阁楼，却进入了另一个世界。有时我可能会拿出桌游——只和父母玩过一次，然后就被放在柜子里——自己制定出一套规则，这样我就可以独自玩了。就在那一天，我茫然地盯着电视屏幕，声音太小了，我不得不根据他们的口型来判断他们在说什么，竭力找到些我想看的东西。

在我独自度过的下午时光里，时间像真空般不复存在。它是一片漫长的空旷，如同一片沙漠。我渴望爸爸回家、妈妈起床，或者有人——不论是谁都可以——带我出去晒晒太阳。有几个下午，爸爸没有去酒吧，而是带我去花园中心看宠物，这对我来说，简直是久旱逢甘霖。我们在洒满阳光的温暖房间里各自喝了一杯——他喝了杯咖啡，我喝了杯可乐——而且，两次他都给我买了书。我们大多数时间都是在一起静静待着，这就像我孤独沙漠中的一片绿洲。

然而，大多数日子都充斥着沉默和孤独。即使我们去度假，情况也一样：妈妈在房间里休息，爸爸坐在吧台，我只能在走廊上闲逛，或者透过酒店大堂的窗户，凝视阳光下波光粼粼、遥不可及的大海。

我从沙发上轻手轻脚地起身，把客厅的门打开到一个正好的角度，够我侧身而过，又不会发出吱呀声。走廊很冷，长方形的花纹玻璃在绿色的涡纹地毯上，倒映出一条中国龙。冬天里，天黑得更早，我会在那里等着，看怪物会不会向我扑来。而夏天里，整个下午房子都阳光明媚的时候，我更不容易害怕——比我不得不在黑暗中摸索，又不想开灯浪费电的时候好得多。

我知道如何爬楼梯能不发出声音，这套动作已经镌刻在我的肌肉记忆中。跨过前两级台阶，保持靠右，跨过第六级台阶，再转而向左。我丝毫没有犹豫——左、右、左、中——以免发出那些吱吱作响的声音。我在楼梯顶停了下来，耳朵竖得尖尖的，想听听妈妈有没有在床上翻身。如果悄无声息就代表成功了，我便会为自己的"忍术"沾沾自喜。

我走进房间，一直按住门把手，直到门关好才缓缓松开，这样它就只会发出轻轻的咔嗒声。我坐在床上，凝视着窗外的花园。对面街道有一棵大橡树，浓绿饱满，遮住了远处的路。它是我熟悉、可靠的伙伴，很快它就会悄悄变换模样，叶子会变红、落下；到了冬天，车灯会透过稀疏的树枝，在我的墙上投下阴影。

我打开橱柜，拿出玩偶，把它们放在地板上玩，脑海中想象着它们在说话。看看时钟，我至少还需要保持沉默一个小时，但我现在已经习惯了。我甚至可以无声地哭泣。我很擅长隐藏自己，也许再过不久，我就能完全隐形了。

第三章

洗衣机

凯莉丝是一个勇敢的冒险家,她不断开拓各种可能性和新领域。她的头发是狂野的黑玛瑙色,一双锐利的深色眸子。她有我从未拥有过的自由,她是我想要成为的一切。从很小的时候开始,她就是我最好的朋友。到我十岁这年,我们已经非常了解彼此,总能想到一块儿去。只要不是独自待着,我都是和凯莉丝在一起,在我家里度过一个个完全没有大人照看的下午。

构建"密室"就像是我们的职业,我们是丛林中的野外生存专家,是宇宙中的问题解决者,是我们自己梦想的建筑师。通常我们会在卧室里构建密室,但妈妈休息时需要绝对的安静,所以那天我们在大厅里构建。我家楼下的房间围成了一个圈,我们就在楼梯和厨房的一扇门之间构建密室。用晾衣夹把床单夹到一起,在地板上铺上枕头,这是一项很困难的工作,也是我们在密室构建生涯中最严峻的挑战之一,最终还是做到了。我们蜷缩在临时帐篷里,鬼鬼祟祟地抱在一起吃甜食。

"这段对话是怎么开头的来着?"我问。

"猫……隔壁……我的外祖父母……"

"下个星期!"我把羽绒被拽到自己身边。

"对了,我的表兄弟们。"

"很久没有见过他们了。"

"是呀,他们——"

响亮的砰砰声实实在在地响起,把凯莉丝的话堵在了嘴里。我们注视着对方,竖起耳朵听着动静。那是踢后门的声音,是有人闯进厨房的声音。好一会儿我们都一动不动,不敢发出声音。凯莉丝开口了,她的声音好像被卡在了喉咙里。

"那是什么?"

"嘘!"我低声说,"小偷。"

凯莉丝用她棕色的眼睛盯着我,完全不相信我说的话。但接下来的"哐啷"声让她跳了起来。

"我们该怎么办?"她的声音像我一样低。

"去找个东西打坏人,"我低声说,"拿棒球棍来。"

"棒球棍?"她问道,耸了耸肩。

"好吧,还是拿把伞吧。"

我们踮起脚走进客厅,靠在门边检查入侵者在哪里。我的心怦怦直跳,无法直视前方。我把雨伞紧紧地抓在手里,蹑手蹑脚地走向厨房。每走一步,关于我们可以打败或智取成年人的信心都会减弱一点,但我知道我不能打扰妈妈。我甚至都没想过去找她帮忙。我们走进空荡荡的厨房,我把雨伞放在身体旁边。

"这里没人。"

凯莉丝仍然高高举着雨伞,躲在角落里。我茫然地扫视着厨房的小小空间。

"洗衣机！"她指着升腾的烟雾。

"妈妈！"我大喊一声，雨伞掉在了地上，但是没有回应。"妈妈！"我更大声地喊道，穿过客厅，脚步重重地踏在楼梯上。"妈妈！"

我走进她的房间，她正坐在床上看杂志，一头鬈发乱糟糟的，衣服皱巴巴的，就是她通常午睡醒来的样子。我大口喘着粗气，她给了我一个责怪的眼神，好像我在用愚蠢的游戏打扰她。

"洗衣机着火了！冒烟了，还发出奇怪的声音……"

"把洗衣机关掉！"她大喊，"关掉！"

妈妈掀开被子。我转过身跑下楼梯，对凯莉丝大喊。那时我并不觉得奇怪，她让一个孩子——甚至不是她自己的孩子——留在房间里，近距离接触着火的电器。而那时我只觉得，一定要对妈妈负责。

我冲进厨房，跑到凯莉丝身边。我们在不停晃动的白色洗衣机上寻找正确的按钮，因为房间依然充满烟雾，我们只能用手指寻找着面板上一个个搞不清用途的标识。我们俩都没有用过洗衣机，根本不知道该怎么做。

妈妈费了好大劲才进了厨房门，搞出不小的动静。她不是跟着我穿过客厅，而是从我们的密室里横穿了过去，弄得晾衣夹和床单散落一地。

"不在那里。是墙上的插头！"她大喊着，把我们推开。

她拔掉插头，洗衣机就停下来了。对于如此戏剧性的时刻来说，这个动作有点太简单了。呛人的烟雾刺痛了我的眼睛。

"行了，"妈妈冲我们转过身，挥手赶我们走，"你们可以去玩了。"

肾上腺素在我的血管中突突直跳,搞得我又想哭又想笑。

"我们还以为是小偷呢!"我说,难闻的烟雾刺激着我的喉咙。

妈妈甩开我走了。

我们把雨伞拖回大厅,查看密室的损坏情况。它被完全摧毁了,成了一堆废墟,再也不是我们建造的安全舒适的小窝。我死死盯着它,脑子里嗡嗡作响。如果真的有人闯入会发生什么?我刚才呼救的时候,妈妈没有来——第一次呼救她没有来,第二次也没来,第三次还没来。

凯莉丝的妈妈来接她时,我们正在客厅里。她妈妈叫琳恩,个头娇小,具有非常明显的威尔士气质,就像我的一位姨妈或姑姑。她待人热情有趣,与我妈妈截然不同,但她们是好朋友。凯莉丝和我曾经开玩笑说,我们就算让妈妈们在一起待一个星期,她们也能一直聊个不停。我们早就知道"马上告辞"这类话是毫无意义的。

"我学会了画神勇小白鼠[1]。"凯莉丝说。我们双手插兜,站着等待妈妈们。

"我不信,"我说,"画给我看看?"

妈妈们站在沙发边上聊天。我偷偷潜到沙发后面,在黑暗中翻着一堆文具。我在一盒盒的笔中搜寻着,远处的谈话声从我头顶飘过,就像收音机的杂音。

"医生说很严重。"妈妈说,我的耳朵刺痛了一下,放慢了手上搜寻的动作,听妈妈继续道,"艾伦的母亲可能也有同样的毛病,她去世得很早,而且非常突然。"

1　Danger Mouse,英国动画片中的角色。

我知道这个故事。在我出生之前很久,有一次爷爷生病了,奶奶帮他打电话叫医生,当她给医生开门时,她摔倒在地毯上,当即死去。谁都没有心理准备,也不知道她的死因,但我明白,有时就是这样,人就这样从这个世界上消失了。

"很显然,"妈妈的声音颤抖着,"他随时可能死去。"

我慢慢地站起来,心跳加速,妈妈朝我展露出一丝笑容。有那么一瞬,当我们的目光交接时——我的心几乎停止了跳动——我明白,她是因为我偷听到了这些而感到激动。

"怎么啦?"她微微耸肩,问道。

我等待着,期待她接着说下去,但她只是再次耸耸肩,就不理我了。我又没入阴影中,心怦怦地跳个没完。医生说爸爸随时可能死去。爸爸做着家里所有的工作,他要照顾妈妈,要让我们一家能好好生活。万一爸爸不在了——或者说"等爸爸不在了"?——我将不得不取代他来照顾妈妈,因为没有其他人可以帮助我们。我近乎本能地想到,我将不得不放弃离家上大学的梦想。所有的责任都将由我承担,也许我甚至不得不辍学来照顾她。

"找到了吗?"凯莉丝蹲下身问我。

"哦,有了,"我把纸和笔递给她,"来吧,让我们拭目以待。"

我假装全神贯注地看着凯莉丝临摹出一幅完美的卡通画,其实我大脑中充斥着恐慌。我已经制订好了计划,确保在爸爸死的时候,我能够做好准备,因为这事可能发生在任何一天、任何时间。重担仿佛完全被我扛下来,父母的责任全落在我弱小的肩膀上。我必须准备好掌控全局,因为如果我不这样做,将会方寸大乱。这只是短短的一瞬,我本应将它抛到脑后——但就是这一闪念,永远改变了我。从那天起，十岁的我就知道，照顾母亲的责任完全在我身上了。

埃莉诺的日记

1993年8月1日

　　凯莉丝过来了；艾伦出去了，我在休息，她们在玩；洗衣机着火了，海伦和凯莉丝勇敢面对黑烟。艾伦回家了，但已经没事儿了。他把洗衣机拆开，把衣服都拿出来——搞定了。

*

第四章

圣诞饮料

"他们来了。"妈妈宣布,从沙发上跳起来冲到门口。

窗前摆着圣诞树,上面挂着各种颜色和材质的装饰品,有传统的也有现代的。与之相映成趣的是同样"出位"的客厅:各种风格的家具、随意拼铺的壁炉和带纹理的奶油色壁纸。妈妈准备了小吃,爸爸在鸡尾酒柜里摆好了酒瓶,我们也都穿着盛装,准备迎客。妈妈穿着一件酒红色的连衣裙,装饰以蕾丝领子和垫肩;爸爸穿着比平时稍微好一点的衬衫和休闲裤;我的行头则是从"塔米女孩"童装店买的格子长裤,头戴一顶同款格子礼帽。我觉得自己很有成熟范儿,看上去简直像是十四岁,而不像只有十二岁。"生日快乐。"

"谢谢你,"朱迪说着,脱下外套递给妈妈,"哇,你又长大了,海伦。"

"你好啊,朱迪,"爸爸说,"上一次见你是啥时候来着……"

"去年这个时候。"

"想喝点什么?"

我坐在靠窗的椅子上——那把每年只在平安夜用的椅子——下

意识地盘起双腿，欣赏我的新裤子。我喜欢与朱迪和保罗一起，度过这些特别的夜晚。在我生活外缘的"婶婶"和"叔叔"中，我超级喜欢他俩，因为总也没机会见到。自从祖父母去世，我们就很少再见到其他亲戚了。妈妈和她的妹妹（我的小姨）疏远了，因为（据妈妈说）小姨欺负她。偶尔联络一下，每年不定期地探访几次，就是我们与那些依然有联系的亲戚的全部往来。同样，在我小时候，我们家也不怎么跟朋友联系，每年只有寥寥几次聚会。在与密友的夜间电话里，妈妈游刃有余地运营着她的亲密关系。在一次次的长时间通话中，叙事节奏被她牢牢掌控。我被困在她所说的"真相"中，没有其他任何成年人干预。爸爸和我并不亲密，可能是他自己想要如此，也许是妈妈的意图。别的大人（比如说朋友或亲戚）看到的，也只是妈妈陈述的表象。没有人来反驳她，对我来说，她的话就是全部真理。

我父母退休之前，曾与朱迪一起在银行工作。银行位于镇中心，是一栋阴森森的灰色大楼，有着中世纪教堂式的大门，穿过迷宫般的狭窄走廊，可见两侧各有一排办事窗口，我父母和他们的朋友就在玻璃隔板后工作。银行是一个充满传奇的地方，爸爸妈妈在那里相遇。妈妈告诉我，她起初不喜欢爸爸，但在那场洪灾过后，她爱上了他。

"离开学校时，我有三个选择，"有一天放学后，妈妈坐在床上告诉我，"当老师、当护士或是当文员。我说，我哪一种也不想干。你知道他们说什么吗？"

我摇了摇头，听得入迷了。

"学校的就业指导人员说，要是这样他们就帮不了我了。但我在银行找到了一份活计，我工作非常努力，晚上还上夜校。我是唯一一个通过所有考试的女性，能力比我共事过的男同事都强。人们都说我一定会升职加薪,但经理告诉我,在晋升的排位里,他永远不会把我放在男人前面。""怎么能这样!"我倒吸了一口冷气,愤怒地在床上坐直了身子。

"哦,可不是嘛!"她说道。她复述这个故事时的愉悦情绪,就像一团温暖的轻雾围绕着她。"当然,那是七十年代。我只能一直做着原先的工作,而我调教过的那些愚蠢的男人,则有机会去从事更伟大的事情。我闭着眼都能完成他们的工作,但他们不会提拔一个女人。"

在我十二岁这年,朱迪获得了升职,她很快就要当上经理。如果妈妈不是因为生我而离开银行,她本可以获得同样的职位。我心中同时萌生了相互矛盾的两种想法:其一,妈妈认为是我的出生毁了她的人生,把她从银行偷走了;其二,我也知道她并不嫉妒朱迪的事业。我听出了妈妈的弦外之音,她相信自己比她的朋友优秀:她点钞的速度有多快,前同事有多无能,她在工作中有多出色,如此种种。我毫不犹豫地相信她对我说的每一句话,无论那些话有多么自相矛盾。

"那个时候,没有人想到我会去生孩子。那年我已经三十五岁了——在八十年代,三十五岁才生孩子是太迟了。"她说,尽管这个故事我已经听过很多次了,"但我对你爸爸说,这是我们最后的机会,我们进行了一次长谈。最后你爸爸说:'我们再试试,如果你怀上了,当然很好。如果怀不上,也没关系。'"

关于我是如何来到这个世界的故事,一直萦绕在我脑中,像游戏人物头顶冒出的叹号。妈妈低声轻笑,我也模仿她笑着,因为我觉得他们急着要孩子这件事情确实很有趣。等笑声过去,我只感到胸口很痛。

"你出生后,我就回去工作了,"妈妈继续说,"但是当银行裁员时,我是第一批被开掉的。尽管如此,他们还是需要三个男人来做我一个人的工作。"

朱迪和妈妈同龄,但她开快车、发型时尚、衣着时髦、妆容鲜艳,与妈妈超长的花裙、过时的衬衫,以及她对米色和桃红色的喜爱,无不形成鲜明对比。

"这台录音机是新的吗?"保罗问道。

"是的,"爸爸说,"现在可以把音乐录进磁带了。"

"磁带现在真是流行,"保罗说,"前几天我去了理查兹的唱片店。那里有各种能放音乐的录音机,花里胡哨的,可我全都不想要,就想要一台普通的,老板却说:'我们都不卖那种过时的东西了,你太落伍啦!'我说:'可钱这东西永远不会过时,你说是不是?赶紧给我找一个。'"

我用手捂住嘴。即使保罗故事的细节已在我脑海中浮现,我也还是喜欢听他话语中的不露声色。

"我跟那老板还吵吵了几句。"保罗继续说,冲朱迪眨了眨眼,朱迪对妈妈笑了笑,"最后,老板说,只要我别再回来,他给我十英镑都行。"

"多可恨哪他这人。"朱迪笑了起来,她的咯咯笑声很有感染力,我们都注意听她说话。"你听说布莱恩终于退休了吗?"

"我从没想过他会退休。"

"他几年前就该退了。"

"艾伦,你听到了吗?"

"什么?"爸爸从厨房拿着饮品过来,问道。

"布莱恩退休了。"

"也差不多到时候了。"

"朱迪也是这么说的。"

我闭着嘴坐着，大人的话题像水一样不停流淌。我感觉自己就像墙上的苍蝇，没人看见，也没人关注。

"你好吗，海伦？"朱迪转向我问。

我先咳嗽了一声，然后才开口道："我挺好的。"

"学校怎么样？"

"很好，谢谢。"

妈妈在旁边小声说："她可优秀了——成绩名列前茅，课业一级棒。"

"那太棒了。"

"我的病这么严重，她还能这么争气。我会想办法保证不会影响海伦。"

"你的病还没有好转吗？"

我用手撑着身体，看了看时钟。朱迪和保罗来了还不到半小时，但这句话预示着今晚的转折时刻即将到来。年年如此：有趣的部分结束了，妈妈会在接下来的几个小时里主导谈话。我知道我可以神游天外，盘腿坐在舒适的椅子里，再等上一会儿，我就可以找借口上楼了。

"不，完全没有好转。我每天要睡十八个小时。"

"十八个小时？"

"这是一种残疾，绝对属于残疾。"

我在脑海里数着妈妈每天在床上躺了多久。无论怎么算，加起来都没有十八个小时。而且,妈妈根本不在睡觉,而是在看杂志或看电视。"无论如何,"我还是告诉自己,"她确实在床上度过了很长时间,虽然有点夸张。"

朱迪点了点头,但保罗的表情有点拧巴。爸爸接着回到厨房,去调制更多的饮品;妈妈一个人喋喋不休,像女王一样坐在宝座上向听众们讲话,而听众们都坐得歪七扭八的。这对妈妈来说无关紧要,这是她最喜欢的话题,她可不会错过。我蹑手蹑脚地走出房间,没有人注意我,我完全是隐形的。

第五章

镜子

"我把镜子装在衣橱的最上面了,你看到了吗?"

我们躺在妈妈的床上,炎热的夏日阳光透过闪亮的桃红色窗帘,暑热蒸腾,让我感到反胃。整个下午,我把能玩的娱乐活动都玩过一遍,已经腻烦了,于是到妈妈房门口偷看,发现她正在看电视。

在妈妈和小姨断绝联系之前,我很喜欢和小姨聊天。她会给我讲月经期和化妆的知识,她会倾听我前青春期的种种问题,认可我的音乐品位。到了十四岁,妈妈突然就不允许我去看小姨了,她就成了唯一会花时间和我聊天、听我讲话的大人。

"我能看到是谁到了前门,然后再决定要不要起床。"

"如果是你不想见的人,你就继续躺在床上吗?"

"没错,就是这样,"她大笑着,抚平她的奶油色条纹裙子,"你一直都明白的。"

我翻身坐起,抬头凝视着她。我可以从侧面看到眼镜在她的大鼻梁处留下的红色印记、脸颊边形状完好的发卷和脑袋后面睡扁了的头发。

23

"我第一次发现自己得了肌痛性脑脊髓炎的时候，"她低头看着我说，"没有人相信我。我的父母不相信我，朋友们也不相信我，甚至连你爸都不信。"

"真的吗？"

"我的好朋友安妮特，她真的很爱怀疑别人，她说这一切都是我臆想出来的。就连你爸爸都认为我在编故事。你那时候只有七岁，但你相信我。"

她闭上眼睛躺了一会儿，一档古董节目在电视上播放着，我并没认真看它。"咱俩的关系，可以说非常特殊，跟我和我妈妈的关系完全不一样。"

"真的吗？"我说，"怎么说呢？"

她若有所思地叹了口气。"我妈妈和我很不一样。但咱俩——你和我——一直都很相像。这就是为什么我们这么亲。"

我躺在枕头上，感到昏昏欲睡但又心满意足，我有一搭没一搭地看了会儿电视，然后就有点走神。我们并排躺着，腿挨在一起，都是同样的苍白，我穿着牛仔短裤，比穿着中长裙的妈妈露肤更多，我们的小腿和脚踝都一样瘦削。

"你的腿真长。"

"是的，"妈妈一边说，一边把裙子往上拉了一点，"这就是你爸被我吸引的原因——我的腿很漂亮。七十年代大家都穿超短裙，他总是目不转睛地盯着我看。"

我转头看看自己没那么长的双腿。

"你本来应该长得更高一些的，"她说道，仿佛看透了我的心思，"你应该跟我一样高，但不知道出了什么问题。你的脚和手也很小，不像我。"

她伸出手臂，似乎是为了证明这一点。她打量着自己修长纤细的手指、修剪完美的指甲，和细腻的、白里透红的皮肤。她的一切都很完美。

"简直是钢琴家的手指，要是我学过钢琴就好了。"她把我的手握在她手里，上下审视，"要是不咬指甲的话，你的手会更好看。不管怎样，你的手指还是短粗了点。"

她把我的手放下，从床头柜上拿起绘有草莓图案、镶着金边的瓷杯和杯托。

"问题在于，"她喝了一口茶水，说道，"我和我爸爸长得一样。高挑、苗条、纤瘦，而你长得和你爸爸一样。"

就在这时，爸爸的声音响起："哦，你躲在这里，我一直在找你呢。"

刚爬上楼梯的他累得上气不接下气，格子衬衫紧紧裹着他鼓胀的啤酒肚。过去的几年里，他的健康状况每况愈下，不过在我的记忆中，他一直是这样的：身材矮胖，气喘吁吁。

我低头看着我短粗的手指、发育不良的腿，还有我的腰。我的身体太让人失望了，我完全看不到一丝希望。大写加粗的"矮、胖、丑"。

"我们在聊我的腿是如何吸引你的。"妈妈笑着说。我能读懂她的每个细微表情，我知道她在嘲笑他。

"哦，好吧，"他低头看着地板说，"那我走了，你们接着聊吧。还要茶吗？"

"再来点，谢谢。"

我听着爸爸费劲地下楼，笨重地迈着每一步。我可以想象他紧紧抓住扶手，在楼梯尽头停下来休息。他讨厌炎热天气，湿气会重重压在他的胸口，使他呼吸困难。

"我告诉你了吗？"妈妈说，打断了我的思绪，"我表妹路易丝生了孩子，他们给她起名叫埃莉诺。"

我盯着天花板的图案，手脚像是沉得抬不起来。我不敢相信，有人会给自己的孩子起名叫埃莉诺。这个名字也太过时了。

"你是怎么想到给我起这个名字的？"我问道，希望她不要让我对孩子的名字发表意见。我早就对自己的名字感到不太满意。我想叫佐伊或凯蒂，而不是现在这个老土的名字：海伦。它已经过时了，跟妈妈令人难堪的衣服、手杖，以及我们进城购物时她坚持要骑电动三轮车一样，都反映出我父母的年纪已经不小了。

"我喜欢埃斯特拉，但你爸爸拒绝了。"

"埃斯特拉？"我皱着鼻子说，"就是《远大前程》的那个？"

"就是那个。"

"但她很可怕，"说着，我坐直了身子，转向她，"她自私、刻薄，还爱嘲弄人。"

"是的，"她直视着我说，"我想是的。"

她抬起头看了一眼镜子，那些话语就在空气中回荡。房间感觉又闷热又逼仄。

"好吧，谢天谢地，爸爸不喜欢这个名字。"说着，我又往后靠了靠。

"他喜欢梅勒妮这个名字。"

"怎么想的呀，要叫我梅勒妮？"

"对，我也不喜欢。但我们都喜欢海伦，所以你就叫海伦了。"

在妈妈床尾深色木柜上的 15 英寸电视里，古董专家还在嘟嘟囔囔。妈妈房间摆满了成套的深色木制衣柜，每个衣柜里都塞满了衣服和鞋子，其中大部分从未穿过。她那张与衣柜配套的大梳妆台上摆满了过期变质的化妆品：包括八十年代的口红，有次我涂来玩，把嘴唇都灼痛了。

"我有没有告诉过你，你是在卡伦·卡朋特去世的那天晚上出生的？"她喝了一口茶，说道，"这就是你音乐天赋的来源。"

"来自卡伦·卡朋特？"我说，整张脸都拧到了一起。

"嗯，这很奇怪，不是吗？"她耸耸肩说道，把杯子放回杯托，"我们家没有其他人懂音乐。而她恰好在你出生的时候去世了。"

我皱着眉说："你是说，我是卡伦·卡朋特的转世？"

"这样很多事就说得通了啊。"

"比如什么事？"我笑了。她下床，坐在梳妆台旁。

"哦，我不知道。"她拿起圆形梳子，开始梳理脑后睡趴了的头发，"比如你怎么会弹吉他的呢？"

在我十二三岁的时候，有人给了我几盘流行音乐的磁带，我就爱上了音乐。我在车里用随身听反复播放那两张《我说这才叫音乐》(*NOW That's What I Call Music*) 合辑，快乐地跟着接招合唱团 (Take That)、莎妮斯和杰米·内尔一起唱，肆无忌惮地大声唱《艾本尼泽·古德》(*Ebeneezer Goode*) 和《拉不下脸要饭》(*Ain't 2 Proud 2 Beg*)，直到爸爸怪我唱得太大声了。在我十四岁以后，第一电台[1]的主播们成了我寂寞下午的亲密伙伴，40 强歌曲榜单中的每一首歌

1　Radio 1，英国广播公司（BBC）旗下广播电台。

的歌词，都深深地刻在了我的记忆中。与此同时，妈妈说她不喜欢音乐。对我来说，这是一个令人震惊的说法。我可以接受她不喜欢我十四岁时喜欢的英国流行音乐，但是不喜欢任何音乐就太离谱了，这就好像她不相信爱或者不用呼吸。房间里充斥着第四电台[1]或本地谈话电台的声音，从我房间里传出的任何音乐——无论来自收音机、CD 还是我自学的吉他弹唱——都遭到了父母的厌恶和嘲笑。他们甚至为我制造出的"噪声"向邻居们道歉，而邻居们都对此感到很不解。

我坐起来，双腿垂在床边，嘴唇紧闭，露出一丝冷笑。"我会弹吉他的唯一原因，就因为我是卡伦·卡朋特转世？"

"这想法不奇怪吧。"她一边说，一边在三折镜里欣赏自己，"你小时候说，你记得你前世是另外一个人，还说可以告诉我你下葬的地方。"

"是的，"我低声说道，"我记得。"

我记得那个时候，我蜷缩在沙发后面，拼命地想我曾经是谁，因为妈妈催促我说出更多细节。我告诉她我前世的名字和我被埋在何处，不确定我是在编故事还是在回忆前生。提起这段记忆，就像揭开了肮脏的秘密：一件令人深感不安的事情。

"好吧，"她看着我的眼睛中她自己的倒影说，"如果你可能是出生在维多利亚时代的女性，那么你就也有可能成为卡伦·卡朋特。"

---

[1] Radio 4，英国广播公司（BBC）旗下广播电台。

第六章

失眠症

这间医生的门诊室，曾经是一座乔治亚风格的豪宅，从侧屋里凹凸不平的地板和精致的壁炉就可见一斑。我，一个笨拙、瘦削的十四岁孩子，坐在妈妈身边，扭动着手指，听着令人焦虑的时钟嘀嗒声、病人在瓷砖地板上的脚步声，还有前台低沉的谈话声。

妈妈在门诊室里怡然自得，她翻着一本杂志，头发精心修饰过，妆也化得很浓。这是她的"第二个家"，是她和爸爸经常造访的地方。她走在走廊上的样子，就像诊室的主人一样，还如同老朋友般和前台人员聊天。尽管她在这儿看了很多次病，还是没能得到什么具体的诊断。每当检测结果呈阴性时，她就会发出讽刺的喷喷声，说上一句"果然不出我所料"。然后，她通过邮寄的方式购买草药，把几十个蓝色小瓶贴上长长的、不知该怎么念的药名，维生素啦、矿物质啦、益生菌啦，诸如此类。她说，如果她能组合得当，就可以将这些彩色药丸和粉末调成一剂良方，治好她的肌痛性脑脊髓炎。我们的厨房里有一整个橱柜专门放她的药，而爸爸的处方药则藏在餐厅里。因为他的药太多，他不得不在药盒上贴上标签，标注上一天服用几次（而不是每周哪几天服用），但这些药都被搁置在餐具柜里大家看不见的地方。

至于我，我很少去看医生，即使是我身体不舒服的时候。妈妈通常会忽略我出现的任何症状，而我往往在她不知道的时候自行用药。我记得有好几年，我的脚上长了很多疣，我问妈妈该怎么办，她就只说"没事"，然后不再理睬我。我想尽了一切办法，包括用剪刀挖脚底、涂抗菌药，但都没有效果。最后，我在电视上看到一则祛疣膏的广告，而妈妈床边的大金属药箱里就有这种药膏。让我感到惊讶的是，抹上药膏后，脚上这些令人疼痛、恶心的东西居然这么轻易就消失了。为什么妈妈没有告诉我，这病很容易治好？我还讨厌自己满脸的痘痘，它们快要把我毁容了。我以为是我洗脸洗得不够，或者用的洁面用品不对。在十几岁的年纪里，我一直感觉自己丑陋又畸形，脸上、脖子上和后背上都长出了疖子一样的大痘，我觉得自己什么都做不了。直到好几年后我订婚时，妈妈才告诉我，从全科医生那里买些抗生素就行。不到几个月，我就拥有了完美无瑕的皮肤。我很心痛，为什么在那之前她没有告诉我？这么多年来，我一想起这件事情就觉得反感，因为原本只需看一次医生，就可以解决这个问题。

这次来看病不是我的主意，但妈妈说这病一定得重视，必须得看医生。她说，这不正常，亟需解决。她异乎寻常的坚持令人不安。我咬着指甲，坐立不安，坚硬的木制椅子也硌得我很不舒服。

"佩吉小姐，四号房间，霍普金森医生。"

我们艰难地沿着凹凸不平的楼梯上楼，妈妈紧紧抓着扶手，每走一步，她的手杖都发出咔咔的击地声。二楼比楼下明亮，但是侧屋显得狭小而幽闭，尽管屋顶天花板很高。霍普金森医生是诊室的一个异类。她年轻、漂亮,而且是女性。妈妈坐在医生旁边,我坐在妈妈旁边。

"哪里不舒服呀?"

"海伦,给霍普金森医生讲讲你的问题。"妈妈说。

她双臂环抱在胸前,眯起眼睛看我,眼神里透露着威胁。我立刻知道自己办了错事,不该来到这里看病。我喉头发紧,使劲咽了咽唾沫。我还没来得及回答,妈妈就回过头去看着医生。

"她说她睡不着。"妈妈靠在椅背上,挑起眉毛。

我的指甲深深嵌进手掌。我后悔告诉妈妈我睡不着这件事情,话一出口我就后悔了。不知为何,我就知道自己最终会到这样的境地,在面对质疑时无能为力。

"你晚上会醒吗?"医生问道。

"不会,"我的声音有些哽咽,"我只是需要很长时间才能入睡,可能要几个小时。"

妈妈和医生对视了一眼。我真希望我们没有来这里。

"最近有什么事情让你特别忧虑吗?"

"没有,我只是想事情想个不停。"我说。我的音量越来越低,最终变成了绵长的无声控诉。

"好吧,海伦,我没法给你开任何阻止你思考的药物,"医生转过身对着妈妈轻笑,妈妈也和她一起笑,"倒是有些抗精神病的药,但你才十四岁,不能服用这些药物。"

"对,不能。"妈妈赞同地说道,她向着霍普金森医生跷着二郎腿,桃红色裙子边缘垂荡在小腿周围。

我的脸红得发烫,勉强挤出笑容,拼命想知道她们在笑的是什么，但我只能尴尬地把脚在地上蹭来蹭去。我浪费了医生的时间。这只是一个愚蠢少女的琐碎抱怨，没什么重要的，也没什么需要关注的。霍普金森医生已经结束了问诊，她把我们送出房间，为接待下一个真正的病人做准备。

妈妈带着我走下楼梯，现在她的步伐快多了，还把手杖举得高高的。在一连串玛格丽特·撒切尔式威权主义的咆哮声中，她走出了大门，门弹回来，撞到了我的脸上。我看着地面，没精打采地跟在妈妈后面，躲避着地上的水坑。爸爸正等在门诊室外面的残疾人车位里，听他最喜欢的谈话广播节目。妈妈坐进前排座椅，"砰"地关上门，她背对着我，像是在对我表达不满。我恨不得找个地洞钻进去，我是如此自私愚蠢，为这么一件微不足道的小事，浪费了妈妈宝贵的精力。

"病看得怎么样？"爸爸发动汽车，问道。

"他们什么都做不了，纯粹浪费时间。"

爸爸开车回家时，我一边扫视着小镇，一边在脑海中回顾之前和妈妈的对话。**"一定得重视""这不正常，亟需解决"**，我本该明白这些话意味着什么。早知道会是这样的话，我不会打扰妈妈，但我已经得到了教训。我这些可悲的挣扎——根本比不了妈妈的肌痛性脑脊髓炎——就应该被压抑、忽视、置之不理。

那时候我就想，躺在那儿一个小时、又一个小时，祈盼自己能愉快地入睡，这肯定是很正常的事情。也许如果我告诉霍普金森医生我做噩梦的事，可能会有所不同。但那些噩梦太黑暗了，我用语言讲不出来。在那些梦中，我沿着家旁边的小巷一路狂奔向房门，害怕"它"会抓住我。"它"在我身后，追着我跑，几乎就要一把攫住我。

我哆嗦着摸出钥匙，努力试图打开前门，"它"已经跟着我跑上了我家门前的车道，还差几秒钟就要够到我了。然后我会浑身大汗、惊慌失措地醒来，发现自己独自一人在卧室里。还有一个反复出现的梦：有个人拿枪指着我的头，问我在临死前想说些什么。但在那些梦中，就像在诊室里一样，我说的话总也不对。

第七章

稻草人

升入中学之前,我以为科学课是充满激情的,比如说做实验——试管里装着的液体由绿色变成蓝色,让我大吃一惊。到了10年级,我发现科学课的重点是将众多现象归纳为一种特定的表达。我们的教室是一个沉闷的、没有窗户的房间,每张桌子周围都摆着四张凳子。桌子上有一个水槽,但从来没用过。我的目光从作业上移到老师戴维斯先生身上,他正吹着口哨巡视着教室,领带塞进衬衫里。

"你确定吗?"

"百分百确定,"乔低声说道,"他在和一个11年级的学生搞地下情。"

"我不信。"我说。戴维斯先生既不年轻,也不吸引人,我觉得他完全没可能搞外遇。

"他俩都不承认,"乔继续说道,"但他为了她离开了他老婆,而且现在他俩住在一起了。"

她天生的金发散落在脸上,把头发撩开时,一条电光蓝色的内衣带子不小心露了出来。我不知道她都是在哪里买的这些样式又时髦、又显胸大的内衣。我的内衣都是在玛莎百货老人服装货架买的,就是个软塌塌的白色布袋,妈妈只允许我买这种款式的内衣。我渴望乔装改扮进城一趟,去买那些既性感又叛逆的内衣。我渴望与十五岁的同龄人合拍,不要穿得像个衣着邋遢的中年妇女。

"这是什么时候的事儿?"蕾切尔问。

"就是几年前。"

"那个女孩现在多大了?"

"也许有二十岁了吧。但这说明她十几岁时,他至少已经三十多岁了。"

我们满脸嫌恶,对学校里的这些流言蜚语深信不疑,其中有多少是青少年想象力过度活跃的产物,就没人追究了。当戴维斯先生斜倚在其他桌的一个女孩身上,手臂搂着她的肩膀时,我们不约而同地抬起头来。

"他也太猥琐了!"凯莉丝说。

戴维斯先生站起身,我们急忙低下头,神情严肃地握着笔,假装全神贯注地看着作业本,尽管作业早就写完了。

我的学校有一大片连起来的建筑,每栋楼都反映了它所处的时代。科学楼是其中最有七十年代特色的一栋:狭窄的走廊连起一间间平顶的屋子,墙上满是很有年代感的涂鸦。

"你看到爱尔兰共和军[1]停火的消息了吗?"凯莉丝问。她的黑发

---

[1] Irish Republican Arm,简称为IRA,是旨在建立独立爱尔兰共和国的民族主义军事组织。该组织通过暴力活动实现政治诉求,长时间与驻爱尔兰的英军作战,被许多国家视为恐怖组织。下文的"停火"指从1993年起,英国和爱尔兰曾共同发起北爱和平进程。爱尔兰共和军在1997年宣布停火,标志着双方暴力的正式结束。——编者注

齐肩，向后梳成一条顺滑的马尾辫。

"不会持续很长时间的，"乔说，"从来就不会太久。"

"不知局面会怎样收场，"蕾切尔说着，补涂了点润唇膏，"现在都已经乱成这样了。"

我一言不发地看着他们聊天。我对此一无所知。

"我记得克林顿要来访问[1]了，"凯莉丝说，"看来他觉得他能解决问题。"

"真是痴心妄想。"乔说。

"说得没错，"蕾切尔表示同意，"克林顿觉得，只要他是个美国人，就可以轻飘飘地跑来，解决一个绵亘数百年的复杂问题。"

我听着他们说话，却插不上一句话，表达不了任何观点。我觉得自己一如既往地无用又愚蠢。她们是如何产生这些想法的？她们又是怎么知道发生了这些事情的？

"你们做得怎么样了？"戴维斯先生悄悄走到乔身边，问道。

"哦，没……"她低声说道，把脸埋在头发里。他弯下腰，一边检查她的作业，一边用胳膊搂住她，胳膊肘撑在桌子上，这样她就完全被包裹住了，无法摆脱他带着烟味的暖热呼吸。

"不错哦。"他一边说，一边走开了，还满意地笑着。

"呃，"乔抖了抖身子，说，"他太恶心了。"

天气转暖，可以在外面吃午饭了。我们朝宽阔的绿茵场走去，那儿有一群青少年，把脱下来的运动夹克当临时的野餐毯。蕾切尔躺

---

[1] 此处指 1997 年，时任美国总统比尔·克林顿访问英国。在其斡旋下，英国与北爱尔兰于次年签订了《贝尔法斯特协议》，进一步推动了英爱和平进程。——编者注

在阳光下，黑色的鬈发像瀑布一样披散在衬衫上。周末她经常会戴巨大的耳环，但今天戴着漂亮的耳钉。我也想打耳洞，但这又是一件妈妈不允许我做的事情。我把双腿盘起来，坐在蕾切尔身边，正午的阳光让我有点睁不开眼。

"你还没给我讲，你和加雷斯发生了什么？"乔咬了一口三明治，问道。

蕾切尔笑了笑，说道："我告诉他，我很忙。"

"不是吧！"我脱口而出，"你拒绝了他？"

"哦，他身材很不错呀，"乔说，"如果是我，我会抱着他长吻一番。"

蕾切尔皱了皱鼻子："不是吧。"她转向凯莉丝求助。

"别问我，"凯莉丝耸耸肩说，"我比较喜欢贾维斯·考科尔[1]。"

她们把肤色健美、光滑的腿在阳光下随意舒展着，而我把自己的腿盘得更紧了。怪不得她们都有男孩追。我也想剃光腿毛，但妈妈曾说过，这将"开始一个不可逆转的循环"。我不知道这意味着什么，但听起来很吓人，毕竟她是最懂的。尽管如此，我还是最讨厌每年的这个时候，因为人人都能看到我毛茸茸的腿。我希望能像我的朋友一样自由自在，有自己的风格，能表达自己的观点。事实上，同龄的女孩们疏远我、取笑我，并给我起了个绰号叫"稻草人"，因为我的头发乱糟糟、灰蒙蒙的，脸上长满了斑，又不化妆。我是个异类，无法融入大家。其他人似乎都知道如何成长：如何打理头发，如何打扮时髦，如何温习功课，如何与人约会，如何说一些聪明的话。我拼命想赶上她们，但我不知道怎样才能赶上。我觉得自己又丑陋又可悲，生

---

[1] Jarvis Cocker，英国男演员，PULP 乐队主唱。——编者注

活得一团糟,为此我非常恨自己。每天晚上,我都会因为在学校里说了蠢话而自责,要是自己从未存在过就好了。

"这可能是件好事,小蕾[1]。"乔说,她的声音带着尖刻的讽刺。"毕竟,你不想怀孕吧。特拉维斯先生会疯掉的。"

不知是因为特拉维斯先生的黑胡子、脸型还是发型,我一看见他就想起希特勒。他四十多岁,裤子总是掉在肚脐下面,而在当上"校服监督员"这个非正式职位后,他因为这突如其来的"权力"而高兴坏了。他故意在学校里四处"巡逻",趁学生们穿过走廊时在旁窥伺,准备抓住下一个没有塞好校服衬衫下摆的受害者。

"我们的性教育课将是我永远的噩梦!"我一边说,一边猛烈地摇头,想把这段记忆赶出去。

"妈的!"凯莉丝脱口而出,我们都差点喷在自己的午饭上。

"这绝对是有史以来最诡异的课,"蕾切尔大笑道,"如果我爸知道特拉维斯先生走到教室里喊脏话,他会发狂的。"

"这么做到底有什么意义?"我一边说,一边左右张望,看附近有没有老师,"让我们知道他会用俚语?"

"也许他希望我们觉得他很酷吧。"凯莉丝说。

"哦,不,"乔说着,在包里翻来翻去,"我忘带卫生棉条了,你们有吗?"

"我有。"蕾切尔说。

她们属于跟我完全不同的物种——她们是全身心拥抱成熟女性生活的女孩——而我是一个被困在女人身体里的孩子。妈妈告诉我,她不用卫生棉条,也不想教我如何使用卫生棉条。我初潮的时候,她

---

1 Rach,蕾切尔(Rachel)的昵称。——编者注

给了我一张孕妇用的产后护理垫，大概还是十二年前我出生后留下的。这些厚厚的、大得像毯子的护理垫，就像是对我的一种惩罚，惩罚我任性的身体所带来的罪恶。妈妈也经常发表一些有针对性的评论。我穿衣时，她会冲进我的卧室，对我说"我看你的阴毛长得还挺好"或是"你的胸已经比我大了"。甚至在三年后，一想到经期、青春期和性征发育，我还会感到尴尬。

我在阳光中眯着眼，突然看到查理走过草地，向我们越走越近。他的上衣搭在胳膊上，留着浅金色的中分发型。我坐直了一点，好让别人看不见我的腿。我真后悔没好好梳理头发。他走到了我们面前，气喘吁吁、两颊通红。

"你还好吧？"我问。

"不太好。刚刚被特拉维斯抓住了。"

"真倒霉。"蕾切尔摇摇头说道。

"好像我的事还不够多似的，现在我还得干这件蠢事，"他随意地在我身旁坐下，埋怨道。他挥舞着手上的一张蓝色小纸，上面用黑色大写字母印着"记过"，显得格外扎眼，他还被要求写一篇两页的检查，说明整洁制服的重要性。

"你一会儿来跑步吗？"凯莉丝问道。

"是的，我会来的，"蕾切尔一边说，一边梳理着耳后的一缕鬈发，"我要准备参加'爱丁堡公爵奖'[1]的活动，得把身体锻炼好。"

"你每跑三分钟就停下来休息一次，这可算不得锻炼。"查理咧

---

[1] The Duke of Edinburgh's Award，简称 D of E，由菲利普亲王（即爱丁堡公爵）与德国教育局库尔特·哈恩（Kurt Hahn）共同发起，鼓励14岁至25岁的青年人参与社会服务、远足旅行、个人技能及文体活动等四项课程，发展体能和领袖才能，强健体魄和意志。——编者注

嘴一笑，讽刺道。蕾切尔也回敬他一个讽刺的假笑。我看见查理的目光从她那黝黑修长的腿上收回来。

铃声响了，我们随意地收起东西，拖拖拉拉地横穿操场，又穿过迷宫般的建筑，来到数学教学楼。我听到身后有人喊我的名字，是老师威严十足的声音。肯定是特拉维斯。我急忙把衬衫下摆塞进裙子里，手忙脚乱地抓着好几个包，还把我的大号画夹掉到了地上。我把它捡起来，转过身，看到了不修边幅的英语老师雷诺兹先生。他朝我走来，深色的胡子一翘一翘的。

"啊哦，"凯莉丝从我身边走过，说道，"祝你好运。"

我等着雷诺兹先生来抓我。"请问您有什么事，先生？"

"你的十四行诗写得很棒。"他停在我面前，说道。

我深感意外，猛吸了一口气，慌慌张张地回答道："哦，谢谢，先生。"

"你写得非常好，而且是班上唯一敢于尝试的人。很棒，我给你打了A。"

他大步走开了。"哦，谢谢你，先生。"我对着他的背影说道。

好一阵子，我独自站在原地，阳光温暖地打在背上，我确信自己一定正在发光。我知道，它是我必须妥善藏好的一点微光，是要提防被毁掉的一件珍宝。我的朋友都已经转过了拐角。我跑上前去追他们。

那天下午我回到家时，爸爸正在厨房泡茶，妈妈在楼上睡觉。

我走进了她的房间。"都到放学的时间了吗？"她放下了杂志，问道。

她翻身下床，先伸出一条腿，然后又伸出另一条腿，好像在欣赏自己修长的美腿。我坐在她门边的床沿上,她对着梳妆台的镜子仔细端详起自己的脸,涂上橙色的口红,抿了抿嘴。她站起身,向我走来,然后在体重秤旁停了下来。我知道这意味着什么。这是一项常规程序,不需要语音指令。我小心翼翼地站在她身旁。到我称体重的时候了。

"哦,天哪,八英石一磅[1],"她低头看着我说,"我这辈子体重都没有超过八英石。"

这我早就知道。每次称体重她都会这样告诉我。

"我只是在怀孕的时候变重了一英石,一生下你,体重马上就恢复原状了。每个人都说我的肚子太小了。我以前给你看过照片。整个孕期我基本不怎么吃东西,只吃一点坚果和饼干。"

我一直低着头,希望我身上多出的那一磅肉能凭空消失。她一辈子都不超过八英石重,而站在一旁的我才十五岁,体重已经超过一个成年女性。我恨我自己,恨自己恶心、肥胖的身体,恨自己缺乏自制力,吃得太多。

妈妈的苗条身材是她最引以为傲的资本之一,也是她常常夸耀的优势。她在家人和朋友中简直"鹤立鸡群",因为她是最高、最瘦的那个。

"这太不公平了。"桑迪有一次用她柔和的乔迪口音[2]对我们说。

从我小时候起,桑迪就是妈妈最好的朋友,她是一位很有魅力的女士,总是穿着漂亮的套装,一头柔软而完美的浅红金色鬈发,像

---

[1] Stone 是一种英制质量单位,1 英石相当于 14 磅(约合 6.35 千克)。
[2] Geordie accent,英格兰东北部兰开斯特一带的口音,相比伦敦口音而言更难以听懂。

棉花糖一样飘浮在脸颊边上。

"我希望我也能想吃就吃,而且还能保持苗条。"她说,"这一定是基因决定的。"

妈妈笑了:"可不是这么回事。我的父母都很高啊,但他们喜欢每天都吃油炸食品。不像我,我讨厌吃油腻的东西。"

"你看看你,亲爱的,"桑迪说着,转过身来对我戏谑地笑,"就和你妈妈一模一样。我都想啐你了。"

"她的食量像只苍蝇一样小。"妈妈假装难过地说道,语气中却掩饰不住自己的快乐,"她甚至连分量最小的一顿饭都吃不完。"

我脸红了,知道这种褒扬其实是一语双关。妈妈喜欢我很瘦很瘦,但进餐对我来说就像打仗一样。我不喜欢吃米饭、意大利面和土豆,蛋糕或饼干我也不吃。我一点都不喜欢吃东西。我和朋友们完全不一样,他们喜欢做饭、吃饭,而我就像个异类。我还担心自己长大后,要像《老友记》里面那样约会该怎么办,因为我连一顿饭都吃不完。我不是故意不吃东西,也没有对食物的恐惧或过分的控制欲,只是从来都不觉得饿,大脑切断了进食的欲望,剥离了这种感觉,以保护自己免受妈妈没完没了的指摘。我可以轻易一整天不吃饭,因此搞得身体很脆弱。我在学校里跑一圈都会晕倒,即便是小小的普通感冒,也会让我病得像患了场重流感一样。那时,我没有把身体虚弱和摄入热量过低联系起来,而是责怪自己体力不如同龄人。

"要是能吃些药就不用吃东西了该多好。"妈妈告诉桑迪,"如果我们最喜欢的食物是沙拉的话,那我们根本没法阻挡自己变瘦。"

体重秤的数字显示,妈妈的体重超过了九英石,我知道我最好不要对此轻易评论。妈妈年纪比我大、身量比我高,即便她重一点也是理所应当的。但对我来说，这是不可接受的。我责备自己的贪婪。我鄙视自己。

埃莉诺的日记

1998 年 4 月 10 日

　　海伦放学回家了。疲倦沮丧。她一边哭，我们一边讨论问题。非常难办。喝了马提尼，上床睡觉。

5 月 13 日

　　天气很潮湿，很早起床，带海伦进城了。在 River Island 服装店买了裤子。累坏了，回家。给桑迪打电话。艾伦出去了。除了吃饭，其余时间都在床上度过。虽然买了新裤子，海伦依然哭丧着脸。

*

第八章
失败

有整整两年时间，我放学回家后就一直躲进自己的房间，哭到脸都灼痛，感觉自己好像碎成了一片片。有时候，我把脸埋进浴室水槽冰冷的水里，想让自己窒息。有时候，我躺在卧室的地毯上，蜷缩成胎儿的姿势，向上帝许愿我情愿立马死掉，从而免于继续承受这样的痛苦。我是个失败的女儿，我是个失败的人，这是我人生的魔咒。

我不知为何要把自己的这些举动告诉乔，也不记得说了些什么，只记得我是勉强带着微笑说出那些话的，虽然我们都知道这并不好笑。在黑暗的卧室中独自神伤似乎还说得过去，可要是把它讲出来给人听，着实让人无比尴尬。

然后，还来不及等我反应过来，乔和我就坐在了校长的办公室。沃伯顿[1]夫人人如其名，是那么温柔可亲的一位校长。我们坐在大厅前面的小房间里，门敞开着，其他去上课的同学从门前经过，我感觉自己暴露在光天化日之下。沃伯顿夫人端坐在办公桌后，面对着我们，浅金色头发在她娇小的脸庞旁披散着。

1　Warburton，英文姓氏，有淑德、诚挚的寓意。——编者注

"乔告诉我，你昨晚想上吊自杀，是吗？"

我点了点头，试图抑制住不断产生的想要微笑的冲动。

"这样不好，你说对不对？"她说。

我忍着不发出嘲讽的笑声。乔曾在某节科学课上对我们讲，她认为自杀是自私的行为。但她也不明白。要是生活中没有了你，别人能过得更好，那自杀就算不得自私。

"你为什么想这么做？"沃伯顿夫人问道。

我耸了耸肩。我不知道内心的那些感觉是怎么产生的。我的生活很好，父母也很好。我也没有什么满足不了却偏要实现的要求。莫名其妙地，我对自己恨到了几近崩溃的地步。

"是觉得自己不够优秀吗？"沃伯顿夫人歪着头问道。

我的语气有点嘲讽："不是。"

"这并不意味着你不是个好学生。一个优秀的学生，是要有一技之长。"

"我知道，"我说，"我并不介意我不够优秀。"

"你被霸凌了吗？"

"我想，可能有点吧。"我想到了同龄人每天对我的嘲讽、谩骂和排挤。

我们都有些坐立不安。这种解释不够有力。但我总不能说那些霸凌者只是更加证实了我对自己的了解，让我知道我是个毫无价值的人吧？而沃伯顿校长也没有再深入研究这个问题了。要如何处理一个会有自杀倾向的、安静的中产阶级女孩呢？沃伯顿夫人说："如果你同意的话，我想告知你的父母。"看到我惊慌失措的表情，她补充道，"但我不会告诉他们细节，就说我们今天聊了聊。"

下午回家的时候,我感觉像有一大袋弹珠在胃里碰撞,开门时手都在颤抖。我蹑手蹑脚地小心走进房子,好像地板上铺着针毡一样。

"今天过得好吗?"妈妈说。她午睡起来了,正在给自己沏茶,身上的衣服皱巴巴的。

"还不错。"

"壶里有茶。快点,《挑战水彩画》[1]就要开始了。"

我从不锈钢茶壶里倒了茶,小心翼翼地端过杯子,仔细地放在杯托上。

"正好赶上。"她一边说,一边轻拍沙发座。

我坐在她身旁,喝着茶,看着参赛者画风景画,等待妈妈开始这段无法避免的对话。我一直等着,但她什么也没说。当天和第二天,她都没有表现出任何不悦或焦虑的迹象。不知道沃伯顿校长是否真的打过电话。也许她希望的是,如果她刻意忽略这件事情,这个沉默寡言的少女就会自愈。

我记不清有没有和妈妈提到过那场我和沃伯顿夫人的对话,只记得几个月后,我去见了一位心理咨询师。通常出门都是爸爸开车,但这次非常罕见,只有我和妈妈一起,去了一个我从没去过的地方。我不记得那个心理咨询师长什么样,也不记得我们谈过什么。我只记得我没有告诉她这些事情:

我没有告诉她我恨自己。

我没有告诉她我自残。

---

[1] *Watercolour Challenge*,英国广播公司第四频道的电视节目。

我没有告诉她我失眠。

我没有告诉她我认为自己是个毫无价值的失败者。

我没有告诉她我想死。

她也没有问我那些事。

后来,妈妈独自一人来接我。我系上安全带,我们就开车离开了。街道在后视镜和我的记忆中逐渐模糊。

"你现在好多了。"妈妈说。

我的手指拧在一起,不住地抠着指甲,内心羞愧难当。我知道自己很自私,我本该顾念到可怜的妈妈,但我只考虑自己。要是我从未对乔说过这些事情就好了。

埃莉诺的日记

1998 年 7 月 17 日

　　海伦去学校了。艾伦和我去了西夫韦。休息。海伦回家了,很快换了衣服,我带她去看心理咨询师。一小时后回来。海伦看起来很好,目前不需要再看一次心理医生。安静的夜晚。

7月24日

　　想休息会儿，但没休息成。海伦去镇上，我去肌痛性脑脊髓炎患者聚会。我是组织的秘书长和财务主管，4点30分有四位访客到家里来。海伦5点到家，穿着漂亮的晚礼服。把我们吓了一跳，但她看起来很棒。

*

第九章

惊鸿一瞥

美国是辉煌的,是有着美好生活的新世界。这是我曾在美国情景喜剧中看到过,并深信不疑的事实。在十六岁时,我终于得以亲临其境。

在中学的最后一年,我曾试着克服困难,振作起来——妈妈就是这样告诉我的。我专注于做自己喜欢的事情,强迫自己快乐,或者至少让自己看起来快乐。我投入到各种活动中,保持忙碌的状态,以此与绝望作斗争。我差不多成功地压制住了这些负面情绪。

我顺利通过了中考[1]。而对于这一路的努力和积极向上的态度,我的回报就是一家人前往美国度假,这是"一生一次"的机会。我和父母飞往芝加哥,那是座一切事物看起来都超级大的城市。我们的酒店房间在十五层,房间巨大,两张双人床就像漂浮在汪洋大海上。我站在窗前,张大了嘴看着这座城市,它是如此绚烂明亮,明亮得好像在燃烧。在芝加哥,我们还乘电梯到希尔斯(现称威利斯)摩天大厦的

---

[1] 此处指普通中等教育证书(General Certificate of Secondary Education,简称 GCSE),是英国学生完成第一阶段中等教育会考颁发的证书。

顶端，在海军码头上坐摩天轮，就像个正常家庭一样其乐融融。

　　妈妈说，美国的炎热天气让她和我爸爸的身体状况都得到了改善。虽然每次走出空调房时，我都看到爸爸在拼命大口呼吸，但我还是相信她的话，因为在美国的这段日子与以往的生活经历完全不同。爸爸总是在我身边，只是下午偶尔会去酒店的酒吧。妈妈则完全康复了，下午不再需要休息，走路也没那么费劲了。她看上去还像个残疾人的唯一迹象，是她坚持要在机场坐轮椅。除此之外，在整整两周的时间里，我们以每小时一百万英里[1]的速度从一个地方赶往下一个地方。没有停顿、没有休息、没有牢骚，妈妈到处走，走过一个又一个街区。我们去了剧院、滑雪场、巨型购物中心、滑水表演馆、博物馆、水族馆和天文馆。我们去各式各样的美式餐厅吃饭，从跟电影里一模一样的小餐馆，到豪华好莱坞主题餐厅。这两周的时间，仿佛是我整个人生的另一个压缩版本，最重要的是，在我的记忆中，这是我父母第一次健健康康地享受生活。这是我一直以来梦寐以求的。美国已经治愈了他们。

　　芝加哥只是我们的第一站。那两周的大部分时间，我们是在威斯康星州与我的堂兄科迪和他美丽的妻子伊迪丝一起度过的。科迪就像一个弹性太强的球，永远充满能量、上蹿下跳，完全不像我在英国认识的五十多岁的人。他就像一个"海滩男孩"，有灿烂的笑容和明亮的金发。他的妻子是地道的美国人，皮肤是完美的棕褐色，站在他身边友善地笑着。

　　"这艘游艇是我的！"他咧嘴一笑，用手轻抚游艇的艇身，游艇在湖里轻轻荡着。我们起程了，空调开得很凉，他和我一边不停吃着

1　1英里约等于1.6公里。——编者注

糖果，一边唱着《清晨荣耀》(*What's the Story, Morning Glory*)，而我父母在后面瑟瑟发抖。妈妈穿着她唯一的一条短裤，她那双小腿在阳光下白得发光。她还坚持要在船上穿救生衣，尽管其他人都没穿。我们在水面飞驰时，她紧紧地抓住船舷，大风把她的发型都吹乱了。爸爸回忆起自己的航海时光时，脸上洋溢着快乐的笑容。他系着腰包，但小肚子比腰包还鼓。

"嘿，海伦，想不想玩滑水？"

我趴在大号游泳圈上，使劲抓住把手，随着浪潮上下翻滚，直累得手臂酸痛。最后我不得不放开手，坠入水中时，我看到船已逐渐消失在远处，这让我非常惊恐。漂浮在水中，大白鲨一样巨大的鱼从我腿边掠过，我努力让自己摆脱恐慌。在离我很远的地方，船开始掉头。后来，船终于绕了回来，科迪把我抱回船上，我裹着毛巾坐下，像狗一样气喘吁吁。我们沿着湖的边缘开船，开到一块岩石边上时，科迪让伊迪丝来掌舵，自己跳入水中。

"他要去哪里？"我问道。他正向一个海湾游去。

伊迪丝大笑，几秒钟后，她指向岩石的顶部。科迪在那里向我们挥手，然后从三十英尺高的岩石顶上跳到水里，炸起的水花荡开，船都摇晃了起来。

"科迪！"伊迪丝大喊，"你真是个呆瓜！"科迪正从海浪中冲出来，把沾在脸上的发丝拂开。

我如同置身电视节目当中，一档以一对妙人完美的生活为背景的美国情景喜剧。我在英国的生活不亚于一场噩梦，模糊而单调，但我现在醒了，得以目睹丰富多彩的现实。我不想让这样的生活画下句点。

"有人想吃冰激凌吗？"科迪爬上船尾的梯子，问道，"我们回家路上可以顺便去趟 DQ 冰激凌店。"

"哦，好啊，"伊迪丝说，"等回到家，我们还可以给你涂指甲油，海伦。"

我喜欢她微笑时眯上眼睛的样子，好像她是世界上最幸福的人。她不但美丽迷人，而且愿意花时间和我待在一起。我非常喜欢她。

"是的，"我说，"我的指甲从来没有留到这么长过。自从我们来了美国，我就没咬过指甲。我在这里很开心。"

"哦，才不是呢，"妈妈一边说，一边拉下遮阳帽，"更合理的解释是，你没有时间咬指甲。"我心里挫败得无言以对，只能听到自己心跳的声音。

"我有好多颜色的指甲油，"伊迪丝继续说道，低下头捧起我沮丧的脸，"我们可以做各式各样的美甲。"

"哦，天哪，"妈妈指着水里说，"看，有蛇。"

那条蛇在船边游动着，个头很小，比我的小臂还短。看到它，我好像仍然能感受到鱼在我腿边掠过的感觉。

"谢天谢地，我没掉进水里。"妈妈冷笑着说。

我坐在车里，昏昏欲睡地靠在妈妈身上。她的皮肤被空调吹得透着凉意，不像我的皮肤那样又黏又潮，沾着汗水和湖水。

"科迪，你能先送我回家吗？"伊迪丝说，"我觉得我有点偏头痛。"

DQ 是我心目中的天堂：一家满是冰激凌、冻酸奶和糖果的食品店。爸爸点了杯咖啡，喝了一口就皱起了眉头，而妈妈什么都不肯点。

我和科迪在排队。"你想点什么呢？"科迪一边问，一边开玩笑地用胳膊肘戳了戳我的肋骨。

"我不知道，"我盯着柜台后面的菜单说。每个名字都花里胡哨的，我看不懂。"你想吃什么？"

"我想吃肉桂糖曲奇口味儿的。"他说道。我大笑起来。

"我不知道那是什么，"我说，"但我也来一份吧。"

"两份肉桂糖曲奇味儿的，"他对服务员说，"都要大份。"

"不，"我抓住他的胳膊说，"我要小份就好。"我不希望自己吃不完一个大份，浪费科迪的钱。我不想让他对我失望。

"什么？"科迪假装生气地盯着我说，"别开玩笑了。"他转身对服务员说，"都要大份。"

"你是英国人！"服务员对我说。他最多十七岁，身材高大健美，有着深色的眼睛和完美的笑容。"你是伦敦人吗？"

"不，"我朝科迪笑了笑，说道，"我是农村的。"

"你的口音真可爱。"

我们走回餐桌，科迪轻轻拍了拍我的胳膊。"嘿，他好像有点喜欢你，"他说，"你应该约他出去。"我能看到妈妈眯着眼睛盯着我，希望科迪能在她听到之前赶紧闭嘴。

"这是大份还是小份的？"妈妈问。我在她的质问中仿佛迅速融化，比冰激凌化得还快。"是大份的。"科迪一边搂着我，一边说。从我吃第一口开始，妈妈就乜斜着眼睛，紧紧抿着嘴唇。

爸爸和科迪聊着天，我吃得很克制，只敢偶尔瞥一眼那个服务员，想象他弯腰亲吻我，让我永远留在美国做他的女朋友。

午后的太阳高高挂在天上。"大家一会儿记得要安静一点。伊迪丝可能在睡觉。"回家的路上,科迪说道。他们住在一栋平房里,这条街上的所有平房都长得一模一样,这个社区里的所有街道也长得一模一样。道路宽阔而安静,每家的院子都彼此挨着。

爸爸和我静悄悄地跟着科迪走进房子,我们努力想听到伊迪丝的声音,但什么也没听到。狭窄的门厅通向与厨房一体的餐厅,他们家没有水壶,这一点每次都让我感到很震惊,仿佛在提醒我,这和我的正常生活不一样。科迪沿着走廊走到卧室,想看看伊迪丝有没有好点,能不能起来吃晚饭。

妈妈在我们身后,砰的一声关上了前门。她像一个人形游乐场——音量加满的喋喋不休充斥了整间屋子。科迪猛地转过身来,他一贯的阳光灿烂变成了怒目而视。爸爸也瞪着妈妈,拼命挥手让妈妈安静下来。她用手捂住嘴,假装很抱歉,其实是遮住了她柴郡猫[1]式的微笑。爸爸和科迪走开了,我却吓呆了,无法转身离开。我目睹了一场灾难性的、难以置信的事件,无法继续前行。

"没什么大不了的,"我告诉自己,"她只是忘了要保持安静,仅此而已。这没什么大不了的。"

我想相信自己说的话,转身离开并忘掉这件事。但这是一件大事,像是兜脸一记耳光。我童年的每一个下午都让自己"隐身",这样就不会打扰妈妈了。好些年里,在长长的周末,我的自娱自乐必须完全静音,这样才不会给她带来不便。我做出了全面的妥协,让她可以好好休息。但妈妈就不能同样为别人保持两分钟的安静。伊迪丝对我们很热情,照顾我们,教我弹钢琴,还花时间陪我——以前从未有

---

[1] 柴郡猫(Cheshire cat),《爱丽丝漫游奇境记》中的角色名,形象是一只长着月牙形巨嘴的猫,咧嘴笑的表情给人狡黠、诡异的印象。——编者注

人这样对待过我。但伊迪丝显然还不够重要，不足以让妈妈保持安静。我的脸颊火辣辣的，不知是因为尴尬、愤怒，还是感到被背叛。

　　妈妈推着我走进科迪家的客厅，我站在没有水壶的厨房里，试图重新找到平衡。如同《黑客帝国》中矩阵的一条裂缝，从虚拟世界中露出的一丝真实令我不解——这一刻，我的偶像露出了她不为人知的严重缺点，但这并不意味着她从此就落下神坛了。我摇摇头，放下思绪，跟随她的脚步。不管发生了什么，我都不能说，而是必须将其埋在心里。

第十章

断开锁链

　　我在烤箱、砧板和冰箱间来回狂奔,厨房的热气让我感到越发疲惫。哪怕我有一点点烹饪经验,都会知道自己在犯错,但我太固执了,根本不想妥协。

　　厨房是新的:父母强行把它扩建,根本不管我的抗议。虽然这是我高考[1]前在家最关键的一年,但父母显然不在乎。建筑工人的收音机声和装修发出的噪声都会影响到我复习,但这无所谓。在我离家前的最后一个圣诞节,我们"没必要"用厨房,"没必要"做一顿圣诞大餐。而且,根据我父母的说法,把他们装修梦想之家的计划推迟一年的建议是自私的。

　　"这不是你的房子!"爸爸对我大喊道。当然,他说完之后,那肯定就不再是我的房子了。

　　扩建后的厨房面积扩大了一倍,但一如既往地凌乱不堪,每个柜子里都塞满了餐具和厨具。妈妈也仍然不做饭。

---

[1] A-Level 考试,全称为 General Certificate of Education Advanced Level,是英国普通中等教育证书高级水平考试,也就是英国的高考。

"真不知道你上大学后怎么应付得来。"

在过去的一年里,她经常说这句话。这句话已经被她说烂了,而话中尖锐的嘲讽意味每次都会加深一点。

"你不会做饭,也不会洗衣服。你说你该怎么办。"

她不但反复对我这么说,也反复在电话里对她的朋友和亲戚们说。我受够了听她说我是多么无用。

"你从来没有教过我怎么做饭。"我反驳道,感觉自己是一个令人讨厌的小兔崽子。我双手叉腰面对着她,挑染过的头发向后梳了一条小辫子。我想理智地和她对话,但她刺激到了我。而我生气的反应似乎证明了她的观点,这让我很懊恼。

"你都没让我教你啊。"她说,双手在空中挥着。

因为她从未主动向我展示过如何做饭,所以我从未有机会拒绝她。清洁、洗衣、购物和理财也都是一样的——他们没有让我做家务,我也没有想到要主动去做。这是一种"奢侈"的生活,也让我产生了困惑。我懒吗?我这算被溺爱吗?我不能抱怨我的生活,因为我好像得到了特殊的优待,但我感到肩上有一种沉重的责任——一种莫名其妙的、需要照顾父母的负担——却没有哪件特定的事情要我去做。我每天把自己的需求、感受和愿望放到一边,优先考虑父母。这项责任根植在我的生活里,但我需要再过二十年才能确定这一点。

"就像我跟桑迪说的那样,"妈妈继续说道,"你会饿死的。"

"我可以做饭的,"我说道,脾气越来越大,"按照食谱做饭并不难。"

"哦,真的吗?"她用讽刺的声音说。那个声音告诉我,我是个愚蠢、任性的孩子,不知天高地厚。

"要不我明天给你和爸爸做饭吧?"

她穿着咖啡色的上衣,双手抱肩,头歪向一边,好像我在胡诌一些不可能的事情。

"那你做呗。"

"好的,我会的。头盘、主餐、甜点,全套正餐哦。"

"哦,行啊!"

自打四岁时和妈妈一起烤过一次蛋糕,此后我弄熟任何吃的都是扔进微波炉了事。对了,我还帮凯莉丝做过一次饭,但那次我竟然误以为土豆泥是先把生土豆捣烂再做成的。除此之外,我全无厨房经验,连香肠都没煎过。那天晚上,我翻阅了书架上的食谱书,设计了菜单,选择了我们以前在家里从未吃过的食物,却没有意识到这是给自己平添不必要的难度。我决心让他们刮目相看,证明我不需要他们。

第二天晚上,我穿着围裙,把意式烤面包片端进昏暗的餐厅,然后坐在父母中间的桃花心木和黑色乙烯基椅子上。

"请享用。"我说,昏黄的灯光照在盘子上。

餐具发出刮擦的声响,声音在四壁间回荡。我咬了一口,西红柿像烟花一样在我嘴里爆汁,我尽量保持隐忍的表情,并且低着头。我知道,这样比显示出对这顿饭取得成功的骄傲要好。我撤下空盘时,手有些颤抖,不去看妈妈酸溜溜的眼神。然后我又端出来千层面,最后是苹果派,盘子和银制餐具发出叮叮当当的声音,这是现场唯一的声响。我继续低着头,用余光打量着妈妈,看到她在夸张地咀嚼。她快速地眨着眼,我知道,尽管苹果派的饼底有点湿软,我还是证明她完全地、彻底地错了。我收拾碗时,她噘紧了腮帮子,故意把椅子大力往后推。

"既然你已经会做饭了，以后就多做做呗。"她宣布道，然后大步离开餐桌。

我躲在厨房里，把餐具放进洗碗机，才偷偷绽放出笑容。妈妈以为我只会把面包烤煳、把豆子烧焦，怎么也想不到我能凭一己之力做出整顿大餐。她曾设想过和朋友们一起嘲笑我孩子气的逞能，等着我失败后爬回她身边，满怀歉意地承认我没她不行。她似乎没有意识到，我早就学会了凡事靠自己。

第十一章

逃离

"怎么了?"妈妈问。

我坐在客厅里那把没人坐的椅子上,咬着指甲,茫然地望着窗外,夏末的太阳正朝地平线落下。那一年天气并不算太热,只是温暖到骗我穿上短裤和背心,又让我冻得起了鸡皮疙瘩。

"有点担心明天。"

"为什么?"

她穿着驼色衬衫裙站在我身边,扣子扣到腰部,下半身的裙子是百褶款式。它太不时髦了,太过时了。

"明天我高考成绩就出来了。"我说,带着轻蔑的青少年特有的冷笑。

她眼睛盯着天花板:"我知道。"

我看着自己的一枚指甲,指甲又短又歪,边上的皮肤还剥落了。如果她知道,那她为什么要问我?

"别担心。"

我抬头瞥了她一眼:"说不担心就能不担心吗?如果我得不到两

个A，就进不了诺丁汉，或者我想去的任何一所大学。马上就要见分晓了，我压力很大。"

"会好的，"妈妈说着朝门口走去，"你不必担心。反正我从没想过你会上大学。"

我坐起来，在座位上转过身，面对她问："什么意思？我一直盼着上大学啊。"

"不，不是的，"她穿着奶油色平底鞋转来转去，"我和你爸爸都没有上过大学，所以我也没指望你能上。"

我揉了揉脸："但你说我的小学老师告诉你，我很聪明，可以上大学，从那以后，你和爸爸一直在攒钱好让我上大学。"

她耸耸肩，好像这又是我编造的一个故事。"你说是就是吧。"

也许她在什么地方读到"不应该给孩子太大的压力"，并自认为在践行一种正确的育儿方式。感觉上就像是她有意地反驳我，再次无视我的感受，迫使我咽下她不想让我表达的情绪。

父母似乎对我上大学没那么感兴趣。在我高考前复习的过程中，他们几乎没有给予我任何支持。尽管我在学校的许多朋友都沉溺于青春期的各种诱惑中，但是我只下定决心埋头专注于学习，还去上各种课外补习班，为的就是取得好成绩。妈妈在我申请大学的过程中，愤怒地指责我是个难对付的孩子，批评了我独自生活的能力，否决了我的首选：伦敦和纽约，她都觉得离家太远。爸爸带我去了几所大学的开放日，但我只能独自研究和填写UCAS[1]表格。在我面对人生中最重大的事件时，父母只是袖手旁观。

公布成绩的那天早上，我根本没法吃早饭。我每隔五分钟看一

---
1 大学/学院招生服务中心。

次表,整整持续了五个小时;感谢上帝,爸爸坚持要早点出发。我的手心紧张得直冒汗,紧攥着那张纸,绝对不能弄脏我仔细抄下的大学电话号码,这些号码是按我最想上的学校的顺序排列的,底部是一片空白,为我不可避免的失败做好准备。

妈妈、爸爸和我从停车场走到人群中,焦急的学生和家人挤作一团。爸爸站在斜坡入口附近,斜倚栏杆,从黄褐色的工装背心里掏出人工呼吸器。我的胃翻腾起来。四周的朋友和熟人们都坐立不安,有些人表情焦急而严肃,有些人则情绪亢奋。我不敢相信我就在他们中间。我仿佛看到了全新的生活在向我招手,摆脱父母残疾的阴影。

门打开了,我和同伴们一起走进了一间宽敞凉爽的大厅,大家都尽量表现得云淡风轻。我们在桌子后面排队,桌上堆满了按字母顺序排列的信封,老师们在桌子后面快速翻阅着名字。查理有些坐立不安,不断用手拨弄他新剪的金发,我在他旁边晕晕乎乎地傻笑,还手舞足蹈。

"你需要什么样的成绩?"我问。

"AAB。你呢?"

"一样。怎么这么慢呢?拿上信封,赶紧走啊,伙计们。"

"他们真得抓点紧了,不然我就要尿裤子了,"他一边说,一边像我一样急促地跺着脚,活脱儿一出踢踏舞剧《大河之舞》。我们慢慢地走向队列的前面。

当那只朴素的棕色信封被交到我手中,我感觉到它在燃烧,充满了希望,又蕴藏恐怖。查理和我站在大厅边缘,我们彼此凝视着,从信封里抽出写着考试结果的纸。

"我的眼都花了!"我说,目光从一个字母跳到另一个字母,我无法集中注意力，也无法读懂这些单词。

"成了！"查理说，"我是AAB！"

"不敢相信！"我喘着气，紧紧抓住他的手臂，"我也是！"

那是一个目眩神迷的瞬间，一个令人宽慰而又难以置信的时刻，一种高亢的情绪爆发。我抱着查理喜极而泣，完全沉浸在自己的世界里，以至于没有注意到他也在拥抱我。

"我真不敢相信我们成功了！"

那张薄薄的白纸是通向我独立自主生活的邀请函，是我远离父母和家乡的未来。我放开查理，再次检查了那封信，担心自己看错了。我是真的做到了。房间里充斥着兴奋和失望的情绪，如同一杯入口清爽的鸡尾酒，但喝下去之后会感觉到酒精的慰藉。我简直不敢相信。我跌跌撞撞地从朋友那里走到了父母身边，就像走在一团名叫"成功"的绵软云团上。

"看看，"我说，把结果递给他们，"你们看看！"

"什么，什么……我不明白。"妈妈结结巴巴地说着，从我手中抢走了那张纸。"我成功了！我得了两个A和一个B。"

"还有通识教育也得了A。"爸爸轻拍着我的背，笑着说。

"哦，我的天。"妈妈深吸了一口气。

她抓住栏杆，弯下膝盖，让人觉得她快要晕倒了。

"哦，我的天。"

"振作起来，埃莉诺！"爸爸呼哧呼哧地说，脸颊发红，面部表情快速变换着，希望没有别人看到她的表演。

"我真不敢相信。"妈妈说着，无力地用手抹了抹额头。爸爸抓住她的胳膊，用力把她拽起来。

"有那么令人吃惊吗？"我皱了皱鼻子，说。这是大厅里一片欢声笑语中一点不和谐的低落。"我以为你会说我并不必担心的，一切都会好的。"

"但我没想到，"妈妈重重地靠在爸爸身上说，"我没想到你能得到AAB。"

我快喘不过气来了，想坐下来歇歇，太多的情绪在我的脑海中涌动。

"我得了AAB，能进诺丁汉了！"我说。

"是的，是的。"她说着，轻轻一抬手，让我闭嘴。我对她的反应置之一笑，她竟然跟我一样不知所措、激动不已——我感到尴尬和不安，而我成功的光环仿佛也失去了光泽。

埃莉诺的日记

2001年8月16日

海伦5:30起床。7:30吃早餐。海伦很紧张。10:30，我们一起去了她的学校。10:50，海伦得了AAB。太棒了——她很震惊。我们回家开了香槟。

第二部
痛苦的错位

我本以为，我们的亲密关系和其他母女没有差别。我拥有一片片拼图，但它们被错乱地放在一起，而且盒子上的图片是错误的。

第十二章

蜜罐

大学里一直都是秋天——天气总是很凉爽，又总是要穿着雨衣，夏天、复活节和圣诞节都被长假偷走了。我还是很喜欢独立生活，尽管妈妈对此持保留意见。这是我生命中第一次，只需要关心我自己、我的需求和我的感情。

等我回到家，妈妈对我说："你已经离开家六个星期了，"她很愤怒，言语中充满了火药味，"六个星期！"

"我之前就这么告诉你了呀，"我说，"我需要安顿下来。"

"但是你离开了六个星期！"

我们家有一名清洁工和一名园丁，所有的饭菜都由爸爸做。与我的朋友不同，从我小时候起，家里就没让我做过家务。我从来没有洗过衣服，没有独自去过超市，没有倒过垃圾桶，没有打扫过厕所，我也没有掌握照顾自己的技能。我现在明白了，这其实是很隐蔽的一种"照料缺失"：我的父母没有教给我必需的知识，然后嘲笑我没有掌握这些。在外人看来，我是个被宠坏的孩子，但我的父母并没帮我准备好，如何面对离开他们之后的生活——也许是因为他们认为我根本不应该离开。

在大学里，我要学会做饭、打扫卫生、独立生活，同时要适应新的城市、新的生活节奏，以及全是陌生人的大学校园。我被压得喘不过气来。父母几乎没有帮我为上大学做什么准备，我感到极度的不适应。我记得在第一个学期开始的一个星期，有一天，我坐在床上，对着一本研讨会的目录册哭泣，心中满是茫然。

尽管我在几个星期里（或者，换个说法，也可以说是整整三年里）漫无目的地四处游荡，我还是尽力满足温饱，勉强保持清洁，而且成功地拿到了学位。历史系的学生每周只有四个小时的课程，我们需要极其自律，大部分时间都泡在图书馆里勤奋自学。我发现，我在童年时独自度过的那些下午，已经把我训练成可以在孤独中自我激励的人。我已经成功地逃进了属于自己的生活中。

我在诺丁汉的时候，凯莉丝正在威尔士经历她自己的大学冒险生涯。我们在第六年级[1]的时候就不怎么联系了，虽然我仍然喜欢和她在一起，但我们现在只在长假期间回家时见面。

我们去上大学的时候，正赶上妈妈的肌痛性脑脊髓炎复发。我看不出她这次的病情和以往有什么明显区别，但这次她没有来诺丁汉看我。她只到过我的宿舍一次，而且直到最后一个学期才参观我的学生公寓——我在那里度过了我大学生涯的后两年。虽然爸爸的健康状况越来越差，但他还是独自开车接送我。我出水痘那次，也是他来接我。他是我的紧急联系人。

一旦和妈妈分开生活，事情就变得简单多了。离家前一年的大部分时间，我都觉得她在不断挑起和我的争论，以证明我是一个多么

---

[1] Sixth form，英国中等学校的最高年级。

糟糕的"死丫头"。我离开家之后，只要我需要她，她就会在电话那头听我倾诉，仿佛我十岁出头时格外亲密的母女关系又回来了。

当时正是日落时分，一个隐秘的时刻，绚烂的杏黄色云彩逐渐褪色，黄昏的天空透出桃红。我走在通向工程系图书馆的天桥上，桥下的汽车将黄色的光束打在夜幕上，照亮了向我走来的学生人群，他们正在往家走。没有人知道我在哪里，也没有人知道我在做什么，因为一切都还没有正式开始。

我是通过朋友认识彼得的。起先我们在台球桌上暗送秋波，深夜，他把我从酒吧送回家，路上我们一直在聊天，谈到我们的父亲都有心脏问题，对此他深感担忧。我很快就喜欢上了他：他棱角分明的五官和帅气的发型，他的安静和敏感，以及他很理解家中有一个健康状况岌岌可危的父亲是什么样子。妈妈只知道我们是朋友，但我肯定是提到他的名字太多次了。

"我知道他们会围着你转，就像蜜蜂围着蜜罐一样。"她说。我感觉她说的是别人。我无法想象有人喜欢我：我又胖又笨，又丑又不可爱。上个周末我回家了，而一进门我就后悔了。

她问我："你想念你的小情人吗？"她笑得像个魔鬼，嘲笑着她那可怜的、为情所困的十九岁女儿，"你爱他吗？"

我走开了，希望她不要再提这件事，但这些嘲弄之声整个周末都萦绕着我。然后，在返回学校前的最后一个晚上，我准备去睡觉了，她在楼道把我拦住。我已经穿上了睡衣，她穿着一件闪亮的涤纶睡裙，裙摆的蕾丝花边拖到地板上。她离我很近，迫使我退到我的卧室门口。

"你还没有和他发生过关系吧？"

她的头发上着卷子，脸上涂着厚厚的润肤霜，散发着玉兰油的味道。

"没有，"我说，"我们只是朋友。"

"那就好，你可不能这样做，"她坚持说，锐利的眼神直直地盯着我，"不然有你好受的。你可能会得艾滋病，然后死掉。更糟糕的是，你可能会怀孕。"

她的鼻孔翕张，向我凑过来，把我钉在原地，她的呼吸喷在我脸上。

"那会毁了你的人生。"她说。

她走开了，但威胁的目光仿佛凝固在我身上，直到她走进自己的卧室。我急忙跑进自己房间，握紧门把手，防止她跟着我进来。她跟我聊这些，是因为害怕我会失去童贞吗？还是在告诉我，是我毁掉了她的人生？我一直等到听见她把自己房门关上，才上床睡觉。而我们在电话中交谈时，就没这么多事了。

我确信她不知道我那晚要和彼得出去。春天的夜晚温暖宜人，我穿了一件粉红色的连帽衫和一条轻薄的牛仔短裙，裙长在膝盖以上。我从天桥另一边的台阶上跑下来，在空荡荡的工程系大楼中穿过，只有影子一路静静地陪着我。越往校园深处走，就越安静，就像一座曾经有人居住，如今却空无一人的小镇。我远远地看到彼得坐在一堵矮墙上，穿着浅棕色的短裤和海军蓝衬衫，袖子卷到手肘上。

"嘿，"见我走近，他站起来说，"一起走走吧。"

我们走到咖啡馆，买了几听柠檬可乐，然后快步下山来到湖边。灯光照亮了水岸，小路依然昏暗。

"我好像不是特别喜欢在树下走，"我说，"我们可以在这里坐坐吗？"

　　坐在长椅上可以看到湖面，小船系在水岸边，鸭子和天鹅游来游去，一派静谧的景象。

　　"这里真好。"我说，他转过来，冰蓝色的眼睛看着我。

　　"是啊。"他表示赞同，然后把柔软的嘴唇覆在我的嘴上。这是我们第一次接吻。

　　我们向小山上走去，在山顶可以俯瞰整所大学，甚至整个城市。城市在夜色中透出亮光，就像我们在临近考试的紧张课程和复习中挤出来的短暂闲暇。我们走在回去的路上，一盏盏台灯透过学生宿舍的窗户照亮了安静的街道，他把我送到了门口。虽然我们只交往了几个星期，但我已经知道，这就是我以后要嫁的男人。

第十三章

破碎

"它"出现在我结业考试的早上,并且断断续续地绵亘了接下来的四年。当时我正在复习,有什么东西从我脑海中一闪而过,就如同关掉了一个开关。这种感觉是如此明显,以至于我不得不停下来,试图把它从脑子里甩出去。但是巨大的乌云已经笼罩了我,使我的视线变得模糊,并且在我穿衣服、戴上订婚戒指、复习、考试以及之后见到彼得的时候,一直都挥之不去。"它"永远都在那里,与世界毫无关联,仿佛是站在我身边的另一个"我"。那天,我应该感到紧张,然后为终于完成学业而松一口气——事实上,我什么也没感觉到。我了解自我厌恶的痛苦——在我十几岁的时候,那种无法逃避的痛苦吞噬了我的内心——但这次不同。这是一种漫长而空虚的麻木。

前一年的圣诞节,我发现爸爸在家中厨房里倒下了。他已经无法呼吸了,功能已经受损的肺部因为感染而进一步恶化。他昏倒了,摔破了头。现在,他要做一场风险很高但又不得不做的手术。我所有的担心都成为现实,但它们来得太不是时候了。作为妈妈的看护者,我并不适合参加考试、找工作、结婚,或者拥有自己的生活。

爸爸的情况已经稳定下来，我的考试也已经结束，在真正的生活开始之前，漫长的夏天就这样到来了，我已经准备好拥抱这个夏天。但是恐惧并没有离开我，而是隐没进浓浓的黑暗中。而且，虽然我想让自己更快乐、更光明一些，但每天醒来都只感到空虚，无法摆脱"它"。我试过找点喜欢的事情来做，好让自己振作起来，但这一次并没有产生什么效果。我被改变了。我把对新的"我"的描述写了出来：

没有情绪。

没有什么能让我高兴。

没有食欲。

极易被激怒。

真的、真的很疲惫。

无法集中注意力。

校医院的诊室在地下室，阳光从候诊室的天窗落下，在候诊学生的头上形成一圈圈光晕。我做着深呼吸，试图减慢呼吸节奏，一边把颤抖的手藏在口袋里，只偶尔伸出来，在牛仔裤上蹭汗。我知道这地方不安全。这里只会有猜疑和嘲笑，没有好的结果：要么被训斥浪费时间，要么被诊断为精神崩溃。但我没有别的地方可去。尖锐的电子播报音叫我的名字，就诊房间号码在电脑屏幕上闪现，我跌跌撞撞来到走廊的尽头。还没进门，我就已经哭了，把就诊单递给医生，一句话也说不出来。医生看上去不为所动，又一副已经猜到的情景。

我甚至没有考虑过抑郁症的问题。我听说过这个词，但我对它的理解，不过是《小熊维尼》里小毛驴屹耳的愁眉苦脸，或是某天心情不好。虽然我还是很快买了抗抑郁的药，但我更相信不要太早吃药的言论，仿佛这种疾病会随着时间自行消失。我攥着一大把单据离开诊室，没对自身情况产生更多的了解，也没有从中获得任何帮助。返回宿舍后，我收拾好行李，回家过了三个月的暑假。

在家的时候，乌云并没有散去。我被无情、沉闷的天空所吞噬，我把医生的话讲给父母听，但他们根本不以为意。我像个僵尸一样终日徘徊，无法平静地生活，也无法制订计划，尽管距离我的婚礼只有几个月了。

"我一直有这种感觉。"

我本来不想说什么，当我和妈妈在楼道相遇时——妈妈正准备去睡午觉——"它"从我身上跳了出来，决定不再被忽视。

"什么感觉？"她叹了口气，在门口站定。她把茶杯紧紧抱在胸前，用手指敲打着杯身。

"我不知道，怎么说呢，我好像真的不喜欢我自己。我觉得我有点……失败。"

"哦，"妈妈说，掸了掸肩膀上的灰，"够奇怪的。"

我只能盯着墙纸仔细地看啊看——看向每一条奶油色的旋涡纹理，希望妈妈能说些什么，来填补我们之间的空虚。但她没有。

"自从我……很小的时候起，就一直是这样。"我补充道，希望能促使她说更多的话。

"我记得你在学校时很难过。"她说。

"很难过"。这是否意味着她记得与沃伯顿夫人的谈话？她看到我身上用刀划的伤口了吗？她是否听到了我每晚的哭泣？即使她看到或听到了,她也什么都没做。

"你不会伤害自己吧?"

"不会,"我飞快地说,"我上学的时候干过,但现在不会了。"我扫视了一下自己穿着袜子的脚,用脚趾沿着地毯上的涡纹图案画圈,"你有过这样的感觉吗?"

"没有,"她说,这个词在我耳边嗡嗡响,"不,我不知道那是从哪儿来的。"她直起身,摆弄着裙摆,准备离开,"肯定和我没有任何关系。听起来好像你有什么毛病,是内心的毛病。"

她向自己的房间走去,然后停下来,我盯着她蜷缩的背影。"不过,不要告诉爸爸,好吗?那会伤透他的心的。"

楼梯的平台并不大,但看上去如同一个巨大的空洞,恰似我身体里无尽的虚空。

第十四章

肥胖

十三岁那年，有天晚上我睡不着觉，就在黑暗中偷偷溜下楼，小心翼翼地避开吱吱作响的台阶，从门的缝隙间溜进了客厅，却看到爸爸坐在客厅的椅子上也睡不着，我吓得跳了起来。他给我围上毯子，我们蹑手蹑脚地走进花园。乡下的夜空是纯净的深黑色，他让我看星星，将恒星和行星指给我看。这段经历只有短短十分钟，却是我和爸爸共度的最美好的时刻之一。

结婚前的那一夜，我独自凝望着同一片天空，知道第二天一切都会变得不一样。令人惊奇的是，改变的不仅仅是那些大事——我的名字、我住的地方、和我同住的人——以及所有的小细节。我终于可以睡着了。不再做噩梦，梦中不再有持枪的"它"追赶我，也不再想到要留遗言。在彼得身边，我感到很安心。我也开始享受吃东西，不再认为进食的行为会遭到审判，食物的味道不再是平淡无奇、无法下咽或令人反胃的。蛋糕不是干巴巴的了，巧克力饼干很美味，香肠、牛排和汉堡不再是需要征服的大山，而是可以细细品味的美食。

我们一起看婚礼照片时，妈妈一直在嘟囔："你太瘦了。"我穿着无袖的白色礼服,活像一位公主,一串串亮片像瀑布一样,从腰部一直延伸到地板。"我也见过其他很苗条的新娘,但她们看起来很病态。但是你看起来很美丽动人,你让每个人都嫉妒得要命。"她转向我,挑起眉毛问:"你现在有多重?"

"我有九英石。"我说着,声音越来越低。我越来越胖,却不知道如何阻止发福的势头。我已经失去了控制。

"我的天哪!"她喘着粗气,张大嘴审视着我,"你要穿16号的衣服吗?"

我扭动着双手:"不,我穿10号。"

"你不可能穿10号,"她摸着自己的肚子说,"我都穿10号。"

她翻开婚礼相册的一页,看着她亲手为我系紧身胸衣的特写照片,笑了。

"我后来给多丽丝看了你上次来时我拍的照片,她说你现在看起来好多了。"她说,为了达到效果,她故意停顿了一下,"她说你婚礼那时太瘦了。"

在其他人听来,这好像是一种恭维。要真正理解她的意思,你就必须了解妈妈有多讨厌多丽丝。妈妈认为多丽丝是个白痴,她的意见不仅毫无价值,而且根本就是错误的。翻译过来就是:"多丽丝就是个白痴,她居然觉得你现在胖了好看。"

我不再关注照片中人的表情,或欣赏他们的衣服。相反,我在仔细研究他们的腰围,看他们是否比我更瘦。我再也无法正常地看待他们或我自己了。我所看到的,是我变得多么可怕、多么肥胖,我的皮肤像熔化的蜡一样层层叠叠地摞在腰间。我感到羞愧难当。

第十五章

筋疲力尽

　　我不适合职场，或者说我是这样在心里暗示自己的。大学毕业后，我先是做行政助理，然后在警察局找到了一份文职工作，这个岗位薪水丰厚，社会地位也很高，可我很自矜，不想告诉朋友和家人。但是，这份工作的名头和实际内容并不太相符；需要做的只是重复的、枯燥的行政事务，比如在数据库中搜索和填写表格。这间大办公室里仅有五名女性职员，在别人开玩笑时我总觉得无所适从。当我的一个男同事——一个五十多岁的塌鼻子男人，他坚持让我们叫他"维克"，尽管那并不是他的名字——向办公室宣称他上的是"社会大学"时，我坐在自己的座位上，暗自庆幸自己拿到了大学文凭，才能在二十二岁的年纪轻易地获得高薪的职位。

　　我不能理解，这个组织严密的警察大家庭，对待文职人员的态度仅仅是"容忍"。我感到不公的还有，已经进入二十一世纪了，只有少数女性警官能通过努力奋斗和自我牺牲晋升到较高的职位，而警队中的大多数女性都只能屈居次要的文职岗位。我不知道如何应对那些高高在上的男性的虚张声势。直到我看到维克躺在一张桌子上，对面是人力部门的一名金发女职员（不超过二十岁），她单膝弯曲，脸部紧贴在他的胯部，我才意识到他经常恐吓和威胁女性。直到那时，我才明白，他趴在我肩上看报纸——靠在我身上，鼻息喷在我的后脖颈上——是**故意**想让我感到不安。这就是为什么他一直要等到我们单独在办公室才这样做。这也是为什么当我把那张报纸递给他，请他离开时，他会说他并不想看报纸。我不知道该怎么对付他，除了每次泡茶时把结成一坨的红糖舀到他的茶里。尽管我不能进一步地回击，但这也给了我一定的满足感。他不是办公室里唯一这样做的男警官，即便我投诉他们，也不会被认真对待。

爸爸的状况越来越糟了。他患有慢性肾病和难以控制的糖尿病，莫名其妙地瘦了很多很多。他的肺部功能极差，以至于全天都需要吸氧，一旦离开氧气机几分钟，他就无法呼吸了。他的扩张型心肌病导致了一系列的心脏问题，经常被紧急抬上救护车送去医院进行复苏。彼得和我在整整两年时间里，总是凌晨四点被电话吵醒，让我们马上赶过去。我们得在黎明前的黑暗中驱车一百多英里，一路祈祷爸爸能再多坚持一个小时。每一次，我们都提心吊胆地奔赴，到了以后却被告知他已经转危为安。一位护士告诉我，这就是心脏病的常态：就像坐过山车一样，患者的病情一会儿突然危急，一会儿又能重新稳定。

我的朋友们正在为他们的下一次晋升而努力工作，或者开始尝试怀孕生子，但我的生活还陷在困局中。爸爸去世只是时间问题，然后呢？这是一种难以想象的恐惧，无法用言语表达。我记得我哭着对彼得说，爸爸的死意味着我会失去一切，其实我根本不知会"失去"什么。我一直在努力解决这种意味不明的本能反应。当然，我确实可能在非常年轻的时候就失去父亲，但我并不是小孩子，不至于父亲一走就失去一切。我没有意识到,自己最害怕的其实是回到刚刚逃出的牢笼:爸爸如果去世,意味着我将重新成为妈妈的看护者,再一次沉溺在她的世界,去迎合她的一切需求。

我累了。

我的精力已经耗尽了。在与失眠斗争了这么多年后,我现在面临着相反的情况:大脑处于宕机状态,眼睛好像总也睁不开,整个人陷入了无法逃脱的旋涡。全职工作是不可能的,所以我放弃了很多工作时间。我会在午饭时间开车回家,无意识地吃点东西,然后像僵尸一样倒在床上,两三个小时后醒来。我会为彼得准备晚餐,等他下班回来,和他安静地度过夜晚,然后感激地回到床上睡觉。我看到了一些东西——盘子大小的蜘蛛爬上了墙壁,还有人影,当我仔细观察时,那些影像又消失了。我听到没人的办公室里传出欢声笑语,听到婴儿在我空荡荡的屋子里哭泣,还听到一只猫在狂叫,声音大得把我都吵醒了,但我们并没有养猫。我知道这些东西不是真实的,但它们确实存在,近在咫尺。医生只是将其归结为我需要查查眼睛,但我认为我快疯了。

我去拜访过好几位心理咨询师,但我在诊疗过程中所说的一切,都未能说明我为什么会有这些感觉:被灾难性的恐惧所困扰;极度自我厌恶;害怕面对没有边界感的人;怀疑自己的每一个举动、每一句言语,甚至是每一次呼吸。那些心理咨询师似乎只是在目瞪口呆地看着我,他们并不能理解我内心所发生的、令我疲惫不堪的事情,也根本给不出什么解释。他们帮不了我,这只能证明妈妈是对的——我崩溃了,我很糟糕,我很失败。

这样的开端简直太不顺利,我想彼得一定后悔和我结婚,尽管他说他从来没有这样想。我俩截然不同：他是一名工程师，我是一个搞创作的人。他很务实，很有逻辑，最喜欢自己动手解决问题。而我乐意整天读书和写作。我们家堆满了彼得的运动器材和我的好几把吉他。我把家里搞得一团糟，他就跟在我后面打扫卫生。我总是早到，他总是迟到。我们经常开玩笑说，如果我们婚前同居过一阵子，就绝对不会结婚了。

而我们有着共同的梦想，因此才惺惺相惜。我们喜欢一起出去吃饭、度假、骑自行车，最重要的是，我们都想要一个家，把"家"视作珍宝。我们都梦想着培育下一代，给他们营造充满乐趣、慈爱和幸福的生活。在我们二十多岁的时候，我们离组建自己的小家庭还差得远。不仅我爸爸病得很重，我自己也在悄悄地走向崩溃。

后来，我去看一位全科医生，他操着一口爱尔兰口音，斑驳的胡须和飘散的金发相映成趣。我告诉他我有抑郁症，他问我有什么症状，当我列出各种症状的时候，我发现他只是看着我，几乎没留意我在说什么。这一切都是真的吗，还是我在幻想？他转向了在我坚持下赶来的彼得。我已经在哭了吗？

"你觉得她的主要症状是什么？"

彼得在座位上不安地动来动去。他是来陪我的，而不是我的代言人。

"从我的角度来看，她睡得有点多。"

"睡得很多？是的，你看，"他回头对我说，"这不是抑郁症。这是肌痛性脑脊髓炎。"

我猛地大笑起来："不，不是肌痛性脑脊髓炎，是抑郁症。我以前也发作过的，我知道。我妈妈有肌痛性脑脊髓炎。我知道肌痛性脑脊髓炎是什么样。"

"啊，那就对了！你妈妈就有这个病。这种病是家族遗传的。"

不，我没有肌痛性脑脊髓炎。不可能有的。我知道他错了，但这仍然让我充满恐惧。他搞错了——我的症状符合抑郁症和精神病发作——但我躺在床上的时间确实太长了，这点和妈妈相似，让我深感不安。每天下午我都会午休，就像她一样，就像她这二十年来一样。太像了，让我感到很别扭。我不想像妈妈一样。我不想在床上消磨时间。我试着不睡，用精力强撑过去，但我被筋疲力尽的感觉吞噬了，根本无法抵抗。

我的一位女同事问："我可能不该这么问啊，你想过自杀吗？"她留着一头又长又直的头发，午餐吃自制沙拉。她苗条、有魅力，工作或者生活可以堪称成功，但她不理解我。我点点头，她啧啧地说道：

"我只是不知道为什么。我见过很多处境比你还要糟糕的人，但他们不会想自杀的事儿。"

我开始找兼职工作。这份工作只是普通行政，没什么大名头，工作内容是每周三天组织高中生搞活动，办公室里全都是三十岁以下的女性。我的同事们都平和友善，办公室里的气氛与此前的工作完全不同。我一有空就去健身房锻炼，身体状态开始改善。我不再听到奇怪的声音，不再看到奇怪的东西，也不需要一直睡觉。但爸爸的健康状况仍在恶化；医生们无能为力，他的预后也很糟糕。兼职工作也有些支撑不下去了，于是一年后我就不干了。如果我想再回到自己原本的状态，就需要时间和空间来恢复。

第十六章

一片片拼图

妈妈已经准备好了,她坐在梳妆台前,周日早晨的阳光透过窗户倾泻而入。彼得和我周末回了父母家,我们担心这可能是最后的周末。在过去的两个月里,父亲一直在住院,我尽可能多地去看望他。每次我见到他,他对周围的感知都在一点点退化,因为他的呼吸能力恶化,到达大脑的氧气减少;他的心脏也在衰竭,这一切只是时间问题。

"我太累了。"我肩膀耷拉下来,边说边匆忙穿上一条灰色灯芯绒裤子,裤腰处堆叠得鼓鼓囊囊的。我又饿又沮丧,说道:"我累坏了。"

"我知道,"妈妈一面补妆,一面在镜子里看着我,说道,"我也是。"

"我不知道我还能撑多久。"

话一出口,就像针一样刺痛了我的嘴唇。这样的话,是对父亲的背叛。毕竟,病痛不在我的身上。他才是那个受苦受难、面对死亡的人。他可能要忍受几周,也可能要几个月,这种想法让我感到绝望。

"我也不知道我还能撑多久。"妈妈走过来坐在我身边,胳膊随意地搭在我的腰间。

"我希望这一切能结束,但要是真的结束了……"我说着,声音渐渐变小。

"我知道。一天一天地挨下去,这就是我们所能做的。"

我们和彼得一起开车去了医院,特意提早一些到,这样可以在探视之前去喝杯咖啡。看过爸爸之后,我和彼得就要回到诺丁汉,回归日常生活。咖啡馆里空荡荡的,金属椅背冰凉地贴在我背上,手中的棕色液体灼热滚烫。没有什么话可说了,我茫然地看着医院的接待处,我已经太熟悉这个地方了。妈妈的手机在包的深处发出嗡嗡声。

"喂?喂?"她摸索着把手机凑到耳边答道。还没挂断电话,她就跌跌撞撞地从座位上站了起来,"快,去病房。"

"怎么了?"我脱口而出,从椅子上猛然站起,抓住她的胳膊问,"他们说什么?"

"他情况突然恶化了[1]。"

在二十五岁的年纪,我还不知道这句话是一种"医用代码"。我也并不知道,即使在医院里,人们也不会大方地直接谈论死亡,而是用一些不直接触及现实的温和措辞来掩盖。我不知这会有什么用处。我们径直跑上楼梯,连妈妈也没有在电梯前停下。我冲在最前面,一步跨三级台阶,然后在病房门前停了下来,对即将要面对的事情充满了恐惧。妈妈从我身边挤过去,护士站在爸爸病房的侧屋门口等着

---

[1] 原文为"He's taken a turn for the worse.",可以理解为"他在鬼门关走了一遭"。下文的"医用代码"是说这句话只是一种对"死亡"的避讳。——编者注

我们。

"很遗憾。"她说。

我已经为这一时刻做了十五年的准备，因为我无意中听到爸爸随时可能会死去。但我曾想象过的那些情景，都无法与当下相匹配。一切都仿佛以慢动作发生，缓缓流出的泪水模糊了我的视线。妈妈在慢慢倒下，但没有真的摔倒，因为护士和我在她跪到地板上之前搀住了她。她哭得很大声，张大嘴巴号叫着，脸上却一滴眼泪都没有。我们把她扶到附近的椅子上坐下，她还在号哭，而我站在一旁，像一个困惑而尴尬的旁观者。我想象着自己是一个病人，在另一个房间里听着母亲的咆哮：死神就站在我面前，无情地怪罪我、嘲笑我。

"你们要看看他吗？"护士问。我读懂了她的表情；她希望妈妈能挪个地方。妈妈独自站起来，短暂的独角戏告一段落，她和我跟着护士走进了爸爸居住过的最后的房间。天很黑，窗帘拉上了，空气中有烧焦的巧克力味。爸爸一动不动，悄然无声，凝固了的目光不知看向何处，如同他的灵魂跳脱出了身体。桑迪后来说："他简直像天使一样，太平静了。"

我们坐在他身旁，妈妈抚摸着他的额头。我摸了摸他的手背，他的手又大又宽，以前经常挠我痒痒，还给我举高高，在我肩膀疼的时候给我按摩。他的手依然是温暖的，只是指尖在慢慢冷却。

"他走得很快，"护士说，"他说要喝点东西，然后就走了。"

"是吗？那就好。"妈妈轻声说。

我知道这不是真相。当心脏衰竭时，人的肺部会充满液体，相当于溺水而死——毫无疑问，他的最后时刻肯定在不断地咳嗽、呼吸急促、惊慌失措。但这个过程会很快，她是对的。

"你们可以和他单独待一会儿,"护士说,"有任何需要就叫我。"

我们静静地看着他,以为会发生些什么,但他只是一点点地冷下去,一点点地丧失掉所有生气。就像进屋时一样,只有我们三个人。过了一会儿,妈妈和我走到窗户旁,在房间的半明半暗处坐下。我们不知该做什么,也不知该去何处,之前的闹剧被一片疲惫的沉默所取代。他躺在那里——这就是我的爸爸,带我去过花园中心看星星、大学时开车接我回家、在婚礼上牵着我的手走向新郎的那个人。这就是我的爸爸,手里总是端着杯啤酒,穿着不好看但很实用的衣服;喜欢吃斯蒂尔顿奶酪,做炸薯条,听无聊的谈话广播节目。很快,我和妈妈就要回家了,但他不会和我们一起回去。他会进入冰冷的停尸柜,独自躺在那里,我再也见不到他了。"我不想就这样让他一个人留在这里。"我哭泣着说道。

妈妈慢慢地转向我,我抬头望着她,希望她能伸手搂着我的后背,给我片刻安慰。但她脸上的神态和刚刚不一样了。她不再是那个崩溃的妻子、哭泣的遗孀、和护士说话时绵软无力得像棉花糖一样的女人。现在的她有着锐利的五官和刀一般锋利的舌头。

"嗯,重点就是他死了,不是吗?"她厉声说道,"他不能和我们一起回去。"

我的喉头发紧,眼泪止不住地顺着脸颊滑下。她对我没有任何体贴,只允许她自己悲伤。

这件事本来可能成为导火索的,但最终也没有爆发。不管是我们全家去美国度假那次,还是我的高考成绩出来那天,又或是我们之间那么多次奇怪的对话,本来都该让我看到真相的,但我总是忽略这些迹象，自然而然地为妈妈找借口。我告诉自己，她做出这样的反应，是因为她太悲痛了，如今成了寡妇，她肯定比我更悲伤。她需要被照顾，而我本该把自己的悲伤放在一边。只要是做母亲的，遇到相同境地都会这么做。我本以为，我们的亲密关系和其他母女没有差别。我拥有一片片拼图，但它们被错乱地放在一起，而且盒子上的图片是错误的。

那时我站在医院的侧屋，永远无法想象以后会发生什么。我记得当时仅仅是想到妈妈有一天也会死去，就忍不住哭了起来。我相信，母亲是我最好的朋友、最亲密的知己——没有她，我无法想象生活会怎样。那时我不知道，我的世界即将变得支离破碎，而就在几年后，我最渴望的竟然是没有她的生活。

埃莉诺的日记

2008 年 11 月 15 日

　　给病房打电话——情况一般。所有人都去了咖啡厅，但病房打电话来了。艾伦恶化了。跑着上楼梯，没见上艾伦最后一面。我痛苦地大哭。海伦和我进去看他，他看起来很整洁。身体依然温暖。哭了。端来了茶。询问和他在一起的护士——说他的胸部有泡沫，他说他必须吃东西——然后死了。海伦接过我的手机，交给彼得，彼得给桑迪打了电话，桑迪来了。给我很大安慰。我们和他待在一起。中午 12 点，我们和桑迪把他的衣服和杂物带回家，彼得做了午饭。坐着说话，哭了。给亲戚打电话——先给他的亲戚打，再给我的打。茱莉亚来电——震惊于艾伦的死讯。吃完饭喝茶。上床睡着了，但夜里 1 点，海伦和我醒了，哭着说话。然后吃了安定，喝了葡萄酒，睡觉。

11月22日

　　挣扎着起床——打电话给银行。茱莉亚来接我们。去找帽子——没找到——去银行花了一个小时。去帽子店买了帽子和围巾。竟然花了110英镑——哦，花就花了。茱莉亚送我们回家。午餐。给葬礼主管打电话——还没准备好。终于在5:45准备好了。看到艾伦躺在棺材里，我非常难过——他走了。感谢葬礼主管。从桑斯博里超级市场回家。我泡了茶。海伦累坏了。晚上9点上床睡觉。

第十七章

第一次 B 超

我们坐在早期妊娠科的黄色等候室里，人声鼎沸，周围挤满了一对对紧张的夫妇，护士们在人群中穿行。我拿着一本杂志给自己扇风，前面座位上的一个女人正在吃堕胎药，让肚子里的死胎流出来。全科医生对我说，出血是很常见的，并不意味着什么，持续的晨吐是好兆头。B超只是规定动作，很快我们就可以跟大家宣布喜讯了。

侧屋里晦暗得令人窒息，我躺到了轮床上，彼得在一旁握着我的手。我解开牛仔裤的扣子，肚子上被铺上了一张纸。

矮矮胖胖的 B 超医生说："接下来的几分钟我不会说话，这样我才能集中注意力。"

我躺在轮床上，只能盯着天花板，因为我看不到电脑屏幕。我的肚皮上涂上了冷冰冰的凝胶，医生把 B 超探头用力地按在涂了凝胶的区域上。我呆呆地躺着，觉得这件事也没么令人激动。我一直在设想亲友对我怀孕的反应，但现在脑中充斥了各种可能发生的坏事。虽然我已经得到了很多保证，但还是存有一丝疑虑。

B 超医生转过身来面对我们，但并没有把屏幕转过来。她的一句

"好了"打断了我的思绪,她接着说道:"真的很遗憾通知你们,我找不到胎儿的心跳。而且尺寸测量结果显示胎儿只有六周大,而不是八周,所以……"

她接下来的话我就再也听不见了,仿佛有一片黑暗将我笼罩。我们还是把胎儿的B超照片带回家,白色和灰色线条组成那小小的轮廓。但这个宝宝永远都不会出生了。我看了一眼照片,然后把它藏在了文件柜的角落里。几天后,我的小腹痉挛绞痛,但没有止痛药可用。我只能待在家里,一大早不停地从床上起来冲向厕所。我们的宝宝就这样被冲走了。

接下来,我发现生活中到处都有婴儿,遇到的每个人都是孕妇,广告上只有配方奶粉和尿布。我对拥有自己的孩子不再心存希望,却走到哪里都被新生儿包围着。我的身体渴望再次怀孕,我感到愤怒。验孕、胎儿B超或预约助产士的快乐都荡然无存。在荷尔蒙和愤恨的双重作用下,我快要沸腾了。

"没有什么可以证明她存在过。"我把电话贴在脸上,说道。过去的半个月里,我打了很多这样的电话——好多次,我去找妈妈,向她伸出双臂,希望得到一些安慰。"没有墓碑,没有出生证明。我希望有什么东西可以证明她曾经存在过。"

妈妈不耐烦地哼了一声。"好吧,确实没有,"她说,"所以你该尽快忘了这件事。"

这句话就像一块陨石向我砸过来。通常,我会听她的话,毫不怀疑地全盘接受,但这一次,我已经找不到借口来为她辩护了。愤怒像海啸一样向我袭来,不可阻挡。

"反正你也不会明白！"我一边在房子里快步走着，一边怒气冲冲地说，"你从来就不想要孩子。如果当时你流产了，现在就没人打扰你了。"

最后一个词从我嘴里脱口而出时，我停住了，猛地吸了一口气。我震惊于自己竟然把这句话说了出口。这倒不是因为我说的不是事实——她曾经无情地告诉我，她和爸爸本来没么想生孩子。但这是妈妈随便说说的话，我不可以那么认真，也不能拿她那句话来针对她。我听到了她的吸气声，恶龙准备咆哮了。

"不，我还是会被打扰，"她反驳道，"你说你的身体希望能再次怀孕，所以归根到底，你还是会来打扰我。"

她的语气是那样得意，就像在对一个顽皮的孩子说话一样。

"你哪会被打扰啊，"我无法控制内心的波动，"这给我造成的痛苦太大了——不论是身体上还是情感上的——我不知道还要不要再次经历这一切。当然，我还是很想要孩子。"

"行吧，行吧，显然你自己都已经想好了。"她说这话的语气，跟我十几岁时她对我说话的语气一模一样。

通话结束，我摸索着把电话放回听筒架上，愤怒化为羞耻的冷汗。我盯着电话。我怎么能和她吵架呢？她是一个优秀的母亲，即使日子再难，她也是那么好。正如她曾不断提醒我的那样，她为了我牺牲自己的健康，给了我一切她能给的东西，保护我不受她糟糕的原生家庭的影响。我却忘恩负义，用这种残忍的方式"报答"她。我无法相信自己居然说了这些话。我颤抖着拿起电话，重新拨号。

"我……我只是想给你……道个歉。"我的声音跟拿电话的手都在颤抖。

内疚感几乎令我窒息。我真是个可怕的人。什么样的女儿会对她的母亲这样说话？妈妈意味深长地沉默着。

"我也是这么想，"她最终说道，"你真的伤害了我的感情。你是流产了，但这不是我的错。"

"对，我知道，非常抱歉。"

"你应该对我好点，海伦。"

"知道了，妈妈。真的对不起。"

她缓慢地深吸一口气，似乎在深思熟虑。"好吧，这次我原谅你。但我再也不想听你提起流产的事了。"

"好的，妈妈。"我说，好像有玻璃碎片在割我的眼睛，"你觉得一切会好起来吗？你认为我会有孩子吗？"

这是没有办法预测的。我也知道这一点，但我极度渴望得到一些肯定，一些关于我可能拥有我想要的家庭的希望，一些来自爱我的母亲的关怀。

"不会，你有不了。"她说，"你永远不可能怀胎十月，顺利生下孩子，因为你的身体不够强壮。"

我跟跟跄跄，跌坐在最下面一级台阶上，羞耻得脸颊直发烫。是啊，我怀不了孩子，明摆着的。我什么事都做不成。

我喉咙发紧，声音颤抖地说道：

"好的，妈妈。"

第十八章

细细的蓝线

妈妈告诉我，我不擅长与孩子相处。我没有这方面的经验：没有兄弟姐妹，只有远房亲戚，他们的家庭不断发展壮大，但和我没什么关系。我十二岁时——当年还是个愚笨的少女——第一次接触到婴儿。但我完全不知道应该怎么抱他，尽管我按照指示坐在沙发上，把温暖、柔软、沉甸甸的小男婴抱在怀里，但他还是号啕大哭。也许他饿了，也许他累了，也许他想找他妈妈；不知为什么，当我妈妈把这件事情作为证据来证明我的无能时，我相信了她。

不过，我还是渴望能有自己的孩子。这并不是母性泛滥，而是因为一直以来我都想有个属于自己的家庭。也许这是对我孤独童年的一种补偿，因为我总想象着自己有个充满活力的家庭，有兄弟姐妹，有父母的关心和很多的爱——事实上，这一切我都没有。我以为，妈妈也希望我拥有这些。我的母亲自然希望看到我有自己的生活，有自己的孩子——而且很自然，她也想做外婆。

直到现在，当我回首往事，我才看明白妈妈其实一直在试图阻拦我。她所说的各种风凉话，就像洒出的一滴滴毒药一样，想让我放弃。"你根本不知道我有多后悔。你是个很不乖的女儿。她会毁了你的人生。怀孕期间我病得可重了。你根本不知道怎么对待一个孩子。你的身体还不够强壮,根本怀不到足月。"她一定很失望,虽然她的言语让我怀疑自己的能力,但我仍然想要一个孩子,即使是在流产之后。我明白我是个失败者,这个计划也不会有什么好的结果,但她可能还是嘴下留情了,没有把她真正的意思传达出来——我就不该拥有自己的人生,更不用说为其他人开启一段新生活了。

我想要孩子,没有任何理由,只是因为我想,跟荷尔蒙的驱动力无关。哪怕成功不了,我还是有着无比强烈的想要尝试的欲望。所以,知道我们永远不可能有孩子之后,我和彼得的性生活充满了悲伤和不甘心。

我把目光投向那两条蓝色的细线[1]。距离那次流产已经过去五周时间,我站在浴室里看着线条出现,知道自己又怀孕了。我等待着喜悦的袭来,那兴奋的冲动,那无法抑制的笑容。但那种情绪并没有出现。时间一分一秒地过去,时钟的指针嘀嗒响得令人不安,我走到镜子前,仔细观察自己在镜中的倒影,希望能重现第一次怀孕时感受到的那种情绪,因为这是个好消息。我盯着自己,好的情绪和坏的情绪都没有。我感受到的只有麻木。

有人告诉我,有些女孩会一直梦想着怀孕,就像幻想一场婚礼一样。其实我从来没有想象过自己穿着宽大的孕妇装走来走去,或者小心翼翼地保护自己的孕肚,当孕期被各种疾病困扰时,我也并没有感到梦想破碎。"妊娠剧吐"[2]这个词还没有因为凯特王妃的遭遇而为

---

[1] 此处指英国部分验孕棒显示"阳性"的标识为两道蓝色细线。——编者注
[2] 原文为医学名词"Hyperemesis gravidarum"。——编者注

公众所知晓,所以我在整个怀孕期间持续恶心、每天呕吐、无法进食或喝水的状态被称为"极端晨吐"。这种状态从我做完测试后的几周就开始了,一直持续到我生产,只是在最后三个月才稍微缓解。我尝试了别人建议的所有治疗措施——生姜饼干、豆浆、饭前喝水——最后还是在孕十二周时就住进了医院,接受输液治疗。在这九个月里,我一直在服用对抗恶心呕吐的药物,同时非常担心这会对孩子造成伤害。

对我来说,唯一能缓解病痛的方法就是休息,既然赋闲在家,那就有的是时间休息。我好几个小时才下床一次,往往只是冲进厕所,光是孕吐就耗光了我的所有体力。记得有一次去全科医生那里开药,那个不耐烦的女医生傲慢地告诉我,只要出去工作,就不会天天闹难受——好像我是个疑病症患者,只想着犯懒,只想时时刻刻躺在床上,哪怕胃里翻腾个没完,或总是要跑厕所。我垂头丧气地回到家,计划第二天早早起床,就像要出门上班那样,但到了第二天早上,还是感到病痛在我体内作祟。

我为自己感到羞耻。我是个失败者:没有工作,整日卧床。我希望自己能做得更多。我受过教育,身为中产阶级,正在组建自己的家庭,但这些还不够。我没有在工作上取得成就,全靠丈夫养家,我甚至连怀孕这件事都做不好。可笑的是,我还没能发现我和妈妈的相似之处:我们都足不出户,躺在床上。我觉得我辜负了她,但不认为她辜负了我。我想为自己辩解——证明我并不懒惰——但每天呕吐让人筋疲力尽,持续恶心让人筋疲力尽,怀孕让人筋疲力尽。我为什么要给自己找借口?我确实是身体不舒服。我并不像我妈妈。

埃莉诺的日记

2011 年 2 月 22 日

　　看了医生——诊断为帕金森氏症——轻度，外加肌张力障碍。回家。打电话给桑迪，又打给海伦——她很震惊。海伦告诉我，她被吓到了。安妮特对诊断结果感到震惊。告诉了格温，她说这根本不是什么确定的说法。感觉糟透了——全身抖得很厉害。不能长时间站立。给朱迪和保罗打电话，告诉他们这个消息。我说，我想让所有病痛全都消失不见，但还是会坚持下去，直到约上护士见面。海伦做了第一次产检 B 超。一切正常，孩子的个头是平均水平。

*

2月24日

　　把我的事讲给教会里的人们。大家都很高兴。看到克里斯蒂娜，也告诉了她。告诉了所有的邻居——聊天很愉快。给多丽丝打电话，只留了电话留言——没回复我！讨厌！见到了帕金森氏症的护士——她很好。她说我的症状典型。把病历带回家了。发型师给我烫了头，我的头发又细又稀疏——突然就变成这样了。

*

第十九章

轻微帕金森氏症症状

跟妈妈谈及我的流产，就像发生了一场足以把地球震裂的地震，让我久久无法完全理解这一切。妈妈没有表现出一丝关心，相反，她又把自己变成话题中心，然后用残酷的话语来刺伤我，这是不对的。母亲不该这样对我。她是跟我一起经历过这些，但这是我一个人的伤痛，而她对我的关怀微乎其微。不过，我的助产士告诉我，母亲在女儿怀孕时，可能会表现得有点奇怪，所以我依然心存希望，只要妈妈习惯了我已经怀孕这件事，她可能就不会如此残忍了。但是，这仍然是我无力的开解。

开着我的绿色福特嘉年华小车，我们回镇上去看妈妈，此时天空像盖了一块厚厚的灰色帆布。为了度过一个不那么糟糕的周末，我得让妈妈做她最喜欢的事情——只要说起"病"，她就神采飞扬，所以我们的谈话完全围绕着她的新病情。我渴望和她聊聊给孩子取什么名字，猜猜孩子是男是女，或一起讨论孩子在我身体里的点滴成长。要是她没有帕金森氏症这个"新宠儿"就好了。

送妈妈去服装店的路上，我的孕肚隔在我和方向盘之间，安全带压住了我肿胀的胸部。

"我忘了告诉你,"妈妈脸上带着笑容,"我上周和朱迪见面了,她听到我得了帕金森氏症时特别震惊,震惊坏了。"

我的肩膀垮了下来。我们还没有到达服装店,已经再次回到了她最喜欢的话题。

"我们已经讨论过这个问题了,妈妈,"我说,"你还没得帕金森氏症。你只是有一点点症状。人家顾问说了,你不太可能完全转成帕金森氏症。"

全科医生最初将她一只手的轻微颤抖现象诊断为良性原发性震颤,这是一种遗传性疾病,我外公也有这种病。尽管如此,妈妈还是坚持让本地医疗顾问弗洛姆医生把她转诊给一位私人诊所的神经病学专家。虽然弗洛姆医生做出了更严重的诊断,但他说还要过整整十年,帕金森氏症才会真正影响到妈妈,而且到那时也能通过药物治疗来控制。我已经记不清楚向妈妈重复解释多少次了。

"等着瞧吧,"妈妈说,"朱迪对我就超有同情心,超友善。"

我把方向盘握得更紧了,盯着前方的道路。过去的几个月里,妈妈不仅没跟她的亲戚朋友讲我怀孕的事,还想让我代表她去公布这个消息。她明明和这些亲友很熟悉,经常与他们聊天,并坚持让他们了解我们生活中的大事小情。同时她又把给他们报喜的责任推托掉,好像她不屑于此,好像这对她来说很无聊。所以,我只能尴尬地给那些人打电话,即便我从父亲葬礼后就没跟他们打过交道。

"你跟朱迪见面了,有意思,"我壮起胆来说,"你告诉过我,你觉得和她联系会很奇怪。"

"你给她打电话后,她就打给我了,"妈妈说,"我建议她,我们可以见面聊。"

我转头看她。"合着你可以和朱迪见面,告诉她你得了轻度的帕金森氏症,但不能给她打电话,告诉她我怀孕了?"

她的双手在空中挥舞,脸上的笑容渐渐消失。"那我该怎么做?给人家打电话,跟他们说'你好,我只是打电话告诉你,海伦怀孕了'?"

我们在路口的红灯停下,我看着她:"这正是你应该做的。有什么可奇怪的呢?"

她翻了个白眼。"哦,是啊,你又知道了。"

"而且他们不是所谓的'人家',"我说,"他们是你的朋友吧。为什么要我给他们打电话?"

她双手抱肩,把头扭向一边。"我还有其他事情要做,你知道的。"

信号灯变绿,我向右拐上了大街。"我给朱迪打电话,还费劲解释了一番我是谁。人家一接电话,还以为是你死了呢,因为上次给她打电话,还是爸爸去世的时候。"

妈妈捧腹大笑,车里充满了她的笑声。"你之前没跟我学舌呢。"

我猛吸一口气,打开左转向灯,把车停在路边。

"这没什么好笑的。"我感觉胸口像是挨了一拳。

妈妈擦了擦脸。"你不能在这里停车。"

"这件事让我很不开心。"

"马路上是要遵守交通规则的,你懂吗,"她指着我前方几米处的十字路口说,"你不能在这里停车,否则要闹出人命的。你得把车开走。"

我解开安全带,转过身来面对她,我的孕肚隔在我们中间。

"我看出来了,你似乎对我和我的孩子不感兴趣。你张口闭口都是你的帕金森氏症,就好像你很想得病一样。"

她转过身去,抓起她藏青色和金色相间的手提包。"我不想和你谈这个,"她说着打开车门,"改天再谈,等我能处理好这个问题再说。我想去的商店就在那儿,不用你送了。"

我还没来得及说什么,她就迈开双腿下了车,砰的一声关上车门,为这场谈话画下一个巨大的休止符。她从我的车前横穿过了马路,佝偻着背,拿着她的那根黑色的破棍子探路。

第二十章

婴儿床

逛婴儿用品商店，就像进入一个迷人的梦幻世界。仿佛一走进商店，生儿育女瞬间变得无比简单、浪漫：为人父母的真实处境——睡眠不足、身体不适、不停处理婴儿排泄物——统统都被抹去，只剩下一片美丽与洁净。我最好的朋友杰玛和我不停地挑选着三个月以下婴儿的三件套和小小的蓬蓬裙，我们都感到莫名迷恋和不可思议。杰克，杰玛一岁半的儿子，坐在婴儿车里，嘴里叼着玩具，小眼睛东张西望。

"谁会让孩子穿这样的衣服？"杰玛举起一件完美无瑕的连衣裙，问道。

"为什么要给婴儿穿白色的衣服？真是自找麻烦。"我抚摸着自己的孕肚，赞同道。

"我前几天去看了牙医，"杰玛说，"实在是太激动了，可以离开孩子半小时，而且你知道我有多喜欢牙医。然后他们说：'真的很抱歉告诉你，你的开衫上有东西。'是孩子吐的，我白色开衫的后背上，整片都是。我宁愿他们没告诉我。"

我现在走路简直像鸭子一样，孕妇装鼓鼓囊囊的，就像宽大的黑色帐篷。我没想到五月就会这么热。

　　"你妈妈告诉别人你怀孕了吗？"

　　"没有，但她已经告诉全世界，她得了帕金森氏症。"

　　"怎么跟着了魔一样。"杰玛边说边摇头。

　　我浏览着货架上的衣服，但都是些春季穿的夹克和开衫。杰玛在看挂在小木衣架上的婴儿服装。她还不怎么显怀，离预产期还有整整六个月的时间。

　　"我去看看家具，"我说，"一会儿就回来。"

　　我爬上楼，看到一把摇椅，赶紧坐上去休息。二楼更热了，阳光透过玻璃幕墙倾泻进来。手机响起时，我更是松了一口气，这是一个好借口，可以在这儿多坐一会儿了。

　　"我告诉了格温。"妈妈说。

　　"孩子的事吗？太棒了。她说什么了？"

　　我笑着躺回椅子。妈妈终于开始为我怀孕感到兴奋了。

　　"她说：'什么？都八个月了！你怎么不早点告诉我？'于是我把你之前流产的事告诉了她。"

　　"哦，妈妈，不是吧。"我说着，用手捧住了头。

　　"别担心，人家很上心的。"

　　"我已经跟你说过，不要告诉任何人，"我揉着脸说，"你告诉桑迪后，我让你不要再跟别人说；你告诉茱莉亚时，我又跟你强调了一遍。"

　　妈妈不以为然地"嗤"了一声。"那我还能说什么？我每天都和格温说话。总不能跟她说，我懒得告诉她这件事，对不对？我星期四也见到了多丽丝,也告诉了她你流产的事。她也是流产过好几次才开始有孩子啊,人家压根儿也没说你什么。"

我双手紧握着电话,汗水顺着脖子和后背流淌下来。

"她能说我什么啊!"我痛苦地低声说,"这就不是什么值得说的事儿。"我放慢了语速,希望每个字都能正中靶心,"我已经跟你说过三次了,不要告诉别人。这是我的隐私。你该告诉别人的,应该是我怀孕了,而不是我流产过。"

我们都陷入了沉思,没有人说话。

"我身体不舒服,你知道吗,"她说,"我一直在发抖。我已经给帕金森氏症的护士莎拉打了电话,她觉得我需要换药。我明天要去见她。"

我站起身来,缓步而行。妈妈可能不是在道歉,但这样转换话题,表明她已经了解了我的想法。

"你今天在做什么?"她问。

"我在给孩子买东西。"

"哦,"她的言语间透出失望之情,"行,我不管你了,你去吧。"

第二十一章

散步

我们肩并肩地散着步,晚春的阳光把我巨大孕肚的影子投射到林荫小道上。水仙花大部分都已经凋谢了,黄油色的花朵变得干瘪脆弱,只剩下长长的茶色茎干耸立在叶子上。我的肚子随着步伐摇晃,还沉重得一直往下坠,好像如果我不努力挺住的话,孩子就会掉出来。我们已经绕着池塘走了一圈,但妈妈并没有放慢脚步,她裙子下面露出的三分之一条苍白的小腿正在迈着大步。也许是阳光的缘故,也许是和妈妈一起在户外活动的缘故,这一切都像极了我们当年在美国度假的时光。

"周一我去看了帕金森氏症的护士,她人很好,"妈妈说,灯光照在她洁白的皮肤上,她的脸闪闪发亮,"他们给我服用了一种不一样的药物,效力更强。确实不一样。当初医生只是告诉我,我得了肌痛性脑脊髓炎,然后就没有进一步的治疗,也没有医生参与了,我得自己去解决问题。但是这次得了帕金森氏症,就有护士和顾问帮忙,还有那么多不同的药物和治疗手法。"

我说:"你确实不再提肌痛性脑脊髓炎了。"那天她一直没有躺下休息，所以灰白色的烫发仍然保持着完美的卷度，随着她行走的幅度，在她耳边晃动。

"我还是有这个毛病。"

"但你看起来确实好多了。"

"嗯。"

我向前多走了一步，回过头来看她，这样我就能看到她的脸：光滑的粉红色皮肤、淡蓝色的眼睛，还有她的橙红色唇膏。

"这是我和你一起走得最远的一次，"我说，"等我们走到家，也要有一英里的路程了。而几年前，你甚至没法走到街角的商店。你不觉得这很神奇吗？"

她转过身去，好像有什么东西抓住了她的注意力，但草坡上空无一人。

"可能是吧。"

我笑着摇了摇头，把漂白的金发从我的脸上拂去。"我真的觉得很神奇。这么多年来，肌痛性脑脊髓炎主宰了我们的生活。有那么多事情你都做不了——我们都做不了。而现在，你可以走这么远的路。"

"看那边的狗。"她指着远处说道。

我不想转移话题："我曾经每天晚上都祈祷你会好起来。"

"我也是！"她转过身来，说道。

我嗤笑道："但我很惊讶，为什么你没高兴起来？"

她停下脚步，转过身来，脸色阴沉，背对着狗群。她从来都不喜欢狗。

"我很高兴啊，但我并没有好转。现在我有三种慢性病——肌痛性脑脊髓炎、帕金森氏症和肌张力障碍。"

"医生们可不是这么说的。"

她踩着高跟鞋大步离开,她的步速对我和我膨胀的孕肚来说太快了。她轻快地走过操场,大步流星地走在山坡上,丢给我一句话:

"我一直在准备告诉你这件事。但你不会好好听我说的,我就知道。"

我讨厌她这样对我说话,就好像我是一颗随时会爆炸的炸弹,而她是踩在脆弱的蛋壳上蹑手蹑脚的无辜受害者。我气喘吁吁地追她,她的声音在风中回响。"我的情况越来越糟,海伦。我知道你没有看到这一点。孩子出生后,我就不能再来这里了。"

我在山顶停下来,已经喘不过气了。"什么?为什么?"

她在前面几米处停下来,背对着我。"你已经说得很清楚,不欢迎我和你们待在一起。"

我吸入肺里的空气都变冷了。"我们不是这么说的。我们只是想在孩子出生之后有几周独处的时间,不想有别人跟我们在一起。"

"行行行,你已经说了够多遍了!"

"我就说了一遍。"我走上前去,慢慢靠近她,仿佛她是一只受惊的动物。我的腿开始疼起来。"我们只是想独自过好最初的几个星期。"

"你要再这样,那我是不可能来的了,我都病得这么重了。"她双手叉腰,说道,"除非我的药物治疗起作用了,否则我肯定不会来。"她把我远远甩在后面,"再说了,我要怎样才能来这里呢?"

"坐出租车?就像这次一样。或者让你朋友带你来。你们可以一起住旅馆。"

"没人愿意。"

"得了吧,"我说,"我随随便便都可以数出五个来。"

"不,他们谁也带不了我。"

"你问过吗?"

"没有,问了也没意义。我知道他们做不到。"

我慢慢坐到旁边的长椅上,双脚不停地抖。我输了,我说服不了她。我的脑子里一片混乱——是不是我太无理取闹了?要求她住在旅馆里是不是很自私?可是我的朋友们生孩子时也是这样,他们的父母都很理解和支持。我问过桑迪和茱莉亚,她们也认为这样的决定足够理性。我想让妈妈开心,但她非要弄得如此复杂,好像她对即将出生的外孙一点也不感兴趣。

"你知道最让我难过的是什么吗?"我伸手覆住眼睛,"爸爸一定会为这个孩子的出生而感到激动的。即使他去了月球,也会赶回来。"

她不情愿地往回走,在长椅前停了下来。她的影子笼罩在我身上。"我先去月球,再回来找你。"

我摇摇头,转过身。"随你的便,去吧。"我把手搭在肚子上,慢慢地抚摸着。胎儿在我的指尖下一动不动,刚刚我们走路的颠簸已经把他摇晃得睡着了。

"你看这样行不行,"妈妈说着,在我身边坐下来,"我看看这药吃得怎么样。看看我能做什么。我正在努力,海伦。但我病得很重,而且似乎没有人意识到我的病有多严重。"

埃莉诺的日记

2011 年 5 月 15 日

　　见了莎拉。看到我开始出现震颤症状,她很高兴,这证实了诊断,换了用的药。感觉更愉快了。

5 月 20 日

　　和海伦谈了谈。我要去照顾海伦,但直到孩子出生后的第三周,我才被允许住进她家。太糟糕了。我可以住在旅馆里。朱迪打电话来——提出可以捎我去海伦家,在酒店住一晚。

5 月 21 日

　　我被告知要住在酒店,并且每天只允许我和家人在一起待两个小时,茱莉亚和桑迪对此感到震惊。茱莉亚后来发短信来了——但很奇怪,她反对我。

第三部
我想做个好妈妈

我想让孩子们感受到爱——对他们的一切全盘接受的爱，深藏在他们生命的底色中——这是我从未感受过的。

第二十二章

洞穴

我可以看到他们站在洞口,外面的阳光勾勒出他们的身形轮廓,但他们看上去很遥远,他们的声音在我周围回荡,毫无意义,令人费解。十二个小时前,彼得和我在公园里散步,思考着给孩子取什么名字。等我们到家时,宫缩就开始了——起初还是轻微的、可以忍受的疼痛,然后我的羊水破了。

我躺在产房的白色小床上,知道彼得就陪在我身边,但我只能专注于体内的阵痛。我旁边围了一群人,有人说孩子被卡住了。

娇小的印度裔医生站在我两腿之间说:"宫缩的时候告诉我们。"她抓着某样东西,好像准备要往外拉。但我完全没法听从她的指令,因为身体和意识已经彻底脱节了。时间和现实变得难以捉摸;只有一阵阵的疼痛来袭,无休止的痛苦重复循环,让我几近力竭。婴儿最终来到这个世上时,我完全惊呆了——一个红色的肉团儿被放在我的胸脯上,他尖声哭着,腿和胳膊都缩着。我一抱到他,此前长达几个小时的紧张感消失了。我的身体虽然不能移动,却因为激动而颤抖着。医生和护士在对我进行检查和缝合;两个护士把我搀起来,让我坐着;

婴儿被抱走接受检查。和分娩时一样，时间仍旧难以感知，我只能等待。吃了一些凉面包、喝了一杯茶之后，我才真正看到我的孩子。彼得从他出生起就一直抱着他——被包裹在毯子里的小小一个人，紧攥的小拳头露在外边。这是贝利，我把他抱在胸前，凝视着他皱巴巴的脸。我完美的男孩。

我们通知了双方父母——我只是迷迷糊糊听到了这些对话——然后，我被转移到一个安静的侧屋，灯光很暗，墙壁是医院特有的淡绿色。彼得被送回了家，虽然我已经累得崩溃了，但贝利已经睡了一整天，现在很精神。他对这个世界的最初体验，便是在我抱着他的时候产生的：一个像吸血鬼一样惨白的女人，她忍着手背上输液针的疼痛，以及虽然插着不痛但令人尴尬的导尿管，疲惫不堪地躺在床上，无所适从。

后来等我有点力气了，我把贝利抱到医院的塑料婴儿床上，抚平他的胎发，帮他掖好小毯子。他的哭叫声太响亮了，甚至等他正常呼吸的时候，我依然感到耳朵嗡嗡作响。我目不转睛地看着他，他先是作呕，然后吐出了浓稠的黑色黏液，弄得衣服和毯子上到处都是。黏液像柏油一样，顺着小床的边缘滴下来，而我只能无可奈何地站在一边。

医院有个五十多岁的助产士，她的头发烫过，发梢有些黄，像是在太阳下晒了太久。

"你能帮帮我吗？"

她双手抱肩："你迟早要自己做这些事情的。"

"我不知道从哪里下手。"

她开始给贝利脱衣服，贝利一直在尖叫，而我坐在床边哭泣。

"我想他可能不喜欢待在小床上。我抱着他就好了。"

"你得让他待在里面，"助产士一边下命令，一边飞快地离开了房间，"他会习惯的。他哭闹不了多一会儿，就能睡着了。"我顺从地点点头，但知道自己不可能对只有五小时大的孩子做这种事。相反，我让他躺在我的身边，给他讲百年战争的历史故事，还给他唱我最喜欢的歌曲。我看了看手机，但没有手机信号。于是我们都哭了。我感到非常孤独。

"既然你的导尿管已经拔掉了，就可以去和其他妈妈一起吃早餐了。"助产士说。

虽然我根本没睡觉，但灯光显示已经是早晨了，我茫然地看着她。

"来吧，"说着，她把我从床上赶下来，"把你的孩子推到侧屋去，然后你就可以好好吃顿早餐了。"

侧屋是一道狭窄的走廊，里面满是躺在塑料小床上的婴儿，他们都是圆圆的小脸、大大的眼睛，特征难以辨认。我把贝利放在婴儿组成的队伍中，仔细观察他，试图记住一些独有的特征。什么样的母亲会忘记自己孩子的长相呢？最后我数了数——第三排、右数第二张小床——然后溜进隔壁的房间。其他新妈妈脸色苍白、稀里糊涂，正往嘴里舀着医院提供的、看不出是什么的食物。我厌恶地喝下结块的粥，喝完马上溜回贝利身边，把他推回我们房间的安全地带。我又看了看手机。离探视时间还有四个小时，仍然没有手机信号。

彼得终于来了，我对他说："终于盼到你来看我们了。"

他吻了我的额头，然后又吻了贝利的额头。"今天咱们可以回家了。"

"他们说我可能要在这里再待一晚上。我一直都没睡觉。那个助产士太可怕了。"

"我们会接你回家的,"他抚摸着我的头发,安慰道,"我来照看贝利,你就能多睡会儿觉了。"

我们离开医院时已经是下午了,贝利蜷在他的安全座椅里。

"他真完美。"说着,我紧紧地抓着彼得的手,害怕我上车时腿使不上劲。车里很热,太阳低低地挂在空中,天气温暖得令人舒心。我把头靠在座位上,彼得把贝利的座椅安装到后排车座上。

"你跟妈妈说了吗?"我问。

"我给她发信息了,说我会在探访时间来医院。"

"之后就没说别的了?她不喜欢这样的。我最好还是给她打个电话。"

车轮从柏油路上滚过,发出令人安心的嗡嗡声,让我昏昏欲睡。电话的等待音不断响起,就像清晨的闹钟打断了睡眠。它响的时间有点长。

"喂。"妈妈的声音很平淡。

"我们刚刚离开医院,正在开车回家。"

"哦。"

"你想过来见见你刚出生的外孙吗?"

她重重地呼了一口气。"不想。"很长、很沉重的一段空白,"说实话,海伦,我都不知道我为什么要来这儿。我已经在这里待了一整天,一个人坐在酒店里。你至少可以让你朋友给我发个短信。"

我的胸口翻江倒海。我本应该照顾她,却把她抛在了脑后。我很想为自己辩护，找了一堆借口。

"我没和朋友们联系过，手机一点信号也没有。我连彼得也联系不上。不知道怎么会这样。他们还想让我今晚也留在医院里。"

"那你回家休息呗，"她不耐烦地说，"可能我明天就去看你了。"

我的声音好像是从喉咙细微的缝隙中挤出来的。

"你想来就来吧。"

"行。我明天再跟你说。晚安。"

我感到心里很沉重，很不是滋味。我把手机拿到面前，发现妈妈已经挂断了电话。快到我们的房子了，就快让贝利第一次看到他的家了。

"她不来了。"

"什么？"彼得倒吸一口气。我不敢看他的眼睛。

"她生我的气了。"

我心里的负罪感越发沉重。我做的决定全都是错误的，自私地把自己——而不是照顾妈妈——放在首位。我应该让她和我们住在一起，确保她得到照顾；我应该把她放在第一位。

彼得深深吸气，然后长出一口气。他转过身来，把手放在我的大腿上。"打电话给杰玛吧，邀请她过来。她可以当第一个见到小贝利的人。"

埃莉诺的日记

2011 年 7 月 21 日

　　产房是手机的禁区,所以在酒店等电话。我等啊等啊等,担心、紧张、愤怒、沮丧。回家的路上终于接到海伦的电话。她听起来很糟糕,所以决定取消第一时间看外孙的计划,去吃晚饭。错误的选择。这样不太好。晚餐还可以,但只有我一个人。

7 月 22 日

　　见到了贝利——很可爱。抱了他,他喜欢我帕金森式的震颤。退了酒店房间,明晚不住了,叫了出租车。放心了,我要回家了。

*

第二十三章

牛仔裤

贝利躺在他的拱形健身架下，用好奇的大眼睛凝视着悬挂在头顶上的黑白相间的章鱼。他的腿有力地踢着，大腿已经强壮到可以爬行了。安妮特坐在沙发上，有点忐忑不安。

"我可以抱一下他吗？"

"当然可以。"

"他太可爱了！活脱脱就是小号的彼得呀，对不对，艾莉[1]？"

在我还小的时候，妈妈在带我上亲子班时认识了安妮特，她们曾经是最好的朋友，之后一度又分道扬镳。据妈妈说，导火索是安妮特对她的肌痛性脑脊髓炎持怀疑态度。而这次被诊断为有帕金森氏的症状，妈妈才和安妮特重拾了友谊。因为安妮特的妹妹也患有帕金森氏症，在一起讨论症状、交流医学知识并组成互助小组的过程中，她们又变得更亲密了。现在贝利长大了一点，安妮特好心提议开车送妈妈到诺丁汉来看贝利。

安妮特擅长照顾人，在别人需要的时候总会提供帮助，但她自

---

[1] 艾莉（Ellie）是埃莉诺（Elinor）的昵称。——编者注

己从来都不是一个弱者,她对自己的任何悲剧或不幸都轻描淡写,拒绝流露出丝毫脆弱的迹象。童年时期,我一直梦想安妮特是我的母亲,她年轻、冷静、精力充沛,穿着男式牛仔裤和印着标语的T恤,染着荧光粉的"刺猬头",和妈妈完全相反。

"他现在多大了?"安妮特问道。

"三个月了。"

"好快呀,是不是,艾莉?"

妈妈坐在对面的沙发上,她的花裙子覆在交叠的双腿上,还穿着深色的裤袜和米色平底鞋,足尖朝天。她盯着贝利,毫无表情,目光木然。

"我喜欢小宝宝,"安妮特强忍着尴尬,说道,"特别是像你这么漂亮可爱的。"她挠了挠贝利的下巴,他出人意料地爆发出一阵大笑,笑得很可爱又放纵。

"看看他有多肥。"妈妈嘲笑道,打断了我们的笑声。贝利转过身去看这个新的声音来自哪里,他的笑声停止了。"我从没见过婴儿的大腿有这么粗的。"

我吸了一口气,回头看向安妮特。"桑迪说,这是因为他喝的牛奶好。凝脂奶油。"

安妮特大笑起来,笑声简直像机关枪一样。"绝对是这样。你妈妈把你养得多好呀,对不对?"

"他块头好大呀,"妈妈继续说着,丝毫没有要停下来的意思,"婴儿车都快要装不下他了。他才两个月大,但你说他穿的是什么尺寸的衣服来着?"

"三到六个月。不过这也不是坏事啊。"

"你应该看看海伦怀孕时的样子。她的身子沉的哟。"

"那是跟你比,"安妮特说,"你总是这么瘦。"

妈妈把腿伸直,转向我们。"我足月的时候,肚子看起来都没有正常怀孕六个月那么大。生完孩子转天,我就又穿上了怀孕前的牛仔裤。病房里的其他人都很嫉妒。"

"肯定嫉妒,亲爱的。"

"不过我在怀孕期间不吃东西。助产士有一次告诉我:'如果你不多吃点,孩子就长不大。'"她的笑声很空洞,和贝利无忧无虑的欢乐形成了鲜明对比。

"你想抱抱他吗,外婆?"安妮特问,她站起身来,抱着孩子走近妈妈。妈妈的脸垮了下来。她尴尬而笨拙地摸索着,好像不知道该如何处理这样一件物品。

"哦,好吧,其实我并不想。我突然很不舒服。"

"该吃药了吗?"安妮特问。贝利躺在她怀里,吮吸着手指。

"再过一个小时吧。我总是这样。"她用手遮住脸,像捉迷藏倒计时一样。

"没关系,亲爱的。"安妮特说,把贝利递给我。他依偎在我的T恤上,柔软而温暖。"可能是见到家人,心情太激动了吧。"

"也许吧,"妈妈说着,瘫倒在沙发上,"看我的手,抖得厉害。"

"要不要喝一杯,放松一下。"

妈妈身体前倾,颤抖着——故意夸大的表演。然后,她吸溜吸溜地喝起茶来。

我对贝利皱了皱鼻子,把他带到厨房里去倒杯水。他的目光从门口看向天花板,转了一圈又回到我身上,充满了爱意。我抚摸着他的脸颊，用指尖感受着他柔和的曲线。

"不，这样不好。"妈妈几乎是喊出来的，确保她遭遇的危机没有被我错过。

"那就不要勉强走路嘛。"安妮特喊道，但我能听到妈妈跟跟跄跄的脚步声。

"我得去找我女儿！"

她推开厨房门，冲进来扑到我的肩膀上。我本能地把贝利抱得离她远点。

"我很抱歉。太可怕了，这该死的病。"

"没关系，妈妈。你自便吧。"

"再见，贝利，美丽的贝利。"她模仿婴儿挥手再见，然后在我们面前提高嗓门，"我要走了，安妮特。我们可以走了吗？"

"当然可以，亲爱的。"

妈妈蹒跚着走到门厅，和安妮特手挽着手，一起上了车。我在门口望着她们，贝利还躺在我怀里。曾经，是我站在妈妈身边，搀着她走路，让她平稳而行。看到自己被别人取代，我感到一阵嫉妒，同时又感到解脱。这种感觉很奇怪。

埃莉诺的日记

2012年5月13日

　　打出租车去了海伦家,然后彼得开车去了中央公园[1]。海伦说我可以租辆电动代步车,四天51英镑。大家都累了。睡觉去了。

5月14日

　　彼得限制我和贝利的接触。去游泳池——非常拥挤。又是一个人坐着。出来时发现——手提包不见了!35英镑的现金、银行卡、手机、平板电脑和手表。海伦四处搜寻,并叫了保安。下午去商店,买了新的手表。

*

1　Center Parcs,英国度假乐园品牌,在诺丁汉郡拥有一座名为"舍伍德森林"(Sherwood Forest)的度假村。——编者注

5月15日

　　对贝利来说是个糟糕的夜晚。我疼痛难忍，浑身发抖。做了羊角面包，但打开烤箱时，烟雾警报器响了，因为彼得没把东西放在烤盘上，而是放在了烤架上——但怪物女儿像女鬼一样对我大喊大叫。我被吓到了，哭了起来。又去了游泳池。下午和海伦去做了面部护理——相当不错。她出的钱。

*

第二十四章

手提包

"学步期的小宝宝们都是笨蛋。"露西说着,把罗莎放在她面前的地板上。

亲子班像往常一样繁忙,宝宝区挤满了疲惫不堪的母亲们。我们都很狼狈,脸上挂着大大的黑眼圈,宽松的衣服下面隐藏着下垂的"妈咪肚",椅子两边放着鼓鼓囊囊的妈咪包,里面装着纸尿裤。孩子们在房间里跑来跑去,在数量众多的原色玩具中挑选自己的心头好,破旧的教堂大厅里回荡着他们的笑声和哭声,还有母亲们的笑声。

"她的手又卡在椅子边上了!"露西说,脸上还残留着因焦虑而泛起的红晕。

"紧急状况层出不穷。你错过啦,"杰玛说,试图安抚她刚出生的宝宝,"安娜拉了一大摊,特别特别大的一摊,弄得我都不得不去换衣服。"

"这一套'纸尿裤加披风'的行头,看着不错吧!"说着,我指了指安娜现在的装束,她正躺在摇摇椅上。"这就是我们现在能凑出来的全部东西。"

"衣服是什么尺寸的?"露西问道,她的笑容根本压抑不住。

"四岁孩子的码,"杰玛说,"这正是我梦寐以求的——我一直梦想着,给我美丽的女儿穿上一件这样的衣服。"

露西疲惫地坐在椅子上,T恤衫紧紧地套在她的肚子上。罗莎跑向装扮更衣区,露西冲她挤出一个笑容。"什么时候喝咖啡?"

"还早呢。"我说。

母性面前,人人平等。不论你年龄大小、背景高低、收入多少,宝宝出生后,他们才什么都不管呢。他们不睡觉,没完没了地哭,还在你身上拉屎,你以前的身份全部都不重要了。我们都是在苦苦支撑着。

星期五是好日子。从这天开始,一周接下来的时间就只有我和彼得待在一起。前四天都没有夜间活动,晚上也不能外出,也没有时间休息,总算到了星期五。虽然还有其他的游乐中心、其他的亲子班,但在这里我得到了照顾:我从贝利几个月大的时候就来了,现在他快满一岁了,这里已经成为我每周生活的亮点。

"来吧,"杰玛说着,抚摸着安娜的头,"给我们讲讲中央公园这趟玩得怎么样。"

我假装抽泣了一下。"真的就这么干讲吗?我们不能喝点小酒吗?"

"肯定玩得好极了,得赶上过圣诞节了。"露西说。她给罗莎拍了一张她穿着公主裙的照片。

我把头埋在掌间,然后抬头看着她们。"我妈妈就像个小孩子。"

我本以为和母亲一起度假是一件好事。我本以为她会喜欢和我们在一起。我还以为这样她会和贝利建立好感情。更重要的是,我认为我欠她的。作为独生子女,没有兄弟姐妹来分担这份责任,我应该承担起全部才行。

杰玛吃了一惊:"还是跟过去完全一样吗?你是不是一直都要伺候她?"

"情况更糟,"我一边说,一边帮贝利用积木搭起一座塔,"她不愿意帮任何忙,几乎不与贝利交流。而且,她一旦觉得自己不是大家关注的焦点,就会暴跳如雷,好像她才是个孩子。"我垂下了头,"然后她的包丢了。"

对于这件事,我越想越不能理解。我们回到度假别墅时,她告诉我们,她把手提包忘在了游泳池,语气很平静。她没有冲回去找,而是等着我主动来处理。她不打算去更衣室搜寻,不打算去服务台询问,也不打算去失物招领处。

"到处都找不到她的包,我们就回到了别墅,"我说着,贝利推倒了他搭的塔,"我问她包里装了什么,她说有一点现金——但不是她装着银行卡的钱包,以及她的手机——很老的一款手机——还有她的手表。"

"这有点奇怪,"杰玛沉思着,梳理着她整齐的波波头,"她的钱包为什么不在手提包里?"

"就是啊,"我说,"真正困扰我的,是手表。那是我出生时爸爸给她的,真正具有情感价值的物件。"

"那她不开心了吗?"露西心不在焉地抚摸着她的孕肚。

"也还好,"说着,我伸直了双腿,身体前倾,"其实她没受什么影响。我甚至觉得,她还有点享受大家手忙脚乱的样子。"

"哇，"杰玛说着，给了安娜一个娃娃，轻轻摇晃了一下她的摇摇椅，"她好古怪啊。后来你找到她的包了吗？"

"我们搜遍了整个别墅。我还在她的房间里找了，因为我想她可能把它藏在那里了，但还是没找到。"

"谁会为了一点现金、一块手表和一个旧诺基亚偷一个包？你只需要把现金拿走，剩下的就留在那儿好了，对吧？"露西说。

"我也是这么想的，"我说，"安保人员过来了。他们说，除非手提包是被丢到垃圾桶了，否则他们肯定会发现的。他们向妈妈询问情况，她那会儿反倒有点精神焕发，乐在其中。"

杰玛皱了皱鼻子："这很奇怪。"

"不知我猜得对不对啊，"我说，"没准儿是她自己把包扔到垃圾桶里的，这一切麻烦都是她自己惹的。"

"对了解你妈妈的人来说，这也不叫什么新鲜事儿。"露西说着，在房间里找罗莎。

"她对这一切反应非常平静，"我继续说，"就好像她清楚地知道手提包在什么地方。然后，她开着代步车撞到了别墅的前门。"

杰玛笑着说："这也太明显了，就是在博取关注。"

"我不知道她怎么了，"我摇摇头说，"有一次，她让贝利坐在她的膝盖上——这是她和他难得的互动——他摇摇晃晃坐不稳，于是她抓住他的脸，指甲抠进了他的脸颊——你们看。"

我从包里掏出手机，给她们看照片，贝利的脸上有一滴泪水滑下，脸色因为愤怒而涨红。杰玛拿着我的手机，用手捂住了嘴。

"她居然在他的脸上剜了一个洞！"露西大口喘着气，目不转睛地越过杰玛的肩膀看着图片，"后来你做什么了？"

"我算是为她打了个掩护，"我说，"我很生自己的气。我跟她说没关系，意外总是经常发生的，但她做了什么呢？她甚至都没有道歉。我们再也不会和她一起去度假了。"

"你不能让她再干出那样的事了。你必须把贝利摆在第一位。"杰玛说。

"至于她的帕金森氏症，"我说着，双手在空中画了一对引号，"她的行为总是飘忽不定。前一分钟还告诉我们她很难受，抖得厉害，需要躺下，而两分钟后，她又会从房间里蹦出来，给我们看她买的新衣服。非常奇怪。"

这令人难以置信。我想表示出同情，但她的所作所为确实有些夸张了。她言行不一、花言巧语；一旦大家的注意力不在她身上，她就要开始演戏了。这让我由内而外地感到不适。

杰玛摇了摇头："你和她的朋友谈过吗？这么看来，她真的不正常。"

我撇了撇嘴："我不知道他们是否会认为我在生闷气，因为她生病了，而我想让她更多地关注我的孩子。"

露西一边帮罗莎穿上超级英雄服装，一边说："我听着可不是这么回事。你要是个坏女儿，就不会带她去度假了。而且，大家肯定也把她的一些表现看在眼里。她应该不是个那么'低调'的人。"

"你告诉她你又怀孕了吗？"杰玛问，我摇了摇头。

"我们打算等到贝利的生日再告诉她。上次出了那么个事儿，我挺害怕的。"

"哦，好吧，"杰玛笑着说，"那我肯定又有新故事可听了。"

房间里一片寂静，凯茜迈着大步走向我们。四十多岁的凯茜穿着一条八分工装裤,总像要出发去露营一样,她是亲子班的女士们中最友好的一位。

"喝杯咖啡吧!"她宣布,然后张开双臂问我,"你喝咖啡的时候,需不需要我帮你抱着贝利?"她把他接到怀里,他盯着她的泡泡边T恤上的图案。"我很怀念孩子这么小的时候,"她说,透过粗框眼镜对着贝利微笑,"等他们长到十几岁的时候就不这么可爱了。"

我从不成套的杯子中找到了三个最大的马克杯,并在每个杯子上各放了三块巧克力饼干。杰玛和露西在另一个铺着复合地板的房间里,她们给罗莎和杰克递过去装着果汁的鸭嘴杯和粉红色的华夫饼干。

"你不当服务员都可惜了。"杰玛说,"你今天下午要做什么?"

"睡个午觉吧,"我说,"起来了就带贝利看少儿频道,等爸爸回家。"

她伸出一只胳膊搂着我,这个手势告诉我,她知道我是在刻意装得不在乎。

"啊,少儿频道。"她说。孩子们把食物捣烂糊在脸上。"要是没有它,我们该怎么办?"

第二十五章

茱莉亚

电话响了三声,我挂断了,听筒从手边滑落。

淋浴和穿衣让我筋疲力尽;这些平凡的小事现在都成了巨大的障碍,耗尽了我的精力。我告诉自己第二次怀孕时不会生病,好像说了就可以真的不生病一样。我买了很多姜饼和健康的能量棒,还备了一杯杯的豆奶,一醒来就可以喝,但我的一番心血一无所获。这次的妊娠剧吐和上次怀孕一样严重,我在过去的三个月里一直在与无休止的恶心作斗争,我的胃总是把最后一丝营养都流失掉,眼睛总是止不住流泪。我在怀孕第六周时就开始服用止吐药,但在一周后,我还是束手无策,最终不得不住进了医院。新闻里正在报道,凯特王妃在一家私立医院接受专家护理,而我则在一个没有床的阴暗房间里,独自待了几个小时,药物混在生理盐水中,通过手上的针管注入我体内。几个小时后,我坐在轮椅上,被带到候诊室,因为身体虚弱而无法下楼。我很快就吐到了地板上,但医生告诉我,他们也无能为力。

这次怀孕比上一次更难,因为我还要照顾贝利,是不可能休息的。每个星期,不管身体多不舒服,照顾贝利都是我的责任。再给他换尿布时犯恶心,我就直接吐到尿布袋里。我发明了很多可以躺着跟他玩的游戏,尽管如此,我还是让他看了太多电视,这让我非常内疚。我希望能给贝利最好的一切,而不是一个总需要在床上休息的妈妈(或者说,像我妈妈那样的妈妈)。

每周我能有两个上午的喘息时间,因为要把贝利送到托儿所。我告诉自己,这对他有好处。他可以交到朋友,可以有新的经历,我又可以休息。而这种状态不会持续很长时间,只有我生完孩子恢复身体的这几个月而已。我一直在找借口,但还是感觉自己很失败。

贝利上托儿所的这天上午,我有了给茱莉亚打电话的机会。我希望自己能鼓起勇气和她谈谈,于是躺在床上,深呼吸了三次后,拨打了电话。茱莉亚的声音柔和而悦耳,就像在云端。即使在我十几岁的时候,她也没有以居高临下的态度对待过我。她就像一座安全岛,虽然她首先是妈妈的朋友。她的年纪在我和妈妈之间,我曾照顾过她的孩子们,所以也和她建立起只属于我俩的友谊。她问了很多问题:"你们现在怎么样""你在做些什么""贝利睡着了没有",我支支吾吾地,只能发出一些单音节来回应。

"我打电话是想问你一件事。"我开口问道。

我想象着茱莉亚在她的小木屋里,也许坐在客厅的壁炉旁,裹着毯子,深色的鬈发垂在肩头。或者,如果天气很暖和,不适合生火,那么她可能就在能看到花园的小厨房里。她在那里给我沏过茶,还在爸爸去世时安慰过我。

"你有没有注意到,我妈妈最近有点……奇怪?"

不知从哪里吹来一阵冷风,我的手臂有些颤抖,内疚感像是从胸口一直滑落到肚子里。

"亲爱的,你这是什么意思?"茱莉亚说。我咽了一口唾沫,默默地道了个歉。

"我们家的大事小情,她都不怎么感兴趣。我发现,好几个月来,除了她的帕金森氏症,我们根本没谈论过其他任何事情。她似乎很痴迷于'得病'这件事。医生曾经说过,她的症状永远不会发展成真正的帕金森氏症,但不出一年她就开始抱怨症状变严重。她没完没了地去见护士,去开更多药。而且她的行为变得阴晴不定。前一分钟还好好的,下一分钟就变得很糟糕,然后呢,她吃了一颗药片,电光石火之间,她就神奇地又变好了。"

一片茫然,一片寂静。我脑子里有个声音,责备我说得太多了。我的话特别像在抱怨,好像世界要围着我转才行。我倾听着每一点细微的响动,茱莉亚深呼吸的声音就像耳边的惊雷。她会告诉我,我是一个多么坏的人,我对我痛苦脆弱的母亲是多么残忍。

"我也注意到了。"短暂的停顿之后,她开口说的第一句话,就让我目瞪口呆,"我很高兴你打电话来。"

我把羽绒被往上拉了一点,手冻得有点麻,我怕两只手完全冻僵了。

"很有意思的是,"她继续说道,"前几天我打电话给桑迪,问过她同样的问题。她以为我会责备她,因为她没有把你妈妈的帕金森氏症当回事。其实我们都有同感。正如你所说,这似乎只是你妈妈的执念而已。"

这番话让我如同久旱逢甘霖,我赶紧问道:"你也注意到了吗?"

茱莉亚笑了几声,说:"亲爱的,很难不注意到。她的行为不合常理,不是吗?前几天我去看她,她告诉我她非常难受,必须去躺一会儿。一分钟后,她又蹦蹦跳跳地下楼,给我看她新买的一件套衫,看上去跟刚才完全不是同一个人。"

"我们在中央公园度假时也是这样,一模一样!"

"而且,正如你所说,她总往帕金森氏症的护士那儿跑。他们怎么不给她开一条电话专线!"

我哈哈大笑:"她告诉我,第一次见到护士时,护士拥抱了她。你能想象吗?这也太不合常理了。"

"真的很奇怪,"茱莉亚说,"桑迪和我带她去看护士,我们都注意到,她见到护士时明显容光焕发了。就好像必须得有人给她看看病,她才能获得快乐。"

"我在电话里也听出来了,"我说,"她的语气原本很低落,可等她去见了护士之后,就变得开朗起来。看上去是她看病之后的一种情绪解脱,事实并非如此。她似乎并不担心生病,而是乐在其中。而且,你注意到了吗?她不再提肌痛性脑脊髓炎了。"

"哦,是啊,"茱莉亚说,"只字不提。这么多年——"

"足足二十年!"我脱口而出,被子掉到了腰间。

"得了二十年的肌痛性脑脊髓炎,运营肌痛性脑脊髓炎互助小组,做了那么多网络研究,还写新闻通讯,她就这样全部放弃了。"

"她说她还有这个病,"我说,"但我看不出任何症状。我说她现在身体好起来了,好像倒把她惹急了。"

"我们一直提醒她,顾问说这只是轻度帕金森氏症症状。"茱莉亚说,"她还能过十年的正常生活呢。"

"照我看,她未必想要过正常的日子,"我说,"我觉得,她就想生病。"

"她似乎真的很喜欢在大庭广众下吃她的药片。前几天，桑迪、你妈妈和我一起吃了晚饭，吃饭吃到一半，她突然停下来，颤颤巍巍地在包里找到药片，并且当众吃下去。这太像是在博取关注了。"

我们聊得很快，无数的拼图碎片从天而降，我得赶紧将它们拼到正确的位置。

"我真希望她能关注一下贝利，"我说，"但她满脑子都只有她的帕金森氏症。"

茱莉亚低声表示同意："你生了一个这么可爱的孩子，她却不像正常的外婆一样关心他，这事确实让人心烦。"

聊完之后，我放下电话，高兴地向空中挥着拳头。虽然我知道，过不了多久，我就会感觉到这些拳头打在我自己的胸口，警示我做出了让自己无法接受的背叛举动。但就目前而言，我知道自己并不孤独，并不是只有我自己对妈妈有看法。这种解脱感让我焕然一新。

第二十六章

反映

网站上写道：

自我厌恶。

认为自己没有生存的权利。

认为自己永远都不够好，天生就有缺陷。

感到无力和害怕，惧怕权威。

反映在身体上，要么超重，要么害怕体重增加。

我在报纸上读到过一篇短文，讲的是一位女士与母亲断绝关系，我一直无法忘记这篇文章。她母亲的行为堪称"有毒"，是一种微妙的心理虐待，没法用几句话轻易地记录下来，但有一次，她写的一个段落让我大吃一惊：作者与母亲谈论她自己的孩子，那段对话与妈妈谈论贝利的方式如出一辙。

这位作家有一个网站，我好奇地浏览着，想阅读更多内容。这个网站就像一个迷宫，通常我对这样的网站很快就会感到厌倦，遇到一点麻烦就会把它关掉,但这次我蓄满泪水的眼睛还是紧紧地盯着屏幕,尽管网站界面设计很糟糕,菜单变来变去。虽然后来我也看到过其他更权威的网站,但这是我第一次看到自己的经历被反映出来,也是第一次意识到母亲存在一些问题,我感到震惊。

网站上写道:

不断地质疑自己,总觉得自己做出了糟糕的决定。
一直觉得世界并不安全。
觉得自己不够好,是别人的负担。
觉得自己不值得被倾听。
感觉自己不值得被照顾。

这些都是我的感受,是我永远无法描述出来的感受。我以前从没看过别人写这些东西,也没听别人提起过。读到这些内容,我感觉不寒而栗。

网站上写道:

这些感受是自恋型人格父母的孩子的典型表现。
这是情感虐待导致的。
你的父母责备你、操纵你、羞辱你。
你的父母会坚持说你有问题。
你会觉得自己做什么都不对。
你父母总能为自己做得不好的事情找到借口。

现在，给某人贴上"自恋狂"的标签似乎是一种潮流，但这个网站上说，人格障碍是比自大或虚荣更加严重的情况。自恋型人格障碍是一种心理状态，这种人看待世界的方式与正常人不一样，行事方式也很不正常，且具有破坏性。自恋型人格障碍者明显缺乏同理心、自我膨胀，总觉得自己很伟大，还认为自己和自己的欲望比任何事情、任何人都更重要。他们觉得自己非常特别，别人都应该无比关注他们，满足他们的自私心和虚荣心，否则他们就会勃然大怒。他们总是不由自主地撒谎，熟练地操纵别人，利用每一段亲密关系去满足自己的利益。

我第一次读到时，还没觉得这些描述"完美"地说中了我的妈妈。也许是因为一开始就不想承认，所以我被蒙蔽了双眼，下意识地没有将妈妈的行为与这些描述联系起来，并体谅了她奇异的举动和她那些不好的行为。但有一件事情我无法否认，网站上说，很多自恋的父母都患有一种病，但是原因和意味均不明：

肌痛性脑脊髓炎。

第二十七章

贝利的生日

邀请妈妈留下来参加贝利的第一个生日，并向她透露我怀孕的消息，这似乎是个好主意，但我没有考虑实际的影响。通常我都会睡午觉，但这天没有睡，而是整天都在做家务。疲惫只会加剧呕吐的症状，吐了几次之后，最终还是累倒在沙发上。就在这时，安妮特那辆与众不同的银色 SUV 停在我们家门口。

她的汽车现在已经过时了，但我仍然记得她刚买这辆车的时候。与其他人的轿车相比，这辆车看起来像一枚火箭。她和她的家人们花钱大手大脚，而我认识的人里还没有谁在二十世纪八十年代就这么挥霍的：只有他们家盖起了独栋别墅，修了带加热功能的游泳池，还要在每年年假都跑到国外去玩。

我从沙发上勉强撑起身来，看着安妮特像司机一样站在妈妈的车门旁。妈妈光滑的黑色手杖首先出现在大家的视线中。安妮特再次伸出援手，开车送妈妈来诺丁汉。

"你妈妈有点不舒服，"我打开门时，安妮特说，"她需要马上吃药，快给她弄点水来。"

我在厨房里接了杯水,我告诉自己,这可能只是一个小插曲。贝利刚刚学会走路,妈妈无动于衷;妈妈过生日时我送了一幅贝利脚印的照片(作为生日礼物之一),又把她惹生气了;现在他长大了,她总该会喜欢他吧。我深吸一口气,走进客厅。妈妈坐在沙发上摸脚趾。

"我一会儿就好了。"她低声说。

"当然会好的,亲爱的。"安妮特说。安妮特的头发染成酸樱桃的颜色,带点荧光粉,在穿着普通衣服——米色碎花裙、白色衬衫、黄褐色平底鞋——的妈妈衬托之下,她简直闪闪发光。妈妈坐起来,端着杯子大口大口地喝水,然后斜靠在沙发上,本能地伸手去按躺椅键[1]。

安妮特靠在沙发上,转向我,她的肩膀松弛下来。我注意到她把一只手放在妈妈背上,安抚着她。"说说,你最近过得怎么样?"

"我很好——"我刚开口,就被一声低沉的呻吟打断了。

"好了,亲爱的。"安妮特低声说,在妈妈的背上画圈轻轻抚摸,"你会没事的。"

"这个可怕的病,"妈妈坐直说道,"我什么都做不了。"

"你已经做得很好了,不是吗?"安妮特又安慰她说。

"这周我每天都给护士打电话,"妈妈对我说,"他们给我增加了药物。他们也无法理解,我为什么会变得越来越糟糕,没人能告诉我原因。"

"哦,亲爱的。"我用尽可能有说服力的语气说道。我想要同情她;我也真的做到了。我希望妈妈这一次不要演得太过了——因为实

---

[1] 沙发上的按钮,按下可将沙发调节为躺椅。——编者注

在是令人作呕。"我好像听到贝利有动静。"

儿童房关着灯,房间里很凉爽,让我又活过来了。我坐在摇椅上,闭上眼睛,听着贝利沉重的呼吸声。本来是很容易睡着的。我真的那么善于掩饰自己的感受吗?妈妈根本没注意到我面色惨白,随时都有可能晕倒。贝利吐出含在嘴里的大拇指,坐了起来。我紧紧拥抱着他,他软软的、暖暖的,贴着我的胸膛。再让贝利缓上一会儿,他就能好好地见客人了;妈妈也可能会结束这次病情发作。要是等得太久,我就没有对她尽到责任。我不情愿地站起来,把贝利抱下楼。

"我来了,贝利!"我们走到最下面一级台阶时,妈妈宣布道,"我带了礼物哦。醒醒,来看看呀。"

我把贝利抱在怀里,从她身边挤过去。她的脸也变得太快了。她真的不记得有个小孩是什么感觉吗?她真的读不懂房间里的氛围吗?

"感觉好些了?"我问道,坐在沙发上,像往常一样。

"是的,药片现在起作用了。"说着,她拖着一个大袋子,坐到我旁边。

"让他再醒醒盹儿吧,妈妈。"我说,贝利向我靠得更紧了,他的拇指自动回到了嘴边。

"看,贝利,巧克力哦。"

"妈妈,别这样,"我说,"他才一岁。我跟你说过的。他不能吃巧克力。"

"你妈妈太严厉了,是不是?"妈妈说着,把脸贴近贝利的脸,贝利扭动着想要躲开。

"你告诉过我,你讨厌奶奶给我吃巧克力,"我一边说,一边把贝利移到另一边，还要努力维持着正常的语气，"那你为什么要做同样的事？"

妈妈耸耸肩，靠在沙发上微笑着。"我想，可能是历史在重演。其实我只是想对他好一点。"

"如果你想对他好一点，就给他吃葡萄干。"

她没有听我的话，而是在包里翻来翻去，拿出一套火车玩具、几支笔和一个涂色本。她在贝利的面前挥舞着这些东西，贝利只能和我越贴越紧，以躲避"袭击"。

"艾莉，给他一点时间。他还迷糊着呢。"安妮特说。

妈妈把身子沉进沙发，交叉双腿，把头转向别处。"真是的，我专程赶来看他，可他对我这么爱搭不理的。"

我的手指在额头上摩挲着，希望她不要把气氛弄得如此紧张。"我去泡点茶怎么样？"我说。

没过多久，贝利就开始捣鼓新玩具了，在地板上玩火车，在涂色本上涂鸦。安妮特坐在地板上，热情地陪他玩耍，而妈妈在我旁边的沙发上耷拉着脸。

"这件衣服很漂亮。"她说。我仔细地看着她。这是我怀贝利那年夏天穿的同一件长裙。她补充道："估计没有我这么小的尺码。"

这是对我的一种侮辱，但我对她报以微微一笑。她不知道我已经识破了她的伎俩。

彼得下班回家时，脸上表情很严肃，我们走进花园，欣赏贝利的新攀爬架。我们都需要点新鲜空气。贝利跌跌撞撞穿过草地，安妮特和彼得都在围着他转，但妈妈很快就说她很冷、很累，必须坐下，并坚持让我带她进屋。她上楼去拿套头衫，这时我站在窗口，看彼得和安妮特在说话。

"你们聊了什么?"安妮特回家后,我立刻问彼得。经过了忙碌的一天,妈妈正在楼上休息,我们在做晚饭。我不知道是不是因为饿了,一阵又一阵的恶心突然变成了痛苦的饥饿感,可一想到食物又恶心得要命。

"我问她关于你妈妈的事,"彼得说,"问她有没有发现你妈妈的行为很奇怪。就是,她这一会儿病、一会儿好的状态。"

我不明白安妮特为什么没注意到妈妈的古怪,尤其是,她妹妹也患有帕金森氏症。尽管如此,我还是没有信心去问她。安妮特似乎是妈妈最忠实的支持者,我怕她不对我敞开心扉。

"很有意思的是,"彼得继续说道,"安妮特说,你妈妈这么大惊小怪,让人以为她是帕金森氏症互助小组中最严重的病例。其实她是其中症状最轻的。"

"你们说了妈妈对帕金森痴迷的事情吗?除了帕金森氏症,她什么都不跟我们说。"

他低下头:"安妮特说,你妈妈在家里其实经常谈起贝利的事情,但我们的意思她也懂,因为你妈妈对她的事儿也没兴趣。但她不愿多说。她还说,等你妈妈把药的问题处理好,一切都会好的。"

"你想再来一杯金汤力吗?"吃饭时,彼得问妈妈。

我不知道他是否感受到了小餐厅里的紧张气氛,也不知道他是否也觉得难以忍受。他可能不像我一样胃里翻江倒海,也没有渴望晚餐快点结束。

"不,我这杯还没喝完呢。"妈妈指着杯子说。彼得耸耸肩,坐

143

在贝利的高脚椅旁,贝利的嘴唇和下巴上沾着厚厚的一圈番茄酱。妈妈不满地戳着盘子里的意大利面。

"我还没告诉你,"我努力抑制住紧张的笑容,"贝利开始上托儿所了。"

妈妈吐出一口气,就像一个正在放气的气球。"那可太好了,"她把叉子扔到盘子上,"显然你应付不了。我一直很担心你。"

我勉强挤出笑容:"不是我应付不了,是因为我们要有新的宝宝了。"

她的脸沉下来,怨恨地瞪着我。"真他妈见鬼了。"

"妈妈!"我倒吸了一口气,指着贝利。

"对不起,"她说着,用手捂住了脸,"见鬼了。"

彼得一脸厌恶,放下自己的餐具。"你现在想要喝金酒吗?"

"是的,快给我一杯。"说着,她举起杯子,仰面把它喝干,接着又跟彼得要了一杯。

彼得摇摇头,开始清理桌子。"这是好事啊。"

"是,好事。"妈妈说着,无力地用手扶住额头。彼得把盘子哗啦一声扔进水槽。

"我们已经做过 B 超了,你想看看吗?"我问道,试图缓和房间里的冰冷气氛。

"再说吧。"

她把我怀孕的事当成一个悲剧,我也分不清自己难不难过。还是说她博取关注的把戏,甚至把我逗笑了?我被包裹在一层厚厚的黑暗中,感官已经麻木了。

"我们只跟杰玛说了,别人都不知道呢。"我说,希望这样能讨好她,让她说出点好听的。

"至少谢谢你先告诉了我,"她说出的每个字都带有讽刺意味,"你知道吗,可能是男孩。这样你可就有两个儿子了。"她咄咄逼人地看着我,好像要把我吓得不敢怀孕似的。

"也行啊,"我说,"这对贝利很好。或者,也有可能是女孩。"

"男孩太可怕了,"妈妈继续说道,"安妮特有四个儿子,她跟我讲过。"

我轻轻地擦了擦贝利的脸,把他抱起来。他摇摇晃晃地走到客厅去玩火车。我本想着用这个小妙招去引导妈妈注意到她可爱的外孙,但体会这些微妙之处并不是她的强项。

"在别人看起来可能很不赖,但等回到家以后,你的生活将是一场噩梦。"

贝利用一只手玩玩具,另一只手的大拇指放在口中吮吸。"不过贝利不是那样的,对不对?"我说。

她把头歪向一边,以引起我的注意。"等着瞧吧。"

为什么她不能说点正常的、顺耳的话?她可以兴奋地在房间里跳来跳去,或者给我一个拥抱,或者只是表示祝贺。但她为什么一定要这样?一阵恶心直顶到我喉咙:不是孕吐,而是愤怒。

"我该去躺下了。"说着,她抓住椅背站起来。

我也站起来,朝相反的方向走去。"想去就去吧。"

我听到她像个耍脾气的小孩子一样,跺着脚走上楼梯。这个周末被毁了,对我们俩来说都是这样。

"进展顺利,"彼得搂着我说,"真是个讨厌的女人。"

我冲他"嘘"了一声,抬头看了看楼梯。"小心叫她听见。"

"老实说，我不在乎她听没听见。她这人太糟糕了。"

"她可能太震惊了。"

他向后仰了仰，盯着我的眼睛。"那些'养儿子有多么多么可怕'的话？她就是想让你不高兴。"

这么多年我们都没讨论过这件事，但我知道彼得不喜欢她。他怎么可能喜欢她呢？她故意弄出一团糟，他就得跟在她后面擦屁股；她总是露出不满的神态，还喷喷有声；她低声批判他；她还总是试图触犯他人的边界。在我们结婚的第一周，她给他打电话传授性经验，彼得和我都竭力忘记那个电话。她和他调情，故意触碰他手臂的肌肉；在他干家务活时，她用气声跟他说"如果没有你，我都不知该怎么办了"——好像觉得她的娇弱无助能把他吸引住。我本该明白她的这些行径是多么不合适，但我习惯于忍受她的各种奇怪行为，尽管这让我感到羞耻。每次她来访时，我最害怕的不是紧张的气氛，而是觉得自己在被最爱的两个人相互拉扯，无法让他们两边都开心。彼得不接受妈妈的行为，妈妈却不停地越界，我则一直在为她找借口。

"她应该和我们一起庆祝。"他靠在岛台上，继续说道。

"她肯定不是故意让我不高兴。"我一边说，一边把马克杯收起来，堆放在一起——只是为了找点事儿做，"她自己的生活乏善可陈。而且她病得挺重的。"

"重得连一声'恭喜'都说不了？"

我把手伸进口袋里。"我累了，"我说，"还想吐。"

他又把我抱在怀里，温暖的胸膛贴着我，须后水的味道很熟悉。"去休息吧，"他说，"杯子我来收拾。"

彼得把贝利送到床上睡觉去了,妈妈和我一起坐在棕色的沙发上看电视重播。我一直在心里倒计时,什么时候可以不再对妈妈的情绪有所顾虑。现在没有人再谈论怀孕的事儿,但她的坏心情一直笼罩着我,我尴尬地坐着,希望能说些什么来缓和她的态度。

"我想了想。"妈妈说,我吸了一口气,为她即将说出的话做准备。"由我来支付贝利的托儿所费用吧。"

"哦。"我坐直了,克制着自己的情绪,"非常感谢。你真是太好了。"

"嗯,因为我的健康状况,我不能像正常的长辈那样,帮你照看孩子,什么力都出不了,所以只能出点钱了。"

"非常感谢。其实你不必这么做;我们理解你的情况——"

"就让我来付吧,"她说,"我负担得起,而且这是我的荣幸。我想多参与一点,但这场病……"她声音越来越小,我看着她,肩膀耷拉着,衣服皱皱巴巴地裹在她瘦弱疲惫的身体上。"这倒提醒了我,"她突然僵硬地说,"我不想重蹈上次的覆辙。你生贝利的时候,我一整天都待在酒店里,你甚至连联系都懒得联系我。"

这句话打了我一个措手不及。

"我手机一点信号也没有。"我结结巴巴地说,"我甚至连彼得也联系不上。"那时我刚刚生下孩子,两天没睡,而且也是自己一个人待着。但她刚刚提出要给我们每月200英镑,如果现在对她说这些,对她来说是太大的打击。

"你以前说过的,"她的嘴唇绷得很紧,"但我不想再一次被晾在一旁了。你得告诉我孩子什么时候出生,我看看安妮特到时候会不会再带我过来。我们可能会在这里过夜,然后再走。而且这次,我想我最好向亲戚们报报喜。"

我的下巴绷紧了。我们是怎么从善意的交流迅速转变为斗争状态的?她切换得天衣无缝,我必须奋力振翅,才能摆脱她卷出的滑流。

"我没要求你跟谁报喜,因为你上次不太想这样做。"

"他都出生两天了你才告诉别人。这太不礼貌了,海伦。"她对我摇摇头,说道。

我的眼底都要燃烧起来了。"我是在贝利出生两天后才从医院回家的,妈妈。还要我怎么快啊?不管怎么说,你本来也可以告诉他们的。"

"这次我会的。"她挑起眉毛,好像在训斥一个不负责任的孩子。

"好啊,"我试图控制住自己的声音,"明明是上次你拒绝告诉你的朋友我怀孕了。你让我自己给他们打电话。而没出几周,你打电话给所有人,说你得了帕金森氏症。"

我越回想这件事,就越觉得奇怪。她不想替我给亲友报喜,但乐意把她自己病情的坏消息四处传播。我知道这有点不对劲,但我不太知道为什么我感觉不舒服。

"我只给安妮特、朱迪、瑞格、格温、奥温和罗宾几个人打了电话……"

"这就是'所有人'!你本该告诉他们我怀孕了!"我双手抱肩,怒吼道。我讨厌和她争吵,但她激怒了我。

"哦,好吧,我很抱歉!显然我又让你失望了。"

"不,你没有。"我说。这是一种条件反射,一种毫无意义的本能。我脑袋嗡嗡作响,深吸了一口气。我本想冲出房间,但又希望我能赢得这场争吵。"我觉得你没兴趣跟人说,"我沮丧地低声说,"如果你愿意的话,那就太好了。"

我又吸了一口气,想换个话题:"我跟你说过吗,露西生孩子了,又是个女孩儿。"

"多好啊!"妈妈以手抚胸说,"两个女儿。完美的小家庭。"我闭上了眼睛。她太擅长这样的"攀比"了。"我原本也希望再有个女儿,"她叹了口气说,"但你这个女儿实在糟糕,断了我想再有女儿的念想。"

"我记得你说过我是个完美的孩子——很安静,人很好。"我大胆地说,希望能揪出她的错误。

"但你不吃饭,也不睡觉,"她说,"带你真是太麻烦了。每个人都说这是我的错,实际上当然不是。你简直像个噩梦。我把你所有的婴儿用品都留着,存在阁楼里,因为我们想再生一个孩子。如果不是因为你这么糟,我们还真能再生一个。"

我咬着嘴唇。如果没下贝利,我可能会继续相信这个故事。但我知道婴儿确实总是不好好睡觉,学步期孩子爱挑食,但很多人还是会想再生一个孩子。也许凯茜是对的,我的妈妈已经忘记了养一个小宝宝是什么样子了,但养孩子的时光在她的记忆里应该算是美事一桩。然而,她就像回忆颠沛流离的战争年代一样,继续陈述我幼年犯下的每一件可怕的罪行,而我只是左耳进、右耳出。其实这些故事我都记得。怪不得我曾经认为,生孩子是一个人最不该干的事情,但就我自己的经验而言,其实根本不是这样。

"我向你保证,"我抚摸着肚子,在心里对未出世的孩子默默许愿,"我不会像我妈妈那样。"

第二十八章

转变

我家的客厅里摆满了粉红色的卡片、成堆的换洗衣服和原色玩具，逐渐吞噬了没有孩子时如绿洲般平静的家。以前精心维护的沙发上，如今满是面包屑和奶渍，还有匆忙擦拭过的婴儿呕吐物。装饰品被扔到了阁楼上，光碟被放到了高处，只剩下一堆跟孩子有关的东西，它们散落在地板上，我一度无法接受这种程度的零乱。

生布洛瑟姆的过程要比生贝利顺利些，一部分原因算是"一回生二回熟"，另一部分原因是我的头脑一直保持清醒。经过五个小时的分娩，她们把我的小女儿交给了我，她长着一头乌黑的头发，小脸涨红，双眼紧闭，产房里响彻着她的哭声。几个小时后，我们把她带回家，贝利在她的额头上吻了一下，我的胸腔里有暖流不断奔涌。

我给妈妈打了电话，本以为她会对自己第一个外孙女的到来而感到兴奋——因为几个月来，她一直在谈论生儿子有多么不好——但她这次的反应平淡得不能再平淡。

"她有多重？"她问。我有点措手不及，只能耗尽产后的肾上腺素来应对。

"你不想知道她的名字吗?"我已经气坏了。

妈妈对布洛瑟姆的首次造访姗姗来迟,虽然她给出了充足的借口,但我知道这是她对我在贝利出生时自私行为无声的谴责。布洛瑟姆出生好几周了,她才来到诺丁汉,我不得不帮她安排行程。我责备自己对她太苛刻了,但她好像并不在乎我。彼得的陪产假结束了,我很想回到正常生活,按时去育婴小组,或是带孩子出去玩。但正好相反,我被困在家里,在窗边无聊地等待着。贝利靠在沙发上,等待着外婆的到来。我能听到布洛瑟姆在她的婴儿睡篮里扭来扭去,睡篮发出吱吱扭扭的声音,每天清晨都吵得我不得安睡,就像暴风雨袭来前头顶压低的乌云。

"你看见外婆了吗?"

贝利往沙发里边靠了靠,抻长了脖子,暗金发的头发乱蓬蓬的,像一片野蛮生长的野草。

"还没有……看见啦!"

我把他抱到地板上,他跑向门口。妈妈从车里走出来,她涂着"龙舌兰日出"色的口红,浓烈的香水味扑面而来,席卷了整个屋子。

"贝利,我给你带礼物啦。就是这个,很大哦,小心拿着,不要掉下来!把它拿到客厅去,乖乖。我们一起坐到地板上吧。哦,不!我还穿着鞋呢!快点,我得马上把鞋脱掉。海伦,我买了在你家可以穿的新鞋,咦,在哪儿呢?朱迪,我们带过来的袋子对不对啊?我要的是那个印着波点花纹、提手有点磨损的袋子。它在车上吗?喔,不,在这儿呢。你喜欢吗,海伦?是全新的鞋子。颜色很漂亮,是不是?"

"是的,非常好看,"我退到客厅的边缘,说道,"贝利,需要我帮你打开吗?"他的眼睛睁得大大的,水汪汪的。

"我来我来,"妈妈一边说,一边朝他扑过去,手里还拿着一只鞋,"贝利,你喜欢我的鞋吗?红色,对不对?你会说'红色'这个单词吗?我们来打开这个包裹吧。你自己能打开吗?需要我的帮助吗?来吧,我帮你打开。胶带贴得太多了。哦,天哪,我真是一个可怕的外婆,胶带贴得太多了。好了,打开,打开。是一辆玩具车。"

贝利审视着汽车,眉头紧锁地转向我。他已经好几个月没见过外婆了,这个陌生人跟他走得太近了,说话太大声,而且对一个一岁半大的孩子来说,她的话也太多了。

"没关系的。"我说着,俯下身伸出胳膊搂住他。他扑到我怀里,一只手抓住我宽大的运动衫,小嘴牢牢嘬住另一只手的拇指。

"你知道这是什么吗?"妈妈继续说道,无视贝利的反应,"这是一辆车,嘀嘀叭叭呜呜呜——"她从贝利手中拿过小汽车,在地板上开着,他疑惑地对她眨着眼。

"他知道这是什么,"我尽量用不那么简单粗暴的语气说道,"只是他一下子接收了太多信息。你想喝点茶吗?"

"我发现布洛瑟姆啦!"朱迪说。她悄悄地走到妈妈身后,把走廊上丢得乱七八糟的袋子整理干净,然后把高跟鞋脱在妈妈的焦糖色休闲鞋旁边。"她挺舒服自在的。"

"你想抱抱她吗?"

"不行!"妈妈尖叫着,把车扔在一边,贝利吓得跳了起来。"你不能这样。你要先关注年纪比较大的哥哥姐姐。我是学过的。"

"贝利,能让外婆看看你刚出生的妹妹吗?"我建议道。

他站起身,抓住睡篮的边缘,挺起胸膛。"小宝宝。"他笑着说。

"哦,太可爱了!"朱迪说着,把手放在胸口。她站在远处,等待妈妈走近她的外孙女。妈妈犹豫着向前走去,像动物园里走向狮山的游客。

"哦,天哪,"她说着,伸出脖子往婴儿床里看,"布洛瑟姆的小脸横竖一样宽啊。"

朱迪转向我,张大了嘴巴,我冲她做了个鬼脸。我希望妈妈的自说自话能让朱迪能明白,妈妈的所作所为是不应该的。

"她长得很漂亮,海伦,"朱迪说着,扶我站起来,然后走近婴儿床,"她睡着了吗?"

"是的,她睡得很好——但只是这一会儿。"

朱迪笑道:"那就能享受多久就享受多久。你呢,你好吗?"

"快给我倒杯水,"妈妈没等我回答,突然抢着说,"我有点难受。"

她重重地坐在沙发上,在手提包里翻找,找到一个白色的小包,拿出药片扔到嘴里。我们三个人都紧紧地盯着她,她躺倒在沙发上,像是累瘫了一样。

"这个病总是这样,说来就来。"她说,朱迪和我都没有动。"你有没有看到我抖得多厉害?我的情况越来越糟了。"

"我给你弄点水。"说着,我拉着贝利的手把他领走。我拿起杯子,打开水龙头接水,听到厨房里的谈话。

"前几天你不是去见护士了吗?"朱迪问妈妈。

"她帮不了什么忙。我只能继续等待,看看药片是否有效。这是我第三次换药了。他们似乎都不能为我做什么。"

妈妈把水一饮而尽,深吸了一口气。"看,好了,我现在没事了。"她说。我也不想这么毒舌,事实上,唯一明显的区别是她停止了这场戏剧化的表演。

"好快呀。"我说。

"是的,就是这样的。"

朱迪坐在妈妈旁边。我想知道她脑子里在想些什么:她是否像我一样看到了这一切,她是否也感到困惑。我把布洛瑟姆抱起来,坐在对面的沙发上,她舒服地躺在我的臂弯。贝利拿起汽车,正绕着婴儿睡篮假装开车。

"有了个外孙女,你是不是感到很惊喜?"我试着问妈妈。

"什么?哦,应该是。"

"你以为我会再生一个儿子,对不对?你以为我会再生个儿子,在别人看起来可能很不赖,但等回到家以后,生活就变成一团糟。"

"我是想让她做好心理准备,"妈妈笑着转过身对朱迪说,"我知道养大一个男孩是什么感受。太可怕了。"

朱迪跟妈妈这么多年的交情,一定知道妈妈——没有兄弟、儿子或侄子——根本不了解养育男孩的体验如何。但我不知道她是否像我一样,听到了妈妈的话。

"贝利并不可怕。"我说。

"嗯。"

她抿着嘴冷笑了一声,我知道她的那声"嗯"意味着,她认为贝利和别的男孩都是一副德行。

"如果你告诉我,有两个儿子的生活会有多美好,这话不是更中听吗?"

我在众目睽睽下鞭策她,强迫她面对自己说过的话。

"我想是的，"她咬牙切齿地说，"很遗憾布洛瑟姆是二月出生的。二月是一个多么黑暗、悲惨的月份啊。她要是开春以后出生的就好了。"我敏锐地意识到，妈妈自己就出生在所谓的"一年中最完美"的时候。

我深深地吸了一口气，被她莫名其妙的指责弄得有点垂头丧气。"我又不能自己决定生孩子的时间。"我说。

我想让妈妈更喜欢她刚出生的外孙女——或者说，更喜欢我——但她似乎看什么都不顺眼。我责备自己对她太苛刻了；毕竟，她也不是没做出努力。她给贝利带来了礼物，还给他很多关注，但她太走极端了——一会儿激情澎湃，一会儿冷漠批判。我希望她能走中间路线，做一个提供支持的母亲，不需要别人把注意力都放在她身上。我本以为，至少这次我已经预料到了她会是什么样子，事实证明我并没有完全预料到。

贝利抱着我，摸着妹妹的头。朱迪给我们拍照，我转过身看妈妈，她的表情闷闷不乐。

埃莉诺的日记

2013 年 2 月 10 日

带桑迪去了茱莉亚家，我的病发作了，非常严重，让她们很震惊，等我好了，就完全不一样了，她们很惊喜。在海伦家也是这样。打电话给莎拉，向她求助。

3月10日

　　给莎拉打电话——她说这会是一段艰难的日子，但我会挺过来的。去见了顾问，给我开了新药。

4月10日

　　海伦给我打电话，我告诉她我有点晕晕的。我们认为可能是因为药物作用和睡眠不足。贝利现在说话说得可好了，甚至能说短句。很想见他和布洛瑟姆。参加了帕金森锻炼班、太极拳课和自我催眠课。课上将近60人。完全没休息，但也坚持下来了。

*

第二十九章

平安夜

　　我目不转睛地看着壁炉架上的金色马车钟，看着时间一分一秒流逝。我在这栋房子里住了十八年，记忆和这些具体而微的摆设交织在一起，而家里的布置从我离开后就没有改变过。室内装饰是二十世纪七十年代末的风格：我父母曾经认为会永远时髦的浮雕壁纸，被反复漆成各种浓淡不同的桃红色，与他们认为既实用又美观的经典涡纹图案地毯完全不搭。就好像爸爸妈妈到达了人生的某一个阶段，品位和想法都不再改变，永远陷在他们三十多岁的幸福回忆中。

　　那是上午 11 点 45 分，妈妈在电脑上玩了一个小时的纸牌游戏。我并没有要求一切都要按照日常规则来，但我知道让孩子过度饥饿的后果。我告诉过她，孩子们中午需要吃饭：在电话里讨论圣诞节计划的时候跟她说过一次，那天早上我们起床时又跟她说了一次，半小时前再跟她说了一遍。

　　"我一个人可做不了午饭。"

　　在我提出一家人在她家过圣诞节时，她就是这么说的。我可以逐字逐句地复述这段对话。

"我知道,没关系。我可以帮你。我们一起做。"

过去的一年像是一场混乱的冒险。家里有两个孩子,都没到两岁,而且没有家人的帮助,有时会感到孤独和疲惫。尽管待办事项的清单越来越长,我还是很喜欢这样的生活。孩子们让我充满了活力。与此同时,虽然医生一直在治疗,但是妈妈的帕金森氏症仍在迅速恶化。吃下去的药都没有起作用,她的症状越来越严重。我们达成了一致,只有大家齐心协力、一同努力,才能把圣诞节过好。不过,我还是很害怕。这是一个不断妥协的过程,因为我是独生女,不能不陪妈妈过圣诞节。

鼠标的点击声激怒了我,就像身上痒痒却死活挠不到。我走进厨房,丁零当啷地寻找合适的平底锅,希望妈妈能进来帮忙。我在冰箱里寻找食材——在网上订购的,开袋即食。我把意大利面倒进锅里,用水壶烧开水,把培根扔在烤架上,猪油嗞嗞作响。妈妈依然没有离开电脑。我感觉胸口有一团火在燃烧。我真不敢相信自己这么愚蠢。我早该知道她会像往常一样,把一切都扔给我做。

我注意到烤箱散发出一股气味——我肯定不会搞错的,鼻孔里痒痒的,让我想打喷嚏。我转过身来查看,本来以为是烤箱冒烟了,但事态严重得多,我看到恶魔般的火舌舔舐着烤架。我大喊起来,彼得冲进了厨房,妈妈跟在他身后,上蹿下跳,手舞足蹈。我被困在原地一动不动,感觉体内的血液在奔涌,与我血管中的罪恶感交战,势必要拼个你死我活。火焰在烤炉四周肆虐,狂野不羁、不受约束、充满威胁。

"你做了什么?"妈妈尖叫道,"快报火警啊!"

彼得站在我身边,态度很平静。他对妈妈皱了皱眉,从旁边拿了一块抹布。

"当然，只是……"

他关上烤箱门，切断烤架的电源。火苗立即熄灭，只剩下空气中烧焦的气味，作为这场火灾的唯一证据。我抓住他的手，心脏剧烈跳动，汗水顺着额头往下流。

"我不知道发生了什么。"我低声说。

彼得轻轻抱了我一下，然后打开烤箱门。他把烤盘递给我看，上面的培根还是生的。然后他往烤箱里看了看。"看起来，"他脸上挂着厌恶的表情，"是因为烤箱里有一层油脂，所以引起了这场事故。需要好好清洗一下。"

"我都不用烤架！"妈妈尖声吼道，"现在更不能用了，是不是？你毁了我的烤箱。我得买一个新的。你已经把烤箱内部全都烧化了。"

"我不知道你的使用习惯！我想给孩子们做午饭，因为已经过了十二点。我并不知道你不用烤箱的哪个部分，这也不是我家的厨房。"

我以前从没对妈妈发过脾气，但最近我感觉自己像一枚炸弹，一旦被激怒就有爆炸的危险。我也说不清楚，究竟我们俩中的哪一个更不可理喻。

"哦，没错，怪我呗！都是我的错！"妈妈厉声说道，转身怒气冲冲地走出房间。

"我得做午饭！"我在她后面喊道，"孩子们需要吃饭！"

我听到电脑室的门砰的一声关上了。

彼得摇摇头："真离谱。"

我擦了擦额头，深呼吸了几次。我的手在颤抖。"还可以做圣诞晚餐吗？"

"哦，可以，"他皱着鼻子说，"只不过不要再用烤架了，别的部分都还能用。"

"她不需要买一个新的烤箱吗？"

"不需要，"他把手放在我肩上说，"烤箱完全没有损坏。即使坏了，也不是你的错。"

午餐还是迟了。

我们坐在红木桌旁，布洛瑟姆坐在二十世纪八十年代的高脚椅上，这把高脚椅一直搁在阁楼里，"以防"我父母决定再要一个孩子。她在围兜上蹭着酱汁，贝利高兴地吸溜着意大利面，愉快地挑着豌豆吃。直到我们叫妈妈去吃午饭，她才离开电脑桌。大家谁也没再提起关于烤箱的事。

"我跟你说过吗？"她说，"上周末我和桑迪一起去看了莉莉菲尔兹养老公寓。"

"你没说过！"我放下餐具，目瞪口呆地说。

她沮丧地叹了口气。"我跟你说过，我过得很艰难，海伦。我一遍又一遍地跟你说。到我这个年纪了，要打理这么大的房子可不容易。"

我极力想挑出她句子里的所有毛病。只有三张床的联排房屋很难称得上是什么雄伟的"大房子"，妈妈才六十多岁，我早就建议过她考虑养老院，说实话，这件事真的有些荒谬——她还远远不到住养老院的年纪。她的同龄人都还没开始考虑类似的事情，但妈妈似乎比她的实际年龄（以及她的同龄人）老得多。不仅仅是因为她单调的着装、老气的烫发、佝偻的肩背，以及总是拄着手杖——这些都是她为自己打造的老年人形象,而且,她似乎从未年轻、有趣、活跃过。她一直都是一副老态龙钟的模样,所以在六十多岁的年纪就进养老院,过上有专人伺候的生活,对她来说也不奇怪。

"可是我让你去养老院看看的时候,你说我在强迫你去那儿住。"我说。

"嗯,我自己也不过是去随便看看,"妈妈一边说,一边仔细地看着她的食物,以回避我的眼神,"去了发现不错,就在那儿登记了。当然,那里的每个人都比我老得多。考虑到我的慢性病,我认为住在那儿会很好。而且他们还能帮我做做康复训练,红绳[1]什么的。"

我摇摇头,一口饭也吃不下去了。

"他们说,可能需要等待很长时间才能住进去。"

"没关系,你不是也不着急吗。"彼得说着,吃光了盘子里的东西。妈妈不满地低声表示同意。"我知道了,"他继续说道,"不如今天下午我们用婴儿车推着孩子们一起去看看吧。"

"肯定很有意思,"我说,"我想看看里面是什么样子的。"

妈妈重重地扔下刀叉,孩子们吓得跳了起来。"今天是平安夜。他们不会让你们进去的,你必须用一把特别的钥匙才能开门。他们不会让任何人进的。"

彼得对她一连串的借口付诸一笑。"反正也不远。如果进不去的话,我们就当好好散个步。"

妈妈露出一副不以为然的表情,嘴唇紧紧地噘成一个圆。"我不

---

[1] Red cord,一种起源于挪威的运动训练体系,用身体牵引悬吊的方法应对运动损伤,提升肌肉神经控制与恢复,以及骨骼、肌肉系统慢性疾病康复等。——编者注

去了。"

"我也没指望你去,"我一边说,一边接着吃东西,"你去休息吧。"

妈妈气急败坏地叉起一根通心粉,一边嚼一边怒视着我,而我跟孩子们闹着笑着,假装没注意到。

我们回来时,她正坐在楼梯上,好像她一直在等我们,用眼神在门上钻出洞来。

"你们散步散得怎么样?"

"很好。"彼得说,没有理会她话中的讽刺意味。贝利趴在他肩膀上睡着了。"我们参观了整个建筑群。"

妈妈站起身,双手抱肩,居高临下地看着我们。

"前台的人带我们参观了一圈,"我一边说着,一边把婴儿车推进了门,"那里的设施还挺齐全——水疗中心、理发室、小商铺——真是不错。而且公寓的面积非常合适,很方便打理。我猜,你会特别喜欢那儿的游泳池。"

"我才不用游泳池。"

"那你可以用按摩浴缸。"

"我们还看到了那个谁……艾伯特,是叫这名字吗?"彼得说。

"是亚瑟,"我说,"在银行工作过的。他也说在这儿住得挺好。有好几个他从前的同事都在那里呢。"

妈妈板着脸:"哦,对。"

"我想,你在那里会过得很开心。"彼得说。

她转身走上楼,没有再说话。看见彼得蔑视的表情,我知道他在想什么:那个地方对她来说有点过于好了。

第三十章

沙滩上的印记

"哦,天哪,这么早就要干这些事情啦?"

妈妈站在客厅门口,穿着一条快要拖地的涤纶长睡裙,外面套着一件夹棉的起居服。彼得和我已经起来好几个小时了,给孩子们喂饭,并且阻止他们在妈妈起床之前靠近礼物。圣诞树像往年一样摆在窗前,灯光照在金属箔上,反射出点点光亮,投射在天花板上。

"圣诞快乐,外婆。"

她呻吟着:"我得先喝杯茶。"

泡完茶回来,她坐在角落里,大声地喝着。彼得、我和孩子们一起坐在地板上,孩子们正在礼物堆中探索。

"去给外婆看看。"我对贝利说。他摇摇晃晃地拿着新的玩具火车过去了。

"太好了。"贝利还没来得及靠近,妈妈就随口应道,还举起杯子挡在面前,作为他们之间的屏障。

"送给你的,你应该会喜欢。"我边说边递给她三个包裹。

"嗯。"我完全理解她的想法,给她买了她最想要的礼物,但她只对我说这么一个词,真是太不可思议了。"这包裹是谁包的,我一看就知道,"她说,"哦。"

"我买了能买到的最小尺码。"我说,她拿着她想要的长袖T恤。

"我太瘦了,穿不了六号。"

她突然精神抖擞,在椅子边上动来动去,一边喝着茶,一边说:"每个人都说我体重下降得很快。桑迪、安妮特,还有茱莉亚。其实我和她们在一起时都吃得很多——真的,能吃一大堆食物。不知怎么回事,就是没法增重。连医生都很震惊,但没人能说清楚到底是什么问题。"

"不过你吃的脂肪不够多,是不是?"彼得评论道。他是唯一洗过澡、穿上了正式衣服的人,我们其他人都穿着圣诞睡衣。

妈妈放下茶,把礼物从腿上扔了下来。"我不吃任何脂肪。"

"那就是问题所在。"彼得笑着说,妈妈则皱起了眉头。

"我不喜欢脂肪。我可以每天都吃沙拉,要让我早餐吃那些熟食——不了,谢谢。"

"也许你是该多吃点脂肪了,"我说,"比如喝点全脂牛奶,在三明治上涂点黄油,诸如此类。"

"不如每周去一次炸鱼薯条店?"彼得说。

"这些东西都太肥腻了。"妈妈双手捧着脸颊,说道。

彼得和我交换了眼神,我们都很沮丧。

"这就是重点,不是吗?"我说。

"想增重,就得吃脂肪。"彼得补充道。

妈妈一咂嘴,瘫倒在椅子上,又拿起了茶。"我们继续来拆礼物吧。"

第二天中午，我们开车回家，乌云密布，在昼犹昏，天空下着寒冷的小雨，空气变得很潮湿。孩子们在后面睡着了，已经忘记了昨天圣诞节的兴奋。布洛瑟姆的头向后仰着，嘴巴张开，鼻孔朝天。贝利在吮吸拇指。他们真可爱。

"我们再也不要这样做了，"彼得开着车，我沉吟道，"她简直像噩梦。"

我裹着大外套，双手夹在腿间以保持温暖。

"好像我们是去伺候她的。"彼得说。他不像我那样怕冷，穿着薄薄的栗色V领上衣和牛仔裤。

他双手握在方向盘上，长出一口气。"她的大部分时间都在玩电脑。"

"我知道。"我揉着脸说，"她甚至根本没有提出要帮忙。只是一直都在抱怨她病得有多厉害，然后——你再瞧，她把药片放进嘴里，马上就好了。真是搞笑。"

"你觉得，她能意识到这看起来有多荒谬吗？"

"我觉得，她认为我们什么都会相信，"我说，"她想生病。她很享受生病的每一秒。"

车窗外，冬天从我们身边呼啸而过——灰色的道路、乌云密布的天空、道旁的枯树。好像从来就没有过夏天。

"我们有两个不到两岁的小宝宝，却得在没有任何人帮助的情况下，在她家操办圣诞节。再也不会有下一次了。"

虽然嘴上这么说，其实我丝毫不相信自己真的会这么做。妈妈甚至不需要刻意放低声音假装可怜，也不需要提醒我是她唯一的孩子，更不需要列举自己罹患的慢性病。只因为她是我妈妈，我理所当然地不会让她一个人孤零零地过圣诞节。因为我爱她。

我愤怒地说:"我真不敢相信,她的心里永远只有她自己。"

手机提示音响了,我叹了一口气。

"我念给你听啊,"我说,"嗨,海伦,你觉得这个圣诞节过得怎么样?爱你哟,妈妈。"

彼得笑了。"这辆车一定有窃听器。"

我用手支撑着身体。"我该说什么呢?"

"她显然知道,"彼得说,"她这是在考验你。"

我编写了三条不同的信息,最后才决定发出哪一条。

"要我说真话吗?很疲惫,压力山大。"

我的心都要跳出嗓子眼了。我拉开外套拉链,给自己降降温,等待着手机提示音再次响起。

"是的,我也是这么想的。"

"她知道!"

"她当然知道了。"

"她希望我们能伺候她,而且她也知道这很难,但就是不提供任何帮助。"

我把手机扔到手提包里,双手抱肩。我真希望能给她回复些话里带刺的短信,来发泄我的愤怒。但我还是控制住了,不仅因为我永远无法取胜,而且我永远不能这样对待她。我心里感觉这样做有一点不公。

彼得摇了摇头。"她精神一直都不太正常,但你都没觉得她有人格障碍,是不是?"

"不是!"我脱口而出,充满了防备,我深吸了一口气,"不是的,我不这么认为。我在网上看过,她的表现并不符合那些描述。"我搓了搓手,"为什么这么问?你认为她有吗?"

"我不知道,"他耸了耸肩,"不太了解这方面。"

"可能只是因为她一个人住,"我说,"她不需要考虑别人的事情,所以理所当然就很自私了。"

"我想可能是吧,"彼得说,"不过我们还是得从中吸取教训。"他温暖的手放在我的腿上,"把它当作沙滩上的印记。"

我使劲点点头,表示赞同。然而,头脑中有个声音一直在告诉我:这不仅是"以自我为中心"这么简单,我母亲确实有些地方不对劲。

第三十一章

名誉

那是一个星期天的下午,我正在宽敞明亮的厨房里切菜,烤箱里烤着牛肉和配菜,收音机里放着广播。我终于从妈妈的奇怪举动中解脱出来。莉莉菲尔兹终于有一个位于转角处的公寓房间空出来了,可以看到连绵的草地和远处的铁轨——完美。我们都知道接下来的六个月又要折腾一大通,要跟律师打交道,要打包行李,还要听妈妈的牢骚,但她的朋友们向我保证,她可以开启一段新的生活。她的压力没那么大了,而且有了新的朋友、新的活动,她的病就被搁在了一旁。一切都会好起来的。

彼得走进来,关掉收音机,把电话递给我。

是茱莉亚打来的,她给我讲了在教堂发生的事情。妈妈去的是一座传统的圣公会教堂,用浅黄色石头建成,有宽大的窗户和高大的柱子,每当有婚礼时,柱子上会缠上彩带。几十年来,妈妈一直坐在深色的木质长椅上做礼拜,不过我离开家后,她便改做早上的圣餐礼,那个时段人比较少。我认不全那些参加仪式的老妇人,但我可以想象她们坐在前几排,用崇敬的目光盯着牧师看。

"她像是遭遇了危机，"茱莉亚说，"瘫坐在教堂座椅上悲痛欲绝地大哭。大家都挤在她身边，给她拿纸巾和茶，试着安抚她。她告诉她们，你不让她跟她选择的房产经纪人合作，而且你不让她给她的养老公寓花钱。"

被背叛的痛苦让我几乎无法呼吸。不到二十四小时前，我刚刚和妈妈谈过，我还以为我们的谈话很有成效，有逻辑地讨论并合理安排了一些事情。我可以逐字逐句地重播我们的对话。

"来了一位年轻可爱的房产经纪人，"妈妈的语气很激动，"他告诉我，很显然，我是一个年老、多病又脆弱的女人，需要人照顾。所以我跟他握手了。""你不能因为一点好话就接受他。"我说。说一个人年老、多病、脆弱本来是带有侮辱性的字眼，但这个房产经纪人似乎已经意识到，对妈妈来说，这是最好的赞美。"他收百分之几的佣金？他准备怎么给你的房子打广告？"

"别问了！"她厉声说道，声音越来越大，"你搞得我很紧张。"

"我没想惹你不高兴。但你不想让房子卖个好价格吗？不想让最合适的人帮你卖房子吗？"

"可是我已经握了他的手。"她喃喃地说。

"这也代表不了什么。他这叫见风使舵。他应该把你房子的具体状况搞得更清楚。"

她重重地出了一口气："哦，好吧。不管怎么说，我已经知道他们给房子开价多少，所以我现在就开始处理。这可是一大笔钱啊！"

我急促地吸了口气："你不打算再谈谈价吗？"

"哦，"她脸色微微一变，"行啊，可以。我应该从多少钱开始要价？"

"这我哪知道。你才是这方面的专家,我又不是。"我说。毕竟,她是曾经在银行做过房屋销售的人。金融行业是她的老本行。"你还是很有议价空间的。我想,第一次报价,可以先往上抬一万英镑。"

"哦,是的,我可以!这听起来好多了,"她说,"真的,我觉得不错。"

我原以为,她对我的建议很满意。没有任何迹象表明,除了坚定地准备做好下一步工作之外,她还有什么别的打算。但是我不知道,她正在计划一个完全不同的"下一步"。

"她为什么要那样做?"我问茱莉亚,跌跌撞撞地后退,靠在墙上。

"她就是在演戏,所以才导致这样的局面。"茱莉亚叹了口气。

"我跟她说的话根本不是那个意思。"

"当然不是了,亲爱的。"

她怎么可以这样做?我一直保护和照顾的母亲,怎么会在外面造我的谣?我都没办法恢复名誉。

"不管怎样,"我的声音越来越高,"我有什么权力阻止她做事?她这样说就好像告诉别人,我在控制着她。"

"所以我才觉得应该让你知道这件事。对不起,亲爱的。"

我放下电话,把这件事告诉了彼得。我做好饭,端上桌,帮孩子们切好烤土豆,舀了豌豆,再把他们放在床上小睡。我像个机器人一样地做着这一切,好像被设置了"服务"的程序。同时,我一直在想,妈妈对那些人撒了谎,我却永远无法纠正她们的看法。难道对妈妈来说,我不比几分钟的关注更有价值吗?

"哦,你好!多么让人惊喜。"

妈妈很快接了电话，激动不已，气喘吁吁，好像她整个下午都在家里蹦蹦跳跳似的。

"你的一个朋友告诉了我，你今天在教堂说了什么。"说着，我努力让自己的声音保持平和，尽管我内心充斥着愤怒和恐惧。我感到妈妈的笑容消失了。

"是谁告诉你的？"

"是谁告诉我的？"我努力控制着自己，一字一顿地说道，"这不是重点，对吗？"我深深地、平稳地吸了一口气，感觉到心脏在胸腔里跳动，"重点是我没有强迫你做任何决定。你可以想做什么就做什么。"

"我想不出当时在场的哪个人是你认识的。"

"这不是重点，妈妈，"我几乎是咬牙切齿地说，"重点是你不应该说那些话。"

"哦，我知道了，"她说，"是茱莉亚，对不对？我早该知道，她跟你是一边的。"

"'跟我是一边的'是什么意思？"我的情绪就像从山上翻滚下来，速度越来越快，"根本不是什么'边'不'边'的事儿。我没有反对你。我只是希望你做出正确的决定，不要浪费钱。"

"嗯，"她说，"我以后在茱莉亚面前说什么都要小心。"

想说的话在我口中翻来覆去，但最后只化作一串不流畅的声响："你以后说话时，确实应该小心点，你让我在那些不认识我的人面前出丑。我很难过。"

"是的，"妈妈说，"我以后说话会更加小心。"我猛地摇了摇头，试图驱散头脑中的雾气，然后迅速结束了通话。刚才发生了什么？这没有任何意义。

　　我心里一阵生疼,头脑一片混乱。只有一点是明确的:妈妈不关心我的感受。

第三十二章

鸿沟

"嗨，妈妈，你还好吗？"

"我昨天去看了帕金森氏症的护士。"

当她说出这句话时，就表明接下来的谈话将是乐观积极的。我已经感觉到她在电话那边笑起来了。每当得到护士的关注时，她就会重新振作起来；而当他们增加她的用药量，或者告诉她病情恶化得比预期更快时，她就会变得无比兴奋。她对自己在教堂演的那场戏没有任何歉意，我也该吸取教训，对妈妈更加警惕。但一切如旧，我们对话的主要内容是她的病。

屋子里其他地方都很安静，只有我从洗衣机里拿出衣服来晾晒发出的声响。我做家务的时候，孩子们都在床上盖好被子午睡——他们的午睡时间越来越短了。我知道平静的时光快结束了——在这段时间里，我可以趁热喝杯咖啡，而且除了自己，不必操心别人。"我给她讲了我上周的事故，"妈妈说，"就是我从楼梯上摔下来的那次。"

这个故事我至少听了三遍，每次复述，其戏剧性都会再上一个台阶。

"我告诉过你吗？我摔倒时砸碎了地上的玻璃，不得不爬到电话那儿给邻居打电话求助。我甚至没法到门口开门，他们只能用备用钥匙进来。"

"是的，我知道。"我一边说，一边走到外面，把布洛瑟姆的小裙子晾起来。

"所以……"她停顿了一下，仿佛在期待着欢庆的鼓声，欣喜之情溢于言表，"他们又增加了我的药物。变化可大了，就像重获新生。"

我讨厌自己的悲观态度，但还是觉得这个循环永无休止。妈妈去见护士，开了更多的药，她很高兴。不到一个星期，兴奋感就消失了，她又开始抱怨，然后发生一些戏剧性的事件，她就又去见护士。找不到突破点，没有适合她的药物，或对帕金森氏症有长期疗效的药物。她痴迷于得到更多的药片，并很希望听到医生、护士说她的病情正在恶化——并不是像疑病症患者那样，担心自己的病情，而是积极地从身体不适中体会到快乐。这是不正常的，但我有什么资格质疑呢？她一直在咨询专业人士，他们可以验证她所声称的症状恶化。

"那很快就会有改善了。"说着，我把手伸到洗衣袋更深处。

"是的，"她没有听出我的讽刺意味，说道，"要看是不是能保持下去。"

沉默横亘在我俩中间，就像晾在洗衣绳上的床单隔开了对方，让我们只能看到彼此的倒影。

"你想知道孩子们的近况吗？"我问道。

"哦，"妈妈说，她的声音好像蒙上了一层云翳，"想。"

"可是，你已经几个月没有问起过他们了。"

我还记得自己十几岁和上大学的时候，因为妈妈是残疾人，所以不能像正常的妈妈一样做很多事情，但这并不重要，因为当我需要她的时候，她总是在电话的另一端。而现在我需要她，需要她的支持和指导，需要在我疲惫不堪、力不从心时得到她的鼓励。但她对我的兴趣似乎已经耗尽。孩子们学会新事物时，她没有喜悦之情；我遇到困难时，她没有耐心倾听；而对于我们的事情，她也没有好奇心。她完全沉浸在自己的帕金森氏症中。

是我要求太高了吗？我是一个成年人，她不再对我负有责任。然而，我听露西和杰玛说过，当没有别人帮助她们时，她们的妈妈都会在她们身边，帮她们挑起担子，照顾她们。当然，每个人的生命中都会有一个角色转换的时刻，孩子会反过来照顾他们的父母。从我七岁起，妈妈和爸爸的身体就被大大小小的问题困扰着，从那以后，我就一直承担着照顾我母亲的责任。我以为等我有了孩子，她就会兴奋地参与到我的生活和家庭中来，我不禁觉得很可疑，就像肌痛性脑脊髓炎偷走了我的童年一样，帕金森氏症也在支配着贝利和布洛瑟姆的童年。好像妈妈不允许我的孩子们抢先一步，吸引走大家的注意力。

电话那头沉默了很久，只有妈妈的脸颊摩擦话筒发出的低沉声响。我等着她找好借口。

"我不知道你有没有注意到，海伦，我已经病得很重很重了。"

"我一直在努力帮忙，妈妈，"我说，"但你老是生我的气。比如房产经纪人那件事，我都不知道该说些什么了。"

"没什么可说的，不是吗？"她怒气冲冲地说。我可以听到她在屋子里走来走去，把东西拿起来，然后又放下去。"不管怎么说，关于孩子们的任何事情,你对我只字不提,所以我问这些有什么意义?"

我的嘴角有点发痒,感觉就像等待情景喜剧上演。

"我什么都可以告诉你。你想知道什么?"

"随便。他们怎么样了?"她陷入了被动。

"很好,谢谢。"

"看,你什么都不告诉我。"

"对不起。你想知道什么?"

她哼了一声,但我有意让沉默的时间延长了一会儿,才开口说:"贝利现在可以数到十了。"

这只是个引子,她肯定能引申出别的话题来。

"好的。"

空气一片死寂。所有的话都已经说完了。

"拜你所赐,我现在感觉很不舒服,"她说,"我得挂了。"

我还没来得及回答,电话就断了。

我希望自己能有胜利的感觉,因为我的观点得到了验证,实际上只是平添失望。原来的那个妈妈哪儿去了?我多么想回到那段时光:我觉得她很完美,我们每天都无话不说,无法想象生活中没有她这个最好的朋友。

我得出的结论,是妈妈永远把自己看作受害者。她生活在一个非黑即白的世界里,那里只可能有两种角色:救世主与迫害者。多年来,我一直是妈妈的救世主,努力地为她提供救援。但是我背叛了她,因为我有了两个孩子,他们耗尽了我所有的注意力。由于我"抛弃"了她,她把我归入了迫害者的行列。无论我做什么,她都觉得我是在控制、批评和压迫她。我真希望能找到修复关系的方法，但我所做的一切似乎都加深了我们之间的鸿沟。

埃莉诺的日记

2014年3月14日

莎拉给顾问的信——信里说我的病情恶化速度比原本预计的快得多。今天感觉好多了。

3月15日

一切都乱套了。房产经纪人说他们还没有收到我的律师的消息。海伦给我打电话，说她早就预料到了。我很生气。

*

第三十三章

被迫害者

做母亲很辛苦,这是个老生常谈的话题。难的不是出去工作,反而是日复一日、单调乏味地照顾孩子,所以我的几个朋友选择了回归职场。有时我会嫉妒她们不用管孩子,但大多数时候,我还是很喜欢按部就班地过每一天:和孩子玩耍的时间段之间,穿插着把家务搞好,然后是孩子午休的宁静时刻。紧张感才是真正令人疲惫的。脑海中永远都有一张待办事项列表,而且这张列表从来不会变短,因为总被换尿布、给孩子拿饮料、零食或他们够不到的玩具之类的事情打断。每时每刻总有一个孩子会提出需求,这大大损害了我的思考能力和记忆力,我成了一个模糊的形状,左支右绌,只为了让所有事情正常运转。

我想做个好妈妈,但那究竟是什么样子的呢?我想让孩子们感受到爱——对他们的一切全盘接受的爱,深藏在他们生命的底色中——这是我从未感受过的。我希望他们能够尽其所能去实现他们的梦想,发挥他们的潜力,而这些都是我没能做到的。我希望他们能体验到生活的一切美好,永远不会担心、害怕或欠缺。尽管拼尽全力想实现这个目标，我还是觉得自己没能做到。社交媒体太有误导性了，杰玛和我经常觉得，网上那些最美的照片——妈妈们满面春风，孩子们穿着干净熨帖的名牌服装，露出天使般的微笑，周围环境显示这是一个完美的家庭出游日——但在那背后的现实生活中，妈妈可能也处在崩溃边缘。

不过，并不只有网络会玩弄花招。我同样会因为看到完美无缺的配方奶粉广告或《托普西和蒂姆》[1]中的完美育儿方式而自惭形秽。我曾读过一篇文章，将戴安娜王妃描述成一个美好而幸福的母亲，而我没有把握贝利将来会不会把我描述成一个有趣而随性的人。那个时候，我没有得到家人——更别提保姆了——的支持，来帮我带带孩子、做做家务。如果有这些帮助的话，也许我就有时间"充电"，重新成为一个快乐而充满能量的妈妈。

我希望妈妈能融入我们的生活，而不仅仅是电话那头的一个声音，如果她能做的就只有这些，那么我希望我们的谈话是愉快的，能够关心彼此。但妈妈对我们的生活不感兴趣。她不想了解我们的日常生活，无论是成功、成绩还是失败的事情。她的生活完全围绕着自己的疾病，我们无法融入那个世界。我给她打电话的次数越来越少，尽管我对此感到内疚，但我更害怕听她那些自我中心的独白，这耗尽了我剩余的体力。

布洛瑟姆在楼上睡着了，贝利趴在地上，拿着超级英雄玩偶演练《复仇者联盟》的战斗场面。在打电话之前，我告诫自己，要表现出很高兴能和她通话的样子。我希望自己表现得很真实。

"哦，海伦！"妈妈号啕大哭道，我立刻知道这次谈话不会顺

---

1 *Topsy and Tim*，英国儿童绘本系列，有同名情景喜剧。

利。"很高兴你打电话来。我真是太惨了。"我可以听到她移动的声音，想象她蜷缩着身子，抓着门框或椅背的样子。

"我昨天去见了帕金森氏症的护士，然后不得不在床上躺了两个小时。我走不了路，连头都抬不了。"她走进厨房，声音在房间里回荡，脚步刮擦着地板，"我承受不了这种压力。我得把卖房子的事儿往后放了。"

"哦，亲爱的。"我脱口而出。这代表一种没有什么实际帮助的同情，其实我不喜欢自己说这个词。我不是这种人，也不想成为这种人。"那搬家的事情怎么样了？"

我话音刚落，妈妈就开始咆哮，一声高过一声，气势汹汹，我赶紧把电话从耳边拿开。"别给我压力！"

我走进自家的厨房，坐在桌前，想离贝利远一点。我轻轻地低声回答"对不起"，不知道她是否能听出我们语气的差别。

听到我道歉，她立刻毫不犹豫地把声音放低到正常音量，语气很可怜。"没什么进展，律师拖拖拉拉的。"

"搬家就是需要很长时间的。"我小心翼翼地说，以防她再次发出"狮吼"。

"是吗？"她带着哭腔问道。

"当然是啦，"我稍稍找回了一点自信，"你知道他们都是这样的。还记得吗？以前你还上着班的时候，这些流程和行政事务以及律师要做的那些事，都要花很长时间的。不都是这样吗？"

"律师根本没用。"

她是个高手，能在一句话的工夫里，迅速从独裁者变成被迫害者，从愤怒转为乞求。她来回转变得天衣无缝，一会儿把我捧上天，一会儿又把我打入尘埃。然而,身处其中的我意识到这一点时总是为时已晚。

"如果你不满意,你应该告诉他。"我说,我的声音越来越大,而她的声音越来越小,"或者,如果你真的很不满意,就干脆换个律师。"

"你不明白我的压力有多大,"她说,"我无法处理任何问题。这对我来说太难了。"

说实话,她说得没错——我确实不明白,而从她告诉我的情况来看,她也确实没有做任何事情。她没有收拾房子,没有联系律师,没有做好搬家的准备。相反,她让朱迪、安妮特和茱莉亚围着她团团转,而她一直在扮可怜。

"我只是让你打一个电话而已。"

此时,我本应意识到自己正要走进一个陷阱。我不应该试图通过催促她采取行动来解决这个问题。我已经踏进去了。

"你根本没搞清楚,是不是?"又是一声"狮吼",此刻"狮子"正龇牙咧嘴,拱背而立。

"打一个电话很费劲吗?"

我听到布洛瑟姆在楼上哭。妈妈又这样不讲道理,我已经受够了。她每天又没什么别的事情要做,打一个电话对她来说根本不费事。

"是的。"

"把文件发给我,我来给他打电话。"我没好气地说。

"好,我会的,"她喊道,每个字都像在燃烧,"我难受。"

电话"砰"的一下挂断了,就像平原上被扔了一颗炸弹,呼啸的风撕裂了我，点燃了内心的熊熊大火。她不需要处理任何事情，把自己的责任通通推给我。明明是我费心处理一切，得到的却只是她在电话里的暴怒和公开场合的谣言。只要她仍然是"被迫害者"，她就不在乎我必须处理些什么样的烂摊子。

我把布洛瑟姆抱过来，轻轻拥着她，她的脸上还挂着点点泪珠。她睁着大大的、浅蓝色的眼睛向我微笑，完美的粉红色嘴唇，嘴角上翘。我深吸一口气，也对着她微笑，努力让自己平静下来。

"我永远不会这样对你的。"我承诺着，亲吻她柔软圆润的脸颊。

然后，我下楼给孩子们做了点心和饮料，心跳慢慢恢复正常节奏，一想到如何处理妈妈房子出售的问题时，残余的恐慌还是在我的脑海中挥之不去。我真的没法再搞定更多事情了。我到底应该怎么做呢？

"我们能去公园吗，妈妈？"贝利问道，他歪着脑袋，嘴角还有饼干屑。

"好主意，"我说着，给他擦了擦脸，"等我先收拾一下包。"

我正要把手机放进包里，手机响了，一个不认识的号码。我跪在地板上，接通了电话。

"海伦，我是朱迪。"

她以前从未给我打过电话，而且她的声音比平时严肃许多。

"我刚刚接到你妈妈的电话，她有点歇斯底里。"

我的肩膀垮了下来。又来了，我不得不把自己都不明白的事情表述出来。妈妈为了引起别人的注意而故意夸大她的病情，虽然我明明知道她的意图有些阴暗，但当跟别人说起这件事时，我都显得很不占理，就像是一个被宠坏的孩子在批评她脆弱孤独的母亲。

"我知道,我刚刚和她通过电话。"我说。朱迪是了解妈妈的。至少,她目睹了那次来看望布洛瑟姆时埃莉诺的古怪行为、冷酷言论,以及她莫名其妙的短暂疾病发作。我吸了一口气,准备和朱迪深入探讨情况,相信她可以理解。

"你真的让她生气了,你感觉到了吗?"我还没来得及开口,她就说道,"你给她造成了很大的压力。她说你想让她换律师——但她病得很重,无法处理这件事情。难道你不知道她过去两天都躺在床上吗?"

我冷笑着,努力抓住任何可以反驳的点。"她不是这样告诉我的——"

"她告诉我,她没办法应付。"朱迪继续说。她毫不留情地打断我的话,好像我是个胡搅蛮缠的小孩子。我有点慌,如果朱迪能认真听我说下去,那么也许她会明白真实情况不像表面那样。但谈话的内容渐渐不受控制,我无法正确地组织语言。

"她同意由我来处理律师的问题。"朱迪坚定地说。

"但我已经跟妈妈建议过,由我来处理这一切。"

我想为自己辩解,解释我不是坏人。但我知道,这听起来像是一个可悲的借口。

"不,"朱迪坚决地说,"你该离你母亲远点,让我来处理吧。"

我感觉胸口像挨了一棍,顿时感到沉重的疼痛。不管妈妈对朱迪具体说了什么,我知道她肯定把我描绘成了一个难缠而残忍的女儿。我想告诉朱迪,她被妈妈操纵了,但妈妈太擅长这一套了。她愤怒的朋友——她的新"救世主"——已经来救她了。

"我没意见。"说着,我大步走进厨房,不平的火焰在胸中燃烧。

挂了电话,我在屋子里怒气冲冲地暴走,不知道自己是想尖叫还是想哭。妈妈为什么这样对我?我无法平静下来,思绪一片混乱。我深吸了一口气,拨了妈妈的电话,脑袋还在嗡嗡作响。她在第二声铃响后就接了起来。

"都怪你,我难受得都做不了饭了!"她嚷道。

我迅速用鼻子吸了一口气。"我很抱歉让你难过,"我一边字斟句酌地说,一边快步走上楼,"我只是努力想帮忙。我确实说过,如果你需要的话,我就帮你去找那个律师。"

我希望自己的声音听起来分寸正好:严肃,但不至于愤怒。我不希望她对我有什么不满。

"你不明白我是多么脆弱。你该对我更温柔一点,"她说着,感觉到了战胜"迫害者"的成就感。

"好吧,"说着,我走进我的卧室,从衣架上取下一件开衫,"那么你也需要更温柔地对待我。我接到你朋友的电话,她话里的意思好像是我在逼你做事情,这让我非常不爽。"

妈妈陷入了沉默。

"朱迪给我打电话了。"我的话把妈妈打了个措手不及。看来这不在她预料之中,那她原本的目的是什么?我随手拉了拉身上的开衫。"她打来电话的时候我正在给孩子们喂饭,她说,我给你带来的只有压力。她还说,她现在接管了跟律师打交道这件事,我必须'离你远点'。"

"不,"妈妈说,我能听出她很惊愕,"她怎么能这么说。"

"哦,她就是这么说的。"说着,我走到窗前,紧紧抓住窗台。"我将远离我母亲,让朱迪来处理这一切。所以我告诉你,你卖房子的事,跟我再也没有任何关系了。我也不会跟你谈起这件事。你和朱迪一起处理。"

妈妈迟疑了,我明白,她现在处于下风。她没有想到会这样,而且,破天荒地,我加的戏并没有让她高兴。我想知道她心里是怎么想的,是后悔了吗?或者冒出了母亲保护孩子的本能吗?

"她真的那么说吗?"她问,"这是不对的。我必须和她谈谈。"我想象着她正竭力把自己抻直,以配合她声音中不断积蓄的力量,"我不想让朱迪和律师打交道。我知道自己在做什么,比她了解得多得多。"

"不管怎样,"我一反常态地耸耸肩,"我不想再接到这样的电话了。我们要去公园了。希望你能好起来。"

这一次,我先挂断了电话。我手指紧紧扒着窗台,遥望着我家对面的橡树。我感觉自己摇摇欲坠,像被掏空一般,双腿几乎支撑不住身体。我的热泪滚滚而下,整个人瘫倒在地板上,地毯擦痛了我的脸。我不由自主地颤抖,没办法下楼去找孩子。这种感觉不仅仅是震惊,它比任何能够直接定义的情绪都要大:我对自己、对生活和对母亲的信念,全部被打破了,这是无法形容的。

第四部
漫长的阵痛

我意识到,妈妈总把事情往更糟糕的方向夸大,以获得更多的同情。

第三十四章

楼梯下的盒子

妈妈没给我打电话,也没发短信或电子邮件。没有和解,没有解释,没有联系。我的情绪已经冻结成一个带刺的大球,塞在胸腔里,咝咝冒着冷气。每次我稍一动,它就会刺痛我,让我想起她的背叛。我噩梦缠身,无法入睡,那些噩梦都是白天渗入我思想的负面情绪:我是不受欢迎的,我是不值得爱的。我知道妈妈是在寻求关注,但和朱迪闹出的那段插曲,实在让我受不了。我以前没有意识到,她对我的重视程度有多低。我希望这能改变我和妈妈的相处方式,但我永远不可能长期和她对着干。她希望我帮她整理房子,准备搬家,所以我们提前很久就约定好,我会在周末回她家住。即使很想拒绝,我也绝不可能说出口。因为她仍然是我的母亲,我仍然是她的女儿。

我在周五晚高峰之了三个小时的车,紧紧握着方向盘,手都疼了。我想象着彼得在家给孩子们洗澡,吃晚饭,给他们讲睡前故事。我想和他们在一起,而不是独自长途跋涉去看妈妈。她告诉我,她已经清理了整个房子,除了我的卧室。我知道她是在撒谎,但我不能放弃自己的责任。我把车停在她的嫩黄色房子的前面,感到心头发紧。

一片黑暗中,我从后备厢里拿出包来,真希望自己有勇气转身再开车回家。

"哦,好,你来了。"妈妈说。她把门打开,走进厨房,没有看我一眼。房子的状况比我想象的还要糟糕,和圣诞节一样,堆满了她的各种物品。家具遮挡了每面墙,一样都没动;每寸地面都被成堆的报纸、装饰品、照片覆盖。她根本没有做好搬家的准备。

"还有很多活要干。"她说,身体靠在厨房的岛台上,阻止我进入,"明天你需要和安妮特一起收拾完阁楼,还有你的卧室和我的卧室。还有,你得把楼梯下面收拾了。"

我垂头丧气地靠在门框上。"我能先喝点东西吗?"

"你得加油啊,"她不耐烦地倒着茶,说道,"要干的活太多了,没有多少时间。"

"对,"说着,我慢慢把包放下,"今晚让我先歇一歇吧,得一点一点来啊。"

"你这不是浪费时间吗!"她怒气冲冲地说,把一只滚烫的茶杯塞到我手里,"我们首先要收拾烘衣柜,包括所有毛巾。"

"不能把它们捐了做慈善吗?"

"我不知道哪些是你想要的。"

"我自己有毛巾。"

她看着天花板说:"你应该早点告诉我。"

第二天早上,我五点就醒了,胸腔中冰冷的球体嗡嗡作响,工作清单在脑海中跳动,使我感到恐慌。我悄悄地穿上牛仔裤和T恤,开始整理我以前房间的柜子。屋子里静悄悄的,但我格外小心,使用从小就会的"忍术",避免发出声音。

我的房间和十五年前我离开时一样。我第一次感觉到,这里面属于我的东西是如此之少。虽然有一个柜子,抽屉里塞满了我儿时的诗歌和故事,还有我少年时的书籍和文具,但大部分家具都属于我父母。我讨厌后墙的奶油色衣柜,里面仍然摆满了我父母的照片和玻璃幻灯片。而角落里,与我十五岁时随便漆上的淡紫色墙壁形成鲜明对比的,是一个深色的桃花心木展示柜,里面放着精美的瓷器茶杯,这么多年来原封未动。十几岁时,我曾多次要求把它移到别处,它依然被留在原处,顽固地提醒我,卧室并不完全属于我。

我把整个童年打包起来,盘算着哪些东西可以装在车里带回去,时钟嘀嗒嘀嗒响着,让人安心。两个小时过去了,我才听到妈妈在楼下走来走去。我很想喝咖啡、吃麦片。

"早上好。"我一边说,一边拿着一沓报纸走进了厨房。她穿着一件丑丑的、长得拖地的白色棉质睡衣,上面绣着小花,头发还上着卷子。

"你有装垃圾的袋子吗?"

"没有。"她答道,手放在臀部,形成两个尖锐的三角形。

"就那种黑色的大袋子。"

"只有普通的塑料袋。"

"好吧,"我试着使自己的语气轻快一些,"那也可以。我的卧室已经基本收拾好了,但我把你的照片和装饰品留下来了。"

她给自己倒了一些茶,直接把壶里的水全部倒光。"那你需要开始收拾我的卧室了。"

我紧张地笑了笑。"我先休息一下,也许可以吃点早餐。我五点就起床了。"

"我知道,"她说道,颤抖着把杯子送到嘴边,"你把我吵醒了。我本想继续睡的,但一直听到你翻文件的沙沙声。"

带刺的球体又开始刺痛我的胸腔。"对不起。"

她推开我,走进客厅,坐在爸爸的座位上,发出一声沉重的叹息。这是一种无言的信号,表示我只能给她带来麻烦。因为不知道妈妈把垃圾桶放在哪里,我用塑料袋分装好垃圾和还能用的东西,堆成一座山,堵住了后门。已经八点了,我还能听到妈妈在书房里点击鼠标的声音。

"你去换衣服吧,我吃点麦片。"

她没有回应,注意力完全在屏幕上。对于需要包揽所有的工作,我并不怎么感到惊讶,但我不明白的是,她为什么这么不懂得感恩。为了帮她收拾房子,我不得不跟孩子分开,而她甚至都不给我一点好脸色。我打了壶水放在灶上烧,把茶壶里用过的茶包倒掉,这时,妈妈的声音从书房里传过来。

"我刚刚想起来……"

我转过身,看到她正躲在门的角落里偷看我。这很不像她的一贯作风,躲在一边,好像有什么事情羞于开口。

"我负担的托儿费金额需要变一变。"

"好吧,"我问,"怎么变呢?"

每周有两个上午,贝利和布洛瑟姆会去上托儿所,这是我的幸福时刻。我喜欢当妈妈的感觉,由于我们没有得到双方家庭的任何帮助,这是我作为两个孩子妈妈的紧张生活中仅有的休息时间。妈妈慷慨地坚持要支付这两笔费用,一再强调这是她参与的方式。

"因为我要搬家了,"妈妈向前走了一步,一只手扶墙,"要花的钱太多了。我需要减少开支。"

"好吧,"我说,"之前我确实说过,如果你想降低支付金额,也没关系,但你那会儿说没事。"

"是的,好吧,但是现在情况有变啊。"

恐慌让我的心怦怦跳,隐约感觉这番话有些不对劲。

"你需要减多少?"

她退后了几步,这样我只能看到她的半张脸。"嗯,全部。"

"全部?"我紧张地抻长脖子,想看清角落里的情况,"从什么时候开始?"

她东抓抓西摸摸,脚在地板上蹭来蹭去,像个尴尬的孩子。"上个月就停了。"

我咽了口唾沫。那就意味着我从这个月就必须要额外拿出200英镑来。如果她真的负担不起,我当然会理解。但她对我说,她要为新公寓买家具、买新窗帘,还要继续买新衣服。

"你就该早点告诉我的,"我说道,维持着恰如其分的平静,"我现在需要找一大笔钱来补上缺口。"

"好。"她说完就溜到阴影里去了。

我没管灶上正在沸腾的水,冲上楼去给彼得打电话,恐惧比愤怒更强烈。我们哪负担得起呢?彼得的安慰缓和了我的焦虑,可脑中又浮现起了困惑。她为什么不早点告诉我?她一直在向亲戚们吹嘘,说是她在为孩子们上托儿所买单。她可愿意给孩子花钱了——这是她口口声声说的。那么,现在这算是惩罚吗?她在切断与我的联系,切断自己与外孙、外孙女的联系。她是否希望我愤怒地向她吐口水,还是我跪着爬到她面前俯首投降？这两件事我都不想做；我只是感到困惑，不确定她想从我这里得到什么。

一小时后，她终于穿好了衣服，然后叫我去她的卧室。我像一只听话的狗，被口哨声召唤着跑来跑去——怎么踢它都没事，它还是会回来找你。

房间里没有什么变化：粗糙扎人的带花纹墙纸、埃科尔牌的家具、衣柜上面的镜子。她不允许我去碰那些堆满了她的衣服的抽屉或衣柜，也不让我碰那些塞满了几十年前的口红和眼影的梳妆台。我只能收拾那个木头箱子。它有一具棺材那么大，是用不知道有多少年历史的深色木头雕刻而成的，上面放着书籍、报纸和一台小电视。我们小心翼翼地拿下这些东西，然后开始在一堆照片、被褥和旧的钩织衣服中挖掘，一直翻到箱子的最底部。成堆成堆的东西铺满了妈妈的床。

"要怎么处理这些东西呢？"她转向我，问道。

我摇了摇头："我不知道。这些都是你的东西。你想用它们来做什么？"

"我不知道，"她也重复道，肩膀垮了下来，"把它们放回去吧。"

我们一起又把这堆东西胡乱地塞回箱子里。这不是我的房子，这些不是我的东西，妈妈也不是我的责任。我们俩都已经麻木了。

吃午饭的时候，安妮特来了，她的荧光粉色头发最近重新染过，光彩照人。我不确定是不是穿着的原因，她俩看起来相差了好几岁，妈妈身穿咖啡色的长裙和奶油色的衬衫，旁边的安妮特穿着T恤和紧身牛仔裤，相比之下显得格外年轻。也许是因为她们的处世方式不同。安妮特往房间里一站，活力和自信就散发开来，而妈妈靠在墙上，一副垂头丧气的样子。无论从哪个角度看，都很难相信她们是同龄人。

"来吧，"安妮特没有拘任何虚礼，很直接地问道，"垃圾袋在哪里？"

"在这儿呢。"妈妈说着，蹑手蹑脚地匆忙穿过她的房子，弯腰驼背，好像在做奴役。

"什么？"我抱怨道，耐心终于被消磨光了，"我问的时候，你说的可是没有。"

"我不知道你指的是垃圾袋，"妈妈嘲笑道，往安妮特旁边靠了靠，"你问的是套垃圾桶的袋子。"

"这根本就是一回事！"

安妮特向前走了一步，伸出手臂，拦在我和妈妈之间。"好啦，好啦，我们不要吵嘴啦。来吧，我们有很多活儿要干呢。"

妈妈从安妮特身后露出了得意的笑容，我知道，我已经名声在外：一个难缠的、控制欲强的女儿。

"我很难受。"我们到达楼顶时，妈妈说道，还把一只手绵软地搭在额头上。

安妮特摆好阁楼的梯子，而妈妈重重地倚靠在门框上。

"你们来吧，"妈妈说，好像她的工作已经完成，"祝你们好运。"她转过身，紧握着扶手下了楼梯。

阁楼有一股特殊的气味，让我想到冒险和发现。这里曾经堆满了箱子、书籍和"疑似"的宝藏。凯莉丝和我曾经恳求我父亲让我们在这里探索，我们在木梁上摇摇晃晃地站着，就着椽子上挂着的灯投下的昏暗橙光，翻找被丢弃的物品。

"哦，快看呀，"安妮特说着，拿起放在箱子上的锈迹斑斑的东西，"看这个烤面包机，都得是莎士比亚时代的吧。"

"为什么她要把这些东西全都留着啊？"我说，"这里有我两岁以来画的每一幅画，还有所有这些婴儿用品。这些东西现在都没法正常使用了，不是吗？"

安妮特冲着楼下喊道："艾莉，你想拿这个做什么用？"

妈妈笑嘻嘻地上楼来，蹦蹦跳跳地，一步能跨两级台阶。安妮特在阁楼口把烤面包机递给妈妈，妈妈大笑。

"我都忘了我们还留着这个东西。我想，装垃圾用吧？"

"好的，装垃圾。"安妮特说。我可以看出，在我们清理大箱子时，妈妈就希望我采取这种果断的态度。她想让别人来把控局面、做决定。我听到她又下楼了。

"你知道吗，"安妮特说，在一片灰尘和黑暗中，她的声音听着有点沮丧，"如果你能经常给你妈妈打电话，真的会对她很有帮助。她担心孩子们会忘记她。"

"我不是没试过，"我拍拍牛仔裤上的灰尘，"但是她不感兴趣。我们打电话时，她并不理会孩子们，只顾着谈论她自己的病有多严重。她甚至都不问我们过得怎么样。"

"我知道，"安妮特同情地说，"她对我也是这样。但是等她搬到养老公寓去，就都会不一样了。生活会变得更好的。只是不要停止努力。"

我想，安妮特真是站着说话不腰疼——她已经退休了，家里又没有小孩子，每晚能睡八个小时，只要她愿意，她可以把所有的时间和精力都投入到努力帮助妈妈中去。我想知道她是否也这样和妈妈谈过话,或者她是否认为,维持我和妈妈之间的关系完全是我的责任。

直到傍晚时分,我们才从阁楼上下来。安妮特把妈妈叫上楼,让她看看那有限的几样尚未破损或生锈的东西还要不要。

"我觉得可以不要了,"妈妈说,"我已经三十年没有看到过这些东西了,我觉得接下来的几年里也用不上。"

"那我就把这些袋子拿到垃圾场去。"安妮特一边说,一边热情无限地跳了起来。我不知道她怎么有如此大的热情帮妈妈收拾房子,即便妈妈就在楼下玩电脑。"我下周来的时候,会把需要送到慈善商店的东西带走。很高兴见到你,海伦。"

门在安妮特身后关上了,我用手掸了掸脏兮兮的裤子,"我要去洗个澡。"

"没必要现在洗吧,对不对?你还得收拾大厅的柜子呢。"

我在楼梯上坐下来,晃着腿,抬头看了她一眼。"我们在阁楼上收拾的时候,你都在做什么?"

"我一直在用电脑。"

"那就对了,"我双手抱肩,说道,"好吧,我需要休息一下。我打算洗个澡,然后出去一趟。"

"你是来帮助我的,海伦,"妈妈双手叉腰,说道,"你先别走,还有很多事情要做呢。"

"你自己先收拾吧。"说着,我从她身边挤过去,特意让步子谨慎缓慢,这样她就不会在外面说我"给她压力"了。"等我回来,我会来帮忙。"

"但现在是我的休息时间!"妈妈在我身后叫道。我尽可能轻轻地关上卧室门。然后,我用手抱住枕头,紧紧地压着它,直到把它完全挤扁。

我从浴室出来的时候,房子里弥漫着恐惧的气息。我穿好衣服,尽可能快地悄悄地离开房子,几乎是飞奔到门廊。出门之后,我才把脚步放慢,尽情呼吸着新鲜空气。我走上小山坡,下面的街道空无一人,这是我以前走路上学的路线,会经过凯莉丝童年住的房子。每条小路都承载着独有的记忆,那些琐碎的小事:教堂大厅,我在那儿吃过布朗尼蛋糕;公园,凯莉丝在那儿摔断过手臂;墓地里的天使雕像,它的姿势改变了——传言是这样说的。

我学生时代的许多朋友都回到了家乡,他们在这里安顿下来,组建起自己的家庭。蕾切尔和乔已经回来了,还有凯莉丝,她在妈妈看病的诊所旁边的药店工作。我和她们都不常联络,只是在我回来看妈妈的时候会一起喝上一杯。凯莉丝在那里上班,意味着她经常会遇到妈妈,但跟凯莉丝说起来时,我也只能聊上几句无关痛痒的话。我没法把情况全都说出来,也害怕凯莉丝不相信我。妈妈一直是个古怪的人,无论我怎么表述,都感觉自己说得不够清楚、充分。整件事情太大了、太复杂了,根本不可能用三言两语就讲清。

我穿过教堂庭院,走向我的小学,希望能在操场上追忆往昔,但已经时过境迁了;曾经是开放通道的位置,现在锁上了一扇黑门。我透过铁栅栏看到了学校的角落,但感觉并不好。我回头看了看来时的路,肩膀垮了下来。我真的不想回到妈妈那里去。相反,我沿着大门附近的一排坟墓走过去,粗略地浏览着墓碑上的名字,直到找到我要找的那个。虽然经过了这么多年,我还是知道它在哪里。我记得凯莉丝告诉我,她一直哭到再也流不出眼泪。她的妈妈琳恩,在我们十二岁那年被癌症残忍地夺去了生命,那时候,我曾经努力想安慰凯莉丝，帮着她疗愈悲痛和创伤。想起少年时那些几乎是徒劳的努力，让我感觉有点难为情。我们都只是孩子，孤苦无依，与对我们来说过于庞大的形势和情绪抗争。我跪在琳恩的墓碑前，哭了起来。她就像我的一位姨妈，我现在不是为凯莉丝的妈妈哭泣。我在为自己的妈妈哭泣。

这一切似乎都没有意义了。我任由泪水在脸上肆意地流淌，心理的伤痛外化为生理的觉知，我稍微感到一丝宽慰。我妈妈去哪儿了？我被她拒绝、被她羞辱、被逼进了成为"迫害者"的境地，事实上，我只是想做一个好女儿。这一切是怎么发生的？真希望那个爱我的妈妈能够回来，但我找不到方法。

我挑了一条最远的路回去，好吹干自己的眼泪。越靠近妈妈家，我的双腿就越沉重。

"你该开始整理楼梯下面的橱柜了。"我打开前门，妈妈迎面说道。休息过后，她的衣衫有些凌乱，不过已经重新涂过她的橙色口红了。

"我真的很累，"说着，我揉了揉自己的脸，"我能不能先坐下来歇会儿，然后再收拾？"

我脱下外套，解开鞋子，一屁股坐在沙发上。如果能重回我的少女时代，母女俩一起喝喝茶，看一下午的电视，那该有多好。我们可以休息、聊天、随便做点什么。妈妈紧跟着我，站在我身前，挡住了电视。

"你得继续收拾东西。"

"我会的。我就坐五分钟。"

"嗯，没问题，但时间有限，海伦。"

我怒视着她，冰球在我胸腔内旋转，碎片划过我的胸膛。她一整天都在玩电脑和躺着睡觉，现在她却告诉我"时间有限"。我再也忍不住了，疲惫和不公的情绪混杂在一起，像毒药一样瓦解了我残存的耐心。

"好啊！"我大喊着，跳起来逼近她，"那就来吧！"

我做了个手势，让她带我去完成下一项任务，我的奴隶主正在挥舞着鞭子。她那股"铁娘子"式的气势弱了下去；我顺理成章地扮演起"迫害者"的角色，她又成了"被迫害者"。她蜷缩着身子，垂头丧气地看向地板，这个姿势让我本能地感到羞愧。我跟着她来到大厅，她在橱柜前停下，在我耳边低声说。

"它在后面。"

我瞪着她，我的情绪根本压不下去。"你为什么要低声说？"

"我怕有人偷听。我们要看的东西是非常贵重的。"

我皱着眉头，难以置信地打量着走廊。"我们就在房子里，妈妈。这里没有其他人。谁会听到我们说话呢？"

妈妈抚摸着墙壁，说道："我觉得，这座房子已经被窃听了。"

妄想症。那是帕金森氏症的症状。我已经做了足够的研究，知道这一点。她转变得非常突然，就像摘掉了面具，露出了她精神失常的一面。

"被谁窃听了？"

"我不知道。"她摇了摇头。

"我觉得我们没事，妈妈。"

她耸了耸肩，把声音提高到正常音量。"哦，好吧。"我咬着嘴唇，无法转身离开。她是在逗我玩吗？她弯下腰，打开了橱柜，而我紧盯着她的每一个动作。到底发生了什么？我顺从地按照她的指示，在黑暗中摸索着，灰尘落在我的头发上。我可以感觉到胸中一阵钝钝的恐慌，是那种无法知晓接下来会发生什么事的恐惧。我取出来数以百计的塑料袋、早已锈烂的吸尘器的零件，最后，正后方，一个大箱子出现了。在看到它之前，我就已经感觉到了，冰冷的金属在我的指尖的触感。

"这么重啊。"我一边抱怨，一边拽着系在箱子上的皮带，把它拖了出来。它被两把锁牢牢地锁住了，似乎已经多年没有人碰过。

妈妈用手指到处乱摸。"我觉得有人打开过它，还偷了东西。"

"我觉得不会吧，妈妈。你看，如果它被打开过的话，肯定会留下很明显的痕迹。"

"嗯……可能是吧。"

"那么，你有钥匙吗？"

"什么钥匙？"

"开这些锁的钥匙。"

"没有。"

我深深地吸了一口气，眯了眯眼睛。"那好吧，你有剪刀可以剪断皮带的吗？"

"剪刀剪不断的。得用锯子才行。"

"好吧，"我说道，强迫自己露出微笑，"那你有锯子吗？"

"没有。"

我站起来，双手叉腰，问道："那你想让我做什么？"

妈妈也叉着腰，我们好像在演一部犯罪剧，但我们不是一伙儿的了。"我不知道。要不，把它放回去吧。"

我垂下头,用手理了理头发。"那好吧。里面到底有什么?"

妈妈耸了耸肩。"我猜,是一些旧的银餐具。"

"餐具?"我揶揄道,"你认为会有人要偷餐具吗?"

"值很多钱的,"妈妈说道,好像我才是疯子,"你整理一下吧,我需要坐下来歇歇。"

我瞥了一眼走廊里一片狼藉的混乱局面。我需要离开这里。我以最快的速度把箱子、袋子和所有的垃圾塞回橱柜里,然后把身体抵在柜子上,直到它"咔嚓"一声关上,然后跑上楼,拿起我的包。

"我走啦。"我喊道。

"好的。"妈妈说着,从电脑室走出来,紧紧地拥抱着我。"谢谢你来帮忙,真的帮我减轻了不少负担。现在你的房间已经收拾出来了,我们可以让人来参观房子了。我从容多了,可以只做一些零碎的事情。"

我四下打量目光所及的房间。我做了那么多工作,依然只是九牛一毛。"我觉得,你可不能只做些零碎事情。"

"哦,不,"她说,"搬运工人来的时候会把大多数事情做了。"

"他们只会拿上东西就走,妈妈。"

她似乎瞬间长高了一英尺,俯瞰着我,腿又粗又长,双手抱肩。"别这样,海伦。你让我感到压力很大。"

"对不起,那就按你的想法来吧。"说完,我转身就走。"我已经做完了我的工作,剩下的就靠你自己了。让我跟孩子们分开,来到这里,是件大事。"

我开车离开了妈妈家,后备厢里装满了我决定保留下来的东西:一些旧玩具、各种文具,还有一个大箱子,里面装满了我青少年时期

202

的诗歌、歌曲和故事。那些匆匆写就的文字是我的财富。我从通往高速公路的山坡上驾车飞驰而下，焦急地挂上挡，踩下油门。直到这时我才意识到，妈妈没有问我怎么样、孩子们怎么样，或者关于我们的任何事情。与之相比，她的不知感恩似乎是最无关紧要的一件事了。我开始觉得妈妈要疯了。

埃莉诺的日记

2014年3月25日

　　海伦昨晚9点半来了，很快就睡了。海伦早上6点起床，我们聊了一会儿。然后她开始整理卧室的橱柜。安妮特来了。下午，海伦去看朋友了。我把堆在门边的纸和堆在浴室里的东西都收起来了，好让家里更安全。精疲力尽。她穿着晚礼服回家了，因为她没有按照我的建议带其他衣服。周末过后，家里一片狼藉。

第三十五章

界限

我想尽情享受这一刻——天空呈现出完美的蓝色,阳光明媚。我想拍下妈妈把贝利的遮阳帽当作无边帽来戴的照片,并期待在未来的岁月里,我们会因这段回忆而绽开笑容。我想拍下布洛瑟姆坐在我小时候荡过的秋千上的照片,感受昨日重现的炽热欢欣。但这一切都不可能发生。一想到本该有的快乐,我就悲从中来。

妈妈没有帮布洛瑟姆推秋千,也没有和贝利一起笑,她根本就没有参与。而且,即使她做了这些事,也是不够的,因为我小时候,她很少带我去公园,这些记忆给我蒙上了一层阴影。

"我得回家,"妈妈宣布,"我要去睡觉。"

是的。这才更像是我的童年记忆。

我们住在一个提供早餐的小民宿里,上次收拾房子的阴影让我们不太敢和妈妈离得太近。这是一座维多利亚风格的大房子,曾经是一个庄园,离凯莉丝结婚的地方很近,主人供应美味的自制早餐。那天早上,虽然我帮孩子们切了香肠和培根,自己却吃不下,一想到要见到妈妈,应付她必会上演的戏码,我的胃就上下翻腾。

公园游玩结束后,彼得和我坐在妈妈家的客厅里,布洛瑟姆在彼得的腿上打瞌睡,贝利一边看儿童频道,一边与瞌睡虫作斗争。我听着他有节奏地吮吸着拇指,试图在不看他的情况下判断他是否已经睡着了。妈妈在楼上的床上躺着。在她的房子里,却不用真的和她待在一起,真是一种解脱,她休息的时候,我也就松绑了。

"坦布尔先生[1]是个天才。"我们看电视的时候,彼得说道。

"他确实是,"我说,"他好像什么都能搞定。"

在电视的嘈杂声中,我听到妈妈在楼梯上的脚步声,像不规则的鼓声。我的胃往下坠;我本能地意识到,她的表演即将开始。我竖起耳朵听着,听到她走进厨房,等待着她发出打开水壶或水龙头之类令人放心的声音,但我只能听到坦布尔先生的声音。餐厅的推拉门打开了,就像舞台幕布被拉开一样,把我们的注意力吸引到她身上。我们都噤声了,就连坦布尔先生似乎也安静了下来,所有人的注意力都集中在这位女演员身上。从一开始,我就看清楚了,这场戏将是一场悲剧。妈妈弓着背,手在颤抖,以最小的步幅前进。我这会儿知道了,贝利是醒着的。

"我太难受了!"她哀号着,手抚着额头。

也许在戏剧批评家们看来,这是一种毫无新意的滥俗表演,但负责戏服的部门创造了一个奇迹:她穿着皱巴巴的涤纶裙、满是褶子的上衣,头发凌乱。贝利瞪大了眼睛。三岁的他可能无法理解她表演的所有精妙之处,但他肯定看懂了整个表演——它并不是U级评级[2],不适合孩子观看。彼得急忙把贝利的注意力吸引到电视上来,我则把

---

1 Mr Tumble,儿童频道主持人。

2 即普通级,适合所有观众。——译者注

妈妈从她的舞台上赶走。她轻松地走上楼，心满意足地倒在床上。

"你起来干吗？"我压下心中的怒火，说道，"如果你感觉很糟糕的话，你下楼干什么？"其实我还想补充：**尤其是当着贝利的面，为什么要在你的小外孙面前这样做？**"就想让你看看我有多难受。"妈妈说，她露齿嬉笑，像柴郡猫一样。她已经不颤抖了，取而代之的是从毛孔中洋溢出来的喜悦。房间里无比压抑，墙壁仿佛在向我压过来，空气变得更凝重，呼吸更困难了。

"等你感觉好些了，给我打电话。"说着，我迅速退回到楼道里，我的皮肤上好像爬满了看不见的蚂蚁。下楼后，我和彼得在沉默中交换了一个愤怒的眼神，然后进了厨房。我凝视着自己曾经度过童年下午的花园。它现在完全不一样了，看起来杂乱无章，荒草丛生。

"海伦，"我听到妈妈的呼唤，"我现在好多了，烧点开水，我下来了。"

我揉了揉胳膊，告诉自己：**一切都快结束了，再过了吃晚餐这一关就好了。**

"皇家卫士"是我记忆中小时候和父母一起去吃过饭的唯一一家餐厅。它的占地是一块方形，有黄褐色的主楼和一条游廊，还带一个停车场。我上次来还是二十世纪九十年代中期，这么多年过去了，它似乎也没有翻新过，但挺适合带孩子吃饭的。我们等待着上菜，贝利在他的涂色书上狂涂乱画，用蜡笔厚厚地涂黑了一只猫的快乐脸庞。布洛瑟姆坐在高脚椅上，兴奋地把蜡笔扔在地上，观察我们的反应。

"好一副小姐派头，"妈妈说，"她这么不乖，你就光看着？"

"她才一岁。"我说道，对妈妈刚才说的话不太认可。看过她午睡后的表演，我剩余的耐心已经不多了，尤其是她还批评我的孩子。

妈妈继续小声嘀咕着。

彼得说:"啊,我们的饭菜来了。"看见服务员端着装满千层面、蒜蓉面包、炸大虾、鸡块和一大堆薯片的盘子过来了,他试图扭转话题。彼得把豆子舀到布洛瑟姆的盘子里,她挑着豆子,用番茄酱给自己画了一个歪歪扭扭的笑脸。

"我感觉不是很舒服,"妈妈说,"得早点吃药。"我知道这意味着什么。她是马戏团团长,召集大家来观看午后场演出。她在黑色大手提包——就是那个有假的金搭扣的包——里翻找。药片被高高举起供人欣赏,金色圣杯找到了,药丸吞下了,她的喜悦和沮丧都显而易见。我希望这一切可以满足她想博取关注的欲望,但我们几乎没有时间把饭吃完,孩子们还在剩下的饭菜里挑挑拣拣。

"还是不太好,"妈妈说,"我们得回家。"

"好吧,"我说着,双手托住头,"我先送你回去,然后再回来。"

我不禁感到稍微松了一口气,想象着十五分钟后回来,和家人一起享受这个夜晚余下的时光。妈妈的脸沉了下来,肩膀耷拉着。我没有做出她认为正确的反应。

"不,不。别管我,我没事儿。我可以撑住的。"

贝利吃完饭,回到了他的涂色工作中,用一种最舒服的绘画姿势:站在椅子上,屁股翘在空中,身体尽可能用力地压在纸上。

"贝利!"妈妈在桌子旁怒气冲冲地低吼道。他停了下来,对有人打断他的艺术创作而感到困惑。"我要告诉我的朋友们,你是一个多么捣蛋的小男孩!"她紧盯着他说道,似乎要恐吓他,让他不准再涂色了。

我还没反应过来,彼得就按捺不住从他的座位上跳了起来,拉着贝利的手，带他去选冰激凌。我像被钉在椅子上，被捆得牢牢的。我的内心在进行一场斗争，保护儿子的本能和不能惹母亲生气的固有观念，此刻正激烈地对峙。

"我得回家了。"妈妈宣布，把她的椅子往后推。

"什么？"

"我很难受，海伦！"她大声责骂我，手重新放到了额头上。

"但是贝利还在吃冰激凌。"

我不确定我是否大声表达了自己的想法，还没等我完全反应过来，我们已经离开了餐厅，匆匆坐进车里，贝利和布洛瑟姆哭着要吃甜点。我坐在前排座位上，感觉自己是一团被锁住的怒火。

"哦，我很抱歉。"我们开车离开时，妈妈在车后座哀号着，用手抹着根本不存在的眼泪。"我本希望这是有史以来最棒的一次家庭聚餐，但我的病太可怕了，它让我虚弱不堪，还毁了这顿大餐。"

钉子好像一下子离开了我的身体，我的四肢意外地得到了解放，几乎让我跳了起来。原本的瘫软无力不见了，取而代之的是肌肉紧张，努力想阻止我过激的反应。我转向她，大声喊道：

"看在上帝的分儿上，别太过火了！"

连孩子们都沉默了。

车里的气氛很紧张，彼得开车穿过镇子，绕过环岛，驶上小山，这是我高中的所在地。这段路程一共两分钟。

"呼，我现在好了。"妈妈说着，身体向前倾。她希望我欢呼吗？我咬了咬嘴唇，眼神喷出的怒火足以在风挡玻璃上烧出个洞。

"这太突然了。"彼得说，他的声音充满了讽刺。

"是的，"妈妈说，"嗯，这个病就是这样。像装了个开关似的。"

我可以在后视镜里看到她,她正在冲着窗外微笑,给自己的表演打五星好评。

"我们现在该干吗?"她问。

她真的不明白自己做了什么吗?

我还没来得及回答,彼得先说道:"我们要送你回家。"妈妈的笑容消失了。她期待着观众抛出鲜花,齐呼"安可",或者至少是经久不息的掌声。她过去就是这样的;她"表演"一个戏剧性的场面,人们就会跑过来。但当她演过头了,就起不到这个作用了。

我们把车停在她家门口,我为她打开车门。她下了车,走到车道上,并没有对我表示感谢。我远远地跟着她。

"哦,你还在啊。"她说着,打开了前门,然后转身朝我走过来,"我以为你已经消失了。"

我皱了皱眉头。"在哪里消失了?"

她用手臂环抱着我,就像完成表演的演员一样。"不要为我担心,海伦。我会好起来的。你一定不要担心。"

我之前有同样经历时,她是不是也目睹了?还是当时她完全不在场?在我说出任何可能破坏这一时刻的话之前,她进屋,关门,在她表演的余晖中退场了。我走回车上,感觉自己视线模糊,脑子里一片混乱。我双手抱肩,让自己抖得没那么厉害。

"我们再也不要和我母亲一起吃饭了。"

第三十六章

眩晕症

婴儿车拉着我向前,我的脚好像在人行道上飘浮着,向周五的亲子班走去。我无法自控地摇晃着,无法脚踏实地地行走,孩子们的喋喋不休如同背景噪声。

那个关于自恋型人格障碍的父母的网站,给我埋下了一颗小小的怀疑的种子,这颗种子钻进了我的脑海里,我每和母亲接触一次,它就长大一些。虽然此前我对它置之不理,忽略了那些让人不得安宁的担心,但现在我再次打开网页,发现了妈妈是那么符合这些特征。

网站上写道:

自恋的父母需要成为关注的中心。
他们很喜欢各种戏剧化的表演。
他们喜欢看别人失败。
他们缺乏同情心。
他们总是夸大其词。
他们对一切事情撒谎。

他们一直是"被迫害者"。

他们很虚荣。

他们憎恨其他人的成功。

他们假装患病。

他们为了自己的利益而操纵别人。

他们对过去的描述并不可信。

肌痛性脑脊髓炎。

我读得越多就越发意识到,妈妈的自恋型人格障碍的一个突出症状是装病,即"孟乔森综合征"[1]。我成了一个"坐扶手椅的研究员",在网上泛读着关于这种疾病的文章:人们通过伪造症状、自残、服用事实上并不需要的药物,或提交虚假的化验样本以篡改结果,来欺骗他们的家人、朋友以及医生。孟乔森综合征是一种被伪装成身体疾病的精神疾病,患者知道自己是在假装身体不适,但他们想要的收获并不是经济或物质上的,而是从扮演"病人"中获得同情和关注,提升他们的"社会价值"。孟乔森综合征通常呈现出人格障碍的症状,如自恋型人格障碍等,但很少能够确诊,因为患者会花很大力气说服医学专家,并选择难以反驳的症状,如头痛、癫痫发作和晕厥。

妈妈不可能在过去整整二十年,都假装罹患肌痛性脑脊髓炎,对吗?她不可能在那么长的时间里,对我、我的父亲、她的朋友,还

---

[1] Munchausen's syndrome,指一种通过描述、幻想疾病症状,假装有病乃至主动伤残自己或他人,以取得同情的心理疾病。它还有求医癖、住院癖、佯病症等俗名。此疾病得名于德国的孟乔森男爵,此人虚构了许多自己的冒险故事,如在月球上漫步,拽着自己的头发让自己升天,等。1951年,一篇发表在英国著名医学杂志《柳叶刀》上的文章,第一次以孟乔森综合征的名义命名这种病。

有所有的亲戚撒谎。她也不可能在自己没有真正患有肌痛性脑脊髓炎的情况下，还坐在肌痛性脑脊髓炎互助小组的委员会里，多年来一直主持会议、担任财务主管、写新闻通讯。她不可能那么残忍，欺骗了我们所有人。

除非，装病能让妈妈得到她想要的关注——作为残疾人，她能得到朋友、家人和陌生人无尽的同情。她走路时拿着手杖，去购物时坐着电动轮椅。肌痛性脑脊髓炎可能是一种不太容易察觉的疾病，但妈妈让它变得很明显。没有人像她那样了解肌痛性脑脊髓炎，作为肌痛性脑脊髓炎互助小组的秘书长和财务主管，她获得了成功和赞誉。她甚至被授予证书，称她为"本地健康之星"，地方报纸列举了她的成就，还附上了她眉开眼笑的照片。她为肌痛性脑脊髓炎患者所做的工作，更凸显了她的"被迫害者"身份；她拖着病体，用有限的精力为他人服务。她的"残疾"意味着爸爸和我牺牲了我们的理想和愿望，但她得到了越来越多的关注。难道我的整个童年，真的都建立在一个谎言之上？

世界一片朦胧，在我周围旋转，就像我刚跳完一场华尔兹。我冰冷、苍白的手指紧紧抓住婴儿车，进入了教堂大厅。

"你还好吗？"杰玛走过来问我，这时我排队交钱。在我眼中，她是一个模糊的影子。

"不好。"我回道，麻木到哭不出来。她挽着我的胳膊，让我在婴儿区坐下，尽管我们的小家伙现在已经长大了。我们一起把贝利和布洛瑟姆从婴儿车上放下来，让他们自己跑去玩。

"我给妈妈的朋友们打了电话，"我解释道，趁着没有孩子打扰我们，"她们已经认识她很多年了。我想知道这是不是我自己瞎想出来的。"

"或者是你妈妈瞎想出来的,"杰玛说,我大笑起来。"她们怎么说?"

"茱莉亚说,她从见到妈妈的那一刻起,就知道她是一个善于操纵别人的人,"我坦白道,"而桑迪告诉我,我去上学的时候,她们经常去购物。妈妈会逛好几个小时买衣服。她可以走一整天,都不用坐下来休息。"

"哦,我的天哪,"杰玛说着,握着我的手,"但是她不能陪着你一起走路。"

"没错,"我的声调干瘪,"桑迪说,以前有很多人质疑妈妈是不是真的患有肌痛性脑脊髓炎。但妈妈是她的朋友,所以她选择相信她。"

"她当然会相信了,"杰玛说,"谁也预料不到,有人在这种事情上撒谎。"

"这就是我的生活,"我说,"我以为自己是一对残疾父母的女儿——但这根本不是真的。我为她做过那么多事情,又因她而没能做很多事情。我觉得自己很愚蠢。"

杰玛伸出手臂拥抱了我。"你一点都不傻。你很优秀、很有爱心,而她利用了这一点。"

我靠在杰玛的肩膀上,感觉自己像个死人。"这事情非常重大,你能体会吗?"

"太重大了,"她向后退了一步,打量着我干燥的脸,"我无法想象你现在的感受。"

"头晕目眩,"我说,"我不知道该相信谁。我总以为我可能是个可怕的女儿，但之后我又会想起一直以来她做过什么。"

"她绝对是个可怕的人，"杰玛说，"但你能怎么办呢？她仍然是你的妈妈。"我疲惫地点点头，杰玛站了起来，向孩子群中张望。"等一下，有人偷了安娜的娃娃，她好像急得都要揍他们了。"

我笑起来，揉了揉脸，杰玛小跑着去给孩子们拉架。我不知该如何处理我所收集到的信息。基于我们之间的关系，我没法去和妈妈对质，指责她的肌痛性脑脊髓炎是装出来的。我担心她会完全断绝我们的母女关系。她已经疏远了以前那些怀疑过她的亲戚和朋友，而我拥有的只是一些看法和猜测，也不知道茱莉亚和桑迪到时候会站在哪一边。多年来，妈妈反复告诉我，新闻媒体、政府和国家医疗服务体系（NHS）都不认同肌痛性脑脊髓炎的存在，就好像它是51区[1]的什么秘密。普通人也可能如此，他们有自己的自尊心和自私的欲望。真相就像水一样，从我的指缝中滑过，无法缓解我的干渴。

我对着婴儿车上的塑料镜子照了照，确信自己看起来还算正常，然后走到柜台前，用一英镑买了门票。凯茜正抱着露西刚出生的宝宝。

"我在四处打听有没有人愿意当这个星期的领唱，之前领唱的女士不在。"凯茜说。

"我肯定不行。"露西说着，把孩子抱了回去，"我讨厌在大家面前唱歌。"

我仔细看着露西的脸，呆立在原地。她的话在我的脑海里不断

---

[1] 指位于美国内华达州南部林肯郡的一片区域，其存在曾一度不被美国官方承认。因美国有50个州而此区不在其中，故此得名51区；又因民间传出"外星人试验场"等流言，此区具有高度的神秘、虚构色彩。——编者注

回响：她不想做，就可以不做。我很想笑，但我知道那笑声一定是疯狂的、神经质的，所以忍住了。我有残疾的父母，所以我不得不做我不想做的事情、我还没有准备好的事情、因为太年轻所以做不好的事情。我个人的选择无关紧要，因为我的父母做不了那些事情。当然，实际上妈妈本可以自己做，但她主动决定不去做——如果是这样的话，那就说明这么多年来，她的一个谎言使我放弃了自己的全部需求。凯茜把我拉到厨房，我脸颊灼热，眼神空洞地打量着亲子班的教室。这是我第一次来到后面这个小房间，这里有二十世纪八十年代的柜台和两个一模一样的巨大烤箱。

"你还好吗？"她问道，一只手安抚地搭在我的肩头。她今天穿了一件连帽开衫，里面一件飘逸的女士上衣，下半身是她惯常穿的米色八分工装裤。

"我很好。"我下意识地答道。

"出什么事了吗？"

我跟她讲起了婚礼的那个周末、妈妈收拾房子时的偏执举动、那个网站，还有她朋友的反馈……

如果我脑子清醒的话，就能听得出，凯茜的声音里有一种异乎寻常的冷淡，因为她都是以单音节应答。我本该注意到她往后退了一步，移开了放在我肩头的手，改为双手叉腰。我本应该意识到，凯茜并不理解我。

"很明显，妈妈夸大了她帕金森氏症的病情。现在我开始觉得，她其实也并没有得过肌痛性脑脊髓炎。这一切都是一个巨大的谎言。我的整个童年都建立在谎言之上。我原本以为，我的父母都是残疾人。但那是一个谎言。一切都是谎言。"

我一边滔滔不绝,一边止不住地抽泣着,感觉整个世界天旋地转,我想坐下来。

"不,这不是谎言,"凯茜说,好像她说的是一个不容置疑的事实,"只是大家想法不一样而已。就像我小时候和父母一起出去玩,感觉自己度过了美好的一天,但对他们来说,这一天很糟糕。这并不妨碍我依然认为这一天很美好。"

"不,不。不是这么轻飘飘的事。"我摇摇头,笨拙地组织着语言,却一句都争辩不了,因为真理和逻辑不复存在。"这不是别人怎么看的事,而是事实上她并没有生病。我爸爸和我的整个人生,都是围绕着她生病展开的,但这一切全都不是真的,都是她假装的。我以为她是我最好的朋友,但她对我撒谎了。她总是对我撒谎。"

"不,"凯茜接着说,"她就是你最好的朋友。无论她有没有得这个病,都不能改变什么。她还是你的妈妈。"她重重地叹了口气,"你不能再说你被虐待了。"

我有些畏缩,仔细打量着她的脸,就像在看一个陌生人。她以前一直对我很好,我不知为什么变成了这样。

"我从来没有说过我被虐待。"

凯茜拿起一块布,开始擦拭玩具表面。"虐待行为我是见过的。在我的工作中,我曾近距离接触那些家庭。你知道,"她摇摇头,"你的所作所为就像我姐姐。她说我们的童年很糟糕,因为父母要求我们要吃掉盘子里的所有东西才能离开餐桌。但这根本算不上是虐待,对吧?"

她的话让我很受打击。我不明白她为什么这么坚持,这么不愿意听我说话。她觉得自己是在安慰我,或是帮助我吗?但在我听来,她好像是在说：我才是问题所在，我是个坏女儿，我又在辜负我的母亲。

我朝着门口退去，扶住柜台让自己不至于摔倒。而且，我有点希望这时能有杰玛在我身边。泪水从我的脸上流下来，有些滴在T恤上，有些滴在地板上。

"你不要老是关注着那些不好的事情，多想想好的事情吧。很显然，你妈妈现在遇到了困难，你要像她关心你一样关心她。她是你的母亲，海伦。你不能再这样做了。"

我迅速结束了谈话，走出厨房，用最简短的语言迅速把贝利和布洛瑟姆叫回到身边。我对杰玛摇了摇头，表示我说不了话。她点点头，意思是她知道了，然后用手指着自己的耳朵，示意她稍后会打电话给我。我甚至都不关心是否带齐了东西，只想赶快出去。

我完全记不得是怎么回家的了，好像没走几步路，脑子里一片混乱——自我怀疑与愤怒在体内交织，让我感到想吐。我从来没有说过我被虐待，我一点都不像凯茜的姐姐。但凯茜是我的朋友，所以我会不由自主地怀疑自己。我努力在记忆中搜寻，拼命想找到那些好的事情、那些闪光的快乐时刻，以证明我并没有只关注坏的一面。但是记忆的底片已经无法修复了——一切都被妈妈的谎言破坏了。

太阳穴突突直跳，视线模糊不清，如蒙上一层阴云。凯茜似乎不明白：妈妈可不是只撒了一个一次性的、无伤大雅的小谎。她的谎言跨越了几十年，把一切都改变了。她的肌痛性脑脊髓炎影响了我的整个人生轨迹和所有的人生经历，把我塑造成现在这样一个人。但并不能因为她是我的母亲，就让这个骗局显得不那么严重。

我几近崩溃。什么样的母亲会一直撒谎，让生活变得无比糟糕？一个母亲应该做的，是爱孩子，关心孩子，为孩子做出牺牲。但我的妈妈没有这样做。凯茜可以争辩说，虐待是指身体上的伤害，但她根本不知道，一个谎言被深植在脑中是什么感觉。

我把双人推车推到门廊上，孩子们都睡着了。我感觉房间在旋转，直到我跌坐在楼梯上时，依然感觉自己在下坠。

第三十七章

自恋狂怒

我把布洛瑟姆放在她的小床上,她的腿很长,几乎顶到床尾。没多久之前,她还是个需要我抱着她摇晃着入睡的小宝宝,但一岁半的时候,她已经可以自己入睡了。贝利躺在客厅的地板上,他的超级英雄人物玩偶散落在他身边。

"我得去打一个无聊的电话。"我说。他从游戏中回过神,转身用他明亮的蓝眼睛看着我。"你准备做什么?"我问他。

"我在玩《复仇者联盟》的游戏,"他咧着嘴笑道,"绿巨人正在和尼克·弗瑞局长战斗。"

我憋着笑,点了点头。"很好。如果你需要找我,我就在厨房里。"

从早餐开始,那片不可提及的黑云就一直笼罩着我,我一上午都在等着打这个电话,不过还是先努力专心陪着孩子们。妈妈发来了一条短信息,里面**只是说**帕金森氏症的护士莎拉想和我谈谈。我可以想象,妈妈很高兴我被拉进她的医疗事务中,而且我也知道莎拉会说些什么:我对妈妈的病情不够重视。一想到别人又要指责我辜负了我母亲,我就感到深深的无力。

我在厨房里的小桌子旁边坐下。这个小桌子是勉强塞进厨房的,因为餐厅已经变成了一个色彩鲜艳、堆满玩具的游戏室,完全被孩子们占领了。我打开信息,找到正确的号码拨出去,听着拨号音。

"啊,是我,"莎拉说,她的声音坚定而实在。"我昨天见到了你的母亲。"

我想象着莎拉的样子,五十多岁,头发做了挑染,鼻子又尖又长:一个见多识广的护士,坐在办公桌前的转椅上,面前的电脑显示妈妈的医疗记录。

"我们昨天和你妈妈开了一个紧急会议。她的一位朋友陪她一起来的——桑迪,是这个名字吧?"

这几天妈妈一直在跟我讲那次会见的事情,她很期待服用更多的药物,做更多的检查,见更多的医生。桑迪本来拒绝用轮椅推她去看病,但这让她很不高兴——实际上她可以在无人搀扶的情况下行走。

"你母亲的症状已经越来越严重了,"莎拉继续说,"颤抖、步态、体重下降。你也注意到了吗?"

"是的,当然,"说着,我随手拿过一张账单,在背面做着记录,"最近,我注意到她变得有点……有点奇怪。偏执,你知道吗?她会幻想出一些事情,说话也有点含混不清。"

"我们观察她的时候就意识到,"莎拉继续说道,"她表现出来的症状……嗯,不像是真的症状。我认为她可能是这样做的——在网上搜索更严重的帕金森氏症症状,然后去模仿。比如说,她的步态,和真实患者的症状并不相符,因为帕金森氏症患者根本不是那样走路的。而且，她手部抖动的症状也不对。"

我放下了手中的笔。"是的！"我脱口而出，"这种情况已经发生很久了。而且只要她往嘴里塞片药，症状就会立马消失。"

莎拉咂咂嘴，说道："药根本不是这么起作用的。"

我长出一口气，一阵如释重负的感觉涌向我，像清凉的河水从我身上流淌而过。"我也这么觉得。她好像就是想生病，病得越重越好。她喜欢去跟你见面，也喜欢你们给她开更多的药。"

"哦，就是的，"莎拉表示同意我的观点，她明显有点生气了，"不幸的是，我们给她开的药一直是基于她表现出来的症状。我们也没预料到，有人会谎报自己的身体状况。现在她正在承受着的恶果，是她本不需要的药物治疗所带来的。正如你所说的——偏执、言语不清。"

"哦，我明白了，"我一边说，一边在纸上迅速地记录着一些只有我自己明白、别人很难看懂的字，同时感到肩上的重担卸了下来。我最终并没有失去我的妈妈；她的表现是药物在作祟。所有那些离奇的遭遇，都是药物引起的。"你昨天向她解释过这个情况吗？"

莎拉犹豫了一下，吸了口气。我可以听出来，她把事实真相塞进那些听起来很专业的句子里。

"昨天，我和一位同事都与你母亲见了面。"

我知道，妈妈就想看到他们两个都在那里，尤其是当着桑迪的面，这样她病情的严重性就能得到证实了。而当她意识到他们一起来是为了和她对质的时候，我可以想象她会有多么震惊。

"她一直是这次约见我们中的一个，下次又约见另一个。简直是玩弄我们于股掌之间，"莎拉咬牙切齿地说，"我们告诉她，接下来

221

我们将让她停止几乎所有的药物治疗。当然,我们会慢慢减少药量,但在一个月之内,将降低到只使用最低剂量的药物,回到她最初的状态。"

"那可太好了。"虽然我是说的真心话,但我有点怀疑我的语气是否恰当地表达了我的感情。

"是的,"莎拉说,她的语气和我的一样,"恐怕你的母亲不是这样想的。她当场破口大骂,骂得很难听。她的朋友努力想让她平静下来,想让她接受减药是件好事。但她坚持要我们按她想要的处方给她开药,我只能妥协,给她开了严重症状下的药物剂量。很显然,绝对不能再这样下去了。"

我可以清楚地想象出妈妈激烈反应的场面,尽管我不记得她以前有什么大发脾气的时候。我仿佛隐约知道,一旦妈妈得不到她想要的东西,就会这样发作。我咬了咬嘴唇。护士告知我这件事情,是觉得应该交给我来处理吗?我该不该把这些话反馈给她呢,像叛逆少年的父母那样,严厉地对孩子说"你要是不听话,我就把你的手机没收了"?

"如果以后有什么想进一步了解的,你可以给我打电话,既然你们已经允许我与你跟进她的医疗信息,我会和你保持联系的。"

"谢谢你,"我说,"这真的很有帮助。"我感到肩头卸下了重担。终于有一个有话语权的人站出来挑明真相了。现在不需要由我来替妈妈寻求帮助;细节都写在她的医疗记录中,护士和医生会对她负责。我可以放心了,我现在需要做的,就是向他们汇报妈妈又闹出了什么愚蠢的恶作剧,他们会向她提供必要的帮助。我笑了笑,想掩饰紧张。"我还以为她要疯了,现在知道是药物的原因,我就放心了。"

"就当是一段诡异的插曲好了，但现在应该适时终止。"莎拉说，"我们对她的最初诊断是正确的——只有轻度的帕金森氏症症状——而且她在未来十年左右的时间里，都不会受到什么影响。只要她进行适当水平的药物治疗，就会再次恢复正常。"

妈妈要回归正常了，这可是护士莎拉说的。我在账单上写下了这句话，并在下面画了好几条着重线。再过几个礼拜就会恢复正常，一切都要好起来了。我意识到，妈妈总把情况往更糟糕的方向夸大，以获得更多的同情。这样做也是可以理解的：在她患有肌痛性脑脊髓炎的时候，这种做法是有效的，因为这是一种不确定的疾病，没有测试或检查的方法，也没有持续有效的治疗手段。但在帕金森氏症面前，她遇到了麻烦，因为它不像肌痛性脑脊髓炎。在护士们的质问下，在我和桑迪的见证下，妈妈意识到她今后必须做到完全诚实。这是一个完美的时机——她有了在莉莉菲尔兹养老公寓重新好好生活的机会，把过去做的傻事和对疾病的依赖抛在脑后。新的生活、新的朋友、新的活动正在等待着她，那里足够安全，还有很多人帮助她。她可以去综合楼的理发室，去酒吧或水疗中心，去享受海边一日游，在不想做饭的时候还可以去餐厅吃饭。她可以过上完全正常的生活。

然而，我心中仍有一丝隐隐的忧虑，那颗已经发芽的种子是不会死掉的，这个问题仍然存在:对妈妈来说，"正常"是什么样子的?

第三十八章

养老公寓

莉莉菲尔兹养老公寓的接待员个头很矮,她坐在桌子后面,要不是她站起来向我们微笑,我都没有看见她。她的浅粉色唇膏与她的花衬衫很搭配。

"哦,亲爱的,"她声音颤抖着说,她戴上厚厚的眼镜,手拿一张便利贴凑近了仔细看,"这上面写着,你母亲病得太厉害,不能见你。但我可以让你通过安全门。请在那里签名。"

彼得和我心照不宣地交换了一个眼神,签下了我们的名字。从我们第一次去妈妈的新公寓开始,情况就是这样的。虽然妈妈没有进一步收拾房子,但搬家还挺顺利的。家里的东西都被装箱,挤进了大楼角落里的两居室公寓里。她很讨厌搬运工人在搬家时碰到她的内衣。

"我还挺想看看,他们是如何把这些东西都装进去的,"彼得说,"简直是史诗级的大工程。"

直到几周前,我们都没计划好圣诞节要怎么过。我害怕和妈妈谈起这件事,害怕不可避免的眼泪和怒气。只有坏女儿才会让自己的孀居母亲独自过圣诞节,但在经历了前一年的"灾难"之后,彼得和我都无法再与她一起共度节日。最后,妈妈还是提起了圣诞节,无视我慌慌张张提出的借口。

"哦,好啊。"她说,"我还盼着你这么说呢。"

我浑身动弹不得,心脏几乎都不跳了。难以相信,我都没料到她会这么回答。"这里有很多活动,"她兴奋地说,"平安夜,酒吧会办一个大派对。银行的许多朋友都在这里——布莱恩,你记得他吗?餐厅还有圣诞大餐,肯定棒极了。而且,你们来了住哪儿?我的公寓装不下你们,没有那么大的地方。还有啊,你觉得我能给你们这么多人做饭吗?我病得太重了,做不了饭。"

这次被拒绝居然令我感到失落,这让我很惊讶。我不想和妈妈一起过圣诞节,但我没有料到,她可能也不想和我一起过节。"这很好。"我告诉自己。她开始在莉莉菲尔兹安定下来了,开始了新的生活,就像这所公寓承诺的那样。**这很好**。那我怎么会感觉不太好呢?脑中有一个阴暗的声音,在不断地骚扰我,告诉我她在耍花招。

我们安排在圣诞节前的周末去看望妈妈,所以我们带着塞满礼物的圣诞靴,身穿最漂亮的衣服来到这里——布洛瑟姆穿着红色的圣诞奶奶天鹅绒裙,贝利穿着漂亮的马球衫和套头毛衣。

我们向妈妈的公寓走去,走廊像是一条林荫道,中间还有花圃。走廊的中央是一个球场,用绳子围了起来,绳子位置很低,贝利一步就跨了过去。尽管是封闭空间,但这里和外面十二月的空气一样冷。

"猜猜外婆的新房门是什么颜色的。"我边说边走到走廊上。

"绿——色!"

"橙色!"

"啊,不对,是蓝色的。那是外婆最喜欢的颜色。"

我们叩响金色的门环,在长长的、寂静的街道上等待着。如果我知道她需要花这么长时间来开门,我就会一直穿着大衣。

"她会不会出门了啊?"彼得说,他背着双手,咧嘴笑着。

"她出门了吗,妈妈?"

"不,我肯定她在家。我们再敲一敲门吧。"

门只开了一条缝,感觉有点不祥。妈妈的身影出现了,她穿着熨烫好的红黑格子半身裙和奶油色的上衣,头发也刚做过造型。她紧紧抓住门。

"你收到我在前台的留言了吗?"

"是的,你好,妈妈。"

"你来了,我真开心,"她说着,孩子们从她身边跑过。"但我今天早上很不舒服,甚至连床都下不来。"

我走进门,决定不理睬她的表演。"这里很不错,"我说,"它比我想象的大得多。"

"你是这样觉得的吗?"说着,她四下看了看,"我觉得这里太暗了。非常阴暗。"

"这边你可以点一盏灯,但你看看客厅!阳光倾泻而入。"

"你应该在阴天的时候来看看,就是很阴暗的。"她一边说,一边跟孩子们一起走。

妈妈的公寓很小,但陈设很完美。客厅是中性色的,跟我们家客厅一样大,但塞满了物品。家具顺着墙边摆满了,家具上堆满了各种报纸、唱片、书籍、照片、装饰品和小玩意。她让我们参观了卧室和厨房,但坚决不允许我们去第二间小卧室,因为里面堆满了箱子,完全无处下脚。

她给了孩子们一些礼物,然后躺在沙发上,盯着天花板。贝利和布洛瑟姆兴奋地拆开了礼物:尺码不合适的衣服、橡皮泥(妈妈却不允许他们玩,怕毁了她的新地毯),以及一个大的巧克力圣诞老人,我把它收起来,怕孩子吃完巧克力就吃不下午饭了。

"你不打算拆开我们送你的礼物吗?"说着,我指了指放在她身边的大袋子。

"哦,就,不了吧,"她蹭了蹭额头说,"没想到你们还送我礼物了。"

我努力不去关注妈妈有多瘦,以防马屁拍到了马腿上。虽然她看起来穿着从前的衣服,但她的胳膊和脸都显示,她体重下降了不少。她的身体像一袋尖锐的骨头,几乎要刺穿单薄如纸的皮肤,但我并没有感到不安,而是被激怒了。我知道她是故意饿着自己。如果我评论她的体重,她会很高兴,但我不会上当,不会大肆谈论这件事。

她突然站了起来。"我们沿着商业街走走,然后去吃午饭吧,"她说,"我想跟大家炫耀炫耀我的家人,特别是布洛瑟姆。看,她穿的裙子多漂亮啊。太美了。"

"贝利也很帅气。"我转向贝利说道,他抬起头对我微笑。

"哦,是的,"说着,她把我甩开了,"但布洛瑟姆——真是太漂亮了!"

"你确定自己能行吗?"彼得问道,我屏住呼吸。"我还以为你病得太厉害了,刚才你都没办法去接待处和我们见面呢。"

她大步走向门口,说道:"我现在好多了,帕金森氏症就是这样。"

我不打算和她争辩。今天,我不想当坏人,我想一家人度过一段美好的时光。我们漫步在商业街上,妈妈四下打量着每一间公寓里的住户。她注意到,前面有间房的门里有一个老人,便疯狂地挥手,示意他把前门打开。而他一直没打开门闩,显然不愿意招待她。

妈妈说:"这是我的家人。"她一步步走向那条打开的缝隙。

那人朝我们点了点头。"你们好,"他说,"不好意思,你们不能进来。我的妻子在睡觉。她身体不是很好。"

"但是他们不经常来。"妈妈抗议道,又向前挤了挤。

我轻轻推着孩子们继续往前走。"快走吧。"我说道,门很快当着妈妈的面关上了。

我们走在所谓的"商业街"上,街边是理发店和便利店的橱窗。四个胖乎乎的老太太坐在木凳上,仿佛是在海滨度假,正在一边眺望大海,一边闲聊。她们都是刚从理发店出来,穿着A字裙和圆领开衫,看上去很利落,其中一个与众不同,穿着阔腿裤和长的修身上衣。虽然从脸上的皱纹来看,她们比妈妈老得多,但穿着上年轻了几十岁。

孩子们经过时,她们温柔地打了招呼,妈妈绕过我们,自豪地站在贝利身边。

"他们真可爱啊。多大了?"穿长裤的老太太问妈妈。

"哦!他们是……嗯……小的一岁,大的两岁。"她结结巴巴地说。

"她才一岁吗?走路走得这么稳。他真够高的。"

"布洛瑟姆快两岁了,贝利三岁半了。"我插嘴道,尽力挤出一个笑容。

"布洛瑟姆是愚人节那天出生的！"妈妈说。老太太们开始大笑。

"不，她是二月出生的。"我纠正说。女士们困惑地皱着眉头看着我，我笑得更甜了，尽管我内心正在燃烧。妈妈丝毫没有退缩。

餐厅的天花板上装饰着彩条，我们在中央的一张大桌旁落座。我们拿过饼干，吃了起来，妈妈安静而沉着，谈话氛围很微妙。等我们回到接待处，见到了桑迪，才算是松了一口气。她穿着奶油色的休闲裤和婴儿蓝的毛衣，透露出不费吹灰之力的精致，她伸出手臂拥抱我们，所以每个人都沾上了香奈儿5号的香水味。

"看看，你都长这么大了，"桑迪对贝利说，"真是个可爱的小绅士。还有布洛瑟姆，你的裙子真漂亮。"

"圣诞。"布洛瑟姆咧嘴一笑，伸手提起两侧的裙摆。

我转向妈妈，但她已经走到坐在长椅上的女士们那里，离桑迪很远。

"怎么样？"桑迪低声问道。

"她不肯在接待处见我们，"我说，"很明显，又是'病得太重'了。"我们都瞥了一眼妈妈，她正在疯狂地做着手势。"除此之外，一切都很好。"

"你听，"桑迪背对着妈妈，摇摇头说，"你能听到吗？她告诉她们，她患有肌痛性脑脊髓炎、帕金森氏症和肌张力障碍。你知道护士是怎么说她的帕金森氏症和肌张力障碍的，至于肌痛性脑脊髓炎——"

"你们在说我吗？"妈妈问道，在我们之间走来走去，"你们聊了些什么？"

我蔫了下来,低下头看着地板,需要赶紧为自己找些说辞。

"我说,你在跟那些护士讲你所有的疾病,艾莉,但是你去见护士的时候,我也在场。她说的是,帕金森氏症还要过好几年才会影响到你,至于肌张力障碍,她说那并不是真的。"

我的脸颊发烫。我希望自己可以像桑迪一样面对妈妈,而不需要担心后果。我害怕什么呢?我认为她会做什么?

妈妈双手抱肩。"她没有看过我最糟糕的时候,而你显然也没有。"

"看起来,你好像很想生病,艾莉,"桑迪说着,也双手抱肩,"事实上,你看,你有一个美丽的家庭,大可以享受天伦之乐,而不是操心这些事情。"

"我是很'乐'啊,"妈妈说,抓着我的胳膊,"总之,这样不好,你得带我回公寓。"

我向彼得瞥了一眼。"我在这里等你。"他投给我一个眼神,说道。

我带着妈妈回到商业街,穿过双重门,经过草坪保龄球场。她坐回到公寓的扶手椅上,周围满是礼物和鲜花。

"见到你真好,"我说,"我会给你打电话的——我们是怎么约定的来着?圣诞节当天两点半?"

"是的,我想是的,"说着,她闭上眼睛,"你能自己出去吗?"

我到达接待处时,孩子们正在玩着门口的传单。彼得冲我露出了假笑。

"怎么样?"他问。

我耸了耸肩,准备回家。"不算特别糟吧。"

第三十九章

比赛

我一遍遍听着电话等候音。我已经打了六次电话了,我知道比赛正在进行中。从打第一个电话的时候就知道了——圣诞节这天的两点半——一个阴沉沉的声音不断告诉我,我直接走进了母亲精心设计的陷阱。

这是布洛瑟姆来到这个世界上过的第二个圣诞节,也是我们四个人第一次单独过圣诞节,在两点半之前,一切都很完美。我们想吃什么就吃什么,拆礼物时没有人翻白眼,也没有人表示反对,我们享受着布洛瑟姆和贝利的快乐时刻,不用担心戏剧性的场面出现,让我们不得不把注意力从他们身上转移开。但这一切都因为过去两个小时的担惊受怕而蒙上了一层阴影。我知道自己被玩弄了,但我的想象不断膨胀——想象妈妈做出各种自我伤害的行为。我坐在卧室的阴影中,拨打了茱莉亚的电话,冬日的昏暗光线已经消失。

"我知道她肯定又在给自己加戏,"我说,"但我给莉莉菲尔兹那边打电话,没有人接。你能帮忙看看她现在怎么样吗?对不起,我知道今天是圣诞节。"

我又下楼来,试着把注意力集中在孩子们拆开的新玩具上。我和贝利一起搭建他的弹珠轨道,布洛瑟姆穿着《冰雪奇缘》的公主裙在旋转。但我的思绪并没有在这里,而是在"等候室",并且知道不会等来好消息。

"我们找到她了。"五点半,茱莉亚打来电话。她说话声音很慢,让这番通话也变平静了,"说来话长,一开始我进不了公寓,但经理最后还是让我进去了。我发现埃莉诺时,她正躺在床边的地板上。别担心,亲爱的,她身下枕着一个枕头,看起来很舒适,旁边放着电视遥控器。她全身都很暖和,包括脚趾也是,所以她应该没在那里待太长时间。她迷迷糊糊的,好像喝了太多的酒,或者服用了安定之类的药物。"

茱莉亚深深地吸了一口气,好像下一句话很难以启齿:"听我说,海伦,这里的环境一看就是精心布置过的。灯亮着,但她的窗帘是拉着的。她说她已经这样躺着两天了,但她并没有尿裤子,而且,她身上不凉,也没有褥疮。从我一个护士的视角看来,她在那里至多只躺了三个小时。"

我躲在黑暗的房间里,瑟瑟发抖,把被子裹在肩上。从妈妈说她不想和我们一起过圣诞节的那一刻起,我就知道她正准备上演另一场戏剧。

"我们叫了看护人员,"茱莉亚说,"他们把她送进了医院。桑迪和安妮特都在这儿。我们都认为,她的行为很奇怪。"

"当只有我们在房间里时,她坐在床上,充满活力——要我说,几乎是有点亢奋。但医生一走进房间,她就瘫倒在床上,表现出病得很重的样子,无法正常活动或说话。然后,等他们离开,她又坐了起来,激动又兴奋。"她对我们说:'你们知道吗,这太棒了。我更希望在医院里度过圣诞节,而不是在莉莉菲尔兹。'她还告诉我们,她已经一周没吃饭了,但我知道,她周末出去吃了两顿饭,所以她说的都不是真的。"茱莉亚咳嗽了一声,"她想要一名全职看护人员。"

"好吧,"我无精打采地说,"所以,这就是症结所在。"

"你在跟谁说话,茱莉亚?"

这是妈妈的声音。听起来像茱莉亚一边打电话,一边走回了侧屋。我能听到机器的哔哔声、护士们的叽叽喳喳,甚至像能闻到医院的气味。

"海伦?"妈妈突然在电话里说道,像是从茱莉亚手中把手机抢了过来,"哦,太可怕了!"她激动地战栗着说道,"茱莉亚告诉你发生什么了吗?我在外面冻了八个小时。"

"是的,妈妈。"我空洞地答道,无力改变语气。她故意毁了四个人的圣诞节,她却对此感到很开心。"我就知道会发生这样的事。"我嘟囔着,咬着嘴唇,但她没听见。

"太恐怖了。我很痛苦。我的膝盖都被地毯磨破了。"

"你的膝盖为什么会被地毯磨破?"

"因为我在地板上爬来着。"

"我以为你是在外面冻着了。"

"是啊!整整两天!"

"你刚刚不是说八小时吗?"

"我现在需要一个全天看护。"

"你为什么需要看护?"

"我不知道。可能是吃药闹的。"

"我会联系你的帕金森氏症护士。而且我觉得你需要去看心理医生。"

"我得挂了。医生来了！"

我可以想象她把手机扔回茱莉亚的手中，躺倒在枕头上，把虚弱的手放在自己的前额上，正好赶上医生给她体检。

"就是这个样子，"茱莉亚坦白，"前后矛盾，没有理性可言。他们对她进行了全面体检，只发现了轻微的尿路感染；而且没法找到她躺在那里的原因——好吧，也不知她躺了多久。每次问她，说辞都不一样。"茱莉亚的脚步声在走廊里回荡。"我和护士长谈过了，她说很明显，这一切都是编的。他们希望她尽快回到养老公寓去，因为帮她越多，她就越是什么都不愿意做。抱歉，亲爱的。也够让你糟心了。我猜，她可能都不清楚自己在做什么。"

不知怎的，就算是在那个时候，我也知道接下来事态会怎么发展。但她是我的母亲，我爱她，即便发生了这么多事情，我还能怎么办呢？我不得不顺着她。

埃莉诺的日记

2015 年 1 月 1 日

　　去年，我从居住了 42 年的家搬到了一家养老公寓。圣诞节那天，海伦打了一圈电话，让人帮忙找我。我圣诞节当天下午就住进医院了。是茱莉亚找到我的。脱水、饥饿，又生着病，并没有得到太多缓解。没有额外给我喝的东西。圣诞节那天只吃了四分之三个奶酪三明治。今年我过不了圣诞节了。还没来得及打牌。多亏了安妮特帮我买东西，网上根本买不了。23 日整天都在发抖，不知道为什么。朱迪来了，把她吓了一跳。所以请她帮我收拾整理，下午 5 点就睡觉了！再一睁眼，一名救护人员对我说"你好，埃莉诺，茱莉亚在这里"，我被轻轻唤醒，然后送往医院。因尿路感染而度过痛苦的圣诞节和新年，后来从

*

海伦那儿了解到全过程：我从床上摔下来，在房间里失去意识。茱莉亚和救护车好一通折腾才找到了我。在医院，他们给我用了抗生素。费了很大的劲才能重新走路。我应该是趴在地毯上，左手被压在胸下面。活着真难。得不到太多的支持，走路和做任何事情都很困难。我会康复吗？我不知道该怎么做。累了。"看护人员"在工作，但帮助真的不大。才刚进入新的一年就如此艰难，我崩溃了。原来是细菌性尿路感染。让我拄着助行架，硬挺着应付每天三次来巡视的人。迷茫。

*

第四十章

新的开始

我以为自己要精神崩溃了。我其实并不知道那是什么滋味,但知道自己再也无法忍受了。这不是抑郁症,也不是焦虑症。这是一种负担:我不得不平衡一切,但又一事无成。在家里照顾两个不到四岁的孩子已经够艰难的了,但连续一个月不断有电话来详细讲述我母亲层出不穷的表演型行为,让我真的难以忍受。我们聘请了看护人员,并未让妈妈停止博取关注,却徒增她向所有人证明自己"病入膏肓"的欲望。每天都有电子邮件、短信和电话涌来,对我说着妈妈又遇到了什么危机,说了哪些不合逻辑的话,出现何种奇怪的症状,让我不堪其扰。

比如妈妈打电话给桑迪,让她带饭过来,因为她走不到厨房去,做不了饭。

桑迪赶到后问妈妈在哪里,却听见妈妈的声音在公寓里回荡:"我在厨房。"

又比如妈妈告诉安妮特,她需要有人帮着她上厕所,但她拉响紧急求助铃时,养老社区的看护人员却不理她。

再比如她告诉桑迪,她又摔倒了,"他们"(指那些没有不知姓名的管理者)告诉她,需要更多人来帮她。

还比如她告诉茱莉亚,她一直处于"冻僵"的状态——她用这个词来形容像雕像一样站着,动弹不得。茱莉亚怀疑,妈妈一直不停地在网上查症状,好拿来模仿给人看。

很明显,这一切都是假的,但对妈妈来说似乎无关紧要。她正被一个旋涡吞没,无法脱身,我们越不相信她,她编的故事就越离谱。每天都有新的戏剧上演,我一直生活在对"下一集"的恐惧中,害怕又要应对下一轮的危机。如果我应对不了呢?如果我不照顾她的话,又要由谁来照顾呢?她已经出院了,尽管一系列医护人员——一名职业治疗师、一名片区护士和一名社工——经常探视她,还和看护人员一起每天帮助她起床和正确服药,但这一切似乎只是在迎合她的欲望。没有人想过妈妈究竟为什么会这样,谁都没法把根本原因解释清楚。想让她得到她真正需要的帮助的,只有我一个人。十岁时的恐慌再次在我体内苏醒:我需要完全负责,没有任何人可以依靠。

我站着做午饭,孩子们在游戏室也模仿着我,玩着他们的玩具厨房。我做的是家常儿童餐,有烤芝士口袋面包、胡萝卜口味的幼儿薯片、对半切开的葡萄、新鲜软干酪和葡萄干。我真期待他们能快点长大,给个三明治就算一顿饭。

"我给你做了午饭,妈妈。"贝利对我宣布,手里拿着一个木制煎锅,里面放着塑料烤鸡和猕猴桃。

"哦,太好了,谢谢你,"我一边假装吃,一边说,"要给妈妈喝点什么呢?"

"有茶,妈妈。"布洛瑟姆递给我一个粉红色的玩具杯。

我的电话在口袋里振动起来，熟悉的嗡嗡声让我的心猛地一沉。它现在响起得太频繁了，铃声让我心脏怦怦直跳，浑身都要僵住似的。我能感觉到下一场戏剧即将上演，在做好接起电话的心理准备的同时，我也渐渐焦虑起来。安妮特用阴沉的语气说道："很抱歉，又要带给你一个坏消息。"我用下巴夹着手机，把一盘盘食物端上桌，把布洛瑟姆抱到她的高脚椅上。"但我觉得你应该知情。昨天下午，我本来已经安排好去看你妈妈，但我到达时，看见她在厨房的地板上。她身下放了一块垫子，身体靠在桌子上。她打翻了自己的助行架——我不知道她从哪里弄来的。"

"听上去又是她设计的。"我一边说，一边在厨房里倒了两杯水。过去一个月里，我接听了很多这种电话，很难引起我真正的担忧。

"我叫了一位看护人员，"安妮特继续说道，"一起帮她躺到床上。我告诉他们，她知道我会来，所以很可能是她策划的。我问你妈妈：'发生了什么事？'她说：'嗯，是我演出来的。'我当时就火了，问她：'你为什么这么做？'她说：'我不知道。我觉得当时就该这么干。'这不正常，海伦。"

"我懂，"我一边难以置信地说，一边在烤吐司上抹着黄油（这是我自己的午饭），"莎拉说她正在想办法。"

"如果她还没想出办法来，那么你必须催促她。你必须尽快与莎拉联系。"

我的脑子被沮丧的情绪搅得嗡嗡作响。安妮特以为我就坐在那里袖手旁观吗？我一直联系着妈妈的医生，每隔几天给莎拉发一封电子邮件，并一直在找精神科医生介入，但都没有什么效果。我还能做什么？

"我们把你妈妈扶上床,她就说她没事了,想去咖啡馆。等我们走到前门,她居然真的直直地向后倒了下去。傻子都看出来,她就是故意的!她的头撞在了门框上,我们又去了急诊室,用医用胶水给她粘上伤口。亲爱的,你知道吗,她简直是天生的演员。真是入错行了。"

我干笑了两下,笑声在墙上弹来弹去,然后弹回到我身边,听上去更空洞了。

"她告诉别人她颅骨摔碎了,但我当时在场!她就是这样,想激起别人的同情,让情况更戏剧化。我不知她接下来还会闹出什么乱子。我和看护人员核实过了,他们从不会对紧急求助铃置之不理,所以她想上厕所但没人理她的事,也一定是虚构的。"

我咬了一口吐司。妈妈的谎言罪状上又多了一条。

"这对我们任何人都不好,"安妮特说,但她肯定不明白这事让我有多糟心。"前几天我告诉她,她最好去看看心理医生,而不是把钱花在这些看护人员身上。结果,她挂了我的电话。"

安妮特不知道,对妈妈来说,挂断某人的电话并不是一种普通的失礼行为。她把这视为最严重的冒犯,还会伴随着脏话冲口而出。安妮特似乎没有意识到妈妈这个举动的严重性,也错过了妈妈向她抛出的最终抉择:要么接受她,要么连朋友都做不成。

"是这样,海伦,"她说,"她需要的,是见到你和孩子们。"

我放下烤吐司,看着黄油融化。"我不能那样做。万一她在孩子们面前也故意伤害自己呢。"

安妮特喷出一口气,好像我很难对付似的。"要是不愿意带孩子去,那你就自己去。"

240

我清了清嗓子,好像要通过这个声音掩盖掉她的语气。这不是我愿不愿意的事,而是妈妈阴晴不定的事。我不会拿我的孩子冒险。

"哪那么容易,"我说,"没人帮我看孩子。"

也不知我为什么要再找一个借口,其实第一个理由就足够了。

"那找别人帮帮你呗,"她轻飘飘地说道,"只要见了你,她就没事了。她这是在呼救啊。"

虽然我不相信去看妈妈一趟就能没事了,但不容置疑的是,我得对妈妈的健康和幸福负责。全科医生和护士都没有参与这件事情,那么就需要我为她安排专业帮助。我必须成为连接点,捋顺所有这些奇奇怪怪的人和事,然后转交给医护人员,尽管这似乎并不能给我们带来什么实质性的帮助。我想甩手不管,但还是不得不照顾她。

"你离开她的时候,她是什么样子?"我问道,试图改变话题。

"哦,焕然一新。甚至都不用助行架了。说话很有条理,还自己收拾东西,积极乐观、欢声笑语。我已经告诉她,明天我再回去看她——看看明天是什么样子吧。"

距离妈妈出院已经差不多一个月了,其间她搞出了一桩又一桩的戏剧性事件。她搬到莉莉菲尔兹的时候,大家都觉得她应该会好起来,实际上变得更糟了。我再也认不出她了。自我出生以来,大部分时间里,我都一直相信妈妈聪慧、理性、自信、美丽、善良、有爱心。我一度以为她的一切都很完美,她所做的一切都是最好的。这种想法镌刻在我心里,把我牢牢地禁锢住了。四月是出生的最佳月份,二十五岁结婚是正确的时间,五英尺八英寸是理想的身高。这些都不是"观点";而是"事实"。我曾把妈妈看作纯血良马,而我是一匹矮脚马,尽管自己有天生的缺陷,但还是紧随着她蹒跚而行,努力去模仿她。现在,尽管我心目中曾经的母亲还剩下一点模糊的影子,但我的眼睛已经睁开了——痛苦而清晰——埃莉诺第一次进入了我视线的焦点。我曾被蒙蔽了双眼,看不清她的真面目,现在,我无法遗忘在光天化日下所见的真相。

一月底,帕金森氏症的护士莎拉探望了妈妈,这让我松了一口气。那天,我头痛得厉害,我拿出几张报纸,用胶带粘在厨房地板上,让孩子们涂色玩。我坐在地板上,贝利和布洛瑟姆咯咯地笑着,他们被释放出来,实现叛逆的涂色梦想,胳膊和小手上到处都是鲜艳的水彩笔印。

"喂,是我。"我接起了电话,听到妈妈说。

在所有电话里,我最害怕接到她的。因为妈妈每次给我打电话,我们的对话往往以她对我大喊大叫而告终,因为我没有正确地"玩"好她的游戏。我本应该在圣诞节那天跑到她身边,但我没有,而且现在仍然不在她身边。

"莎拉星期二来了。突然出现在门口,没有提前通知我。"

我静静地听着,努力想摸清她的情绪。莎拉也没有屈从于妈妈的操纵。她不预约就出现是有目的的,就是为了防止妈妈预先布置好危机场面。

"她说,所有的检查结果都没有问题。"

"太好了。"我轻快地踮了踮脚。

"是的。"她说。

她没有理由跌倒。她没有理由躺在地板上——是几小时还是几天来着?检测结果没问题,应该会让她始料未及;摔倒的原因搞不清,应该会让她忐忑不安。话说回来,妈妈比我们任何人都更清楚发生了什么。

"莎拉说她要继续降低我的药量,"妈妈说,"但这不会影响病情,除非我停药一整个星期。我真不敢相信她说的,但我想我们会看到结果的。"

"这和你的第一次诊断结果是一样的,不是吗?"我的步子踩得更重了些。

"嗯……"她喃喃道,我知道她根本没有听进去我的话,"莎拉对我非常坚决。她说我必须停止装病和假装摔倒,而应该享受生活,过正常的日子。并不是说我从头到尾都是装的,只有那一次而已。无论如何,他们已经在我的病历上标明,不会因为我摔倒一次就让我住院。"

她说得很平淡,好像不明白自己为什么被称为"骗子"和"浪费大家时间的人",也对两个词的含义充耳不闻。"莎拉说我是一个有能力、有本事的女人,"妈妈说着,话语中竟有掩饰不住的自豪,"她说,能和朋友一起出去吃午饭的人,不需要请看护人员。她还说,我可以和朋友们一起出去,做我喜欢的事情。所以,我现在已经得到许可啦。"

"很好,"我知道她听不懂我的讽刺说着,我把背靠在暖气片上,肩膀感到温暖而放松,"那你打算辞掉看护人员了吗?"

"一步一步来吧。我想,目前我每周需要他们工作十个小时,以帮助我恢复。但我这周和安妮特一起吃了午饭,还和桑迪一起购物了,真的很开心。我买了一件可爱的新衣服。"

"不用助行架帮忙?"

"不用了。你们都好吗?"

这个月过得很糟糕，但也有些许的光明。妈妈对疾病的迷恋将要走向尽头。莎拉给妈妈带来了很大的触动，很快看护人员就会离开。桑迪说"转折点已经出现了"，安妮特则告诉我"我终于找回了我的朋友"。妈妈会回到我的身边。我将重新成为一个正常的母亲，再也不用夹在两代人之间，左右为难。而且，不久我会去看望妈妈，和她一起享受正常的母女时光。

埃莉诺的日记

2015年1月7日

我的朋友和家人跟我谈话，要我对自己的帕金森氏症实话实说。震惊、受伤——孤独无依。

第四十一章

最后一次

我的脚步声回荡在莉莉菲尔兹的商业街上,好像在敲打着节奏:**贝利、布洛瑟姆、贝利、布洛瑟姆**。孩子们和彼得待在家,而我去看望妈妈。我努力期待着我们将一起度过的这个下午,努力不害怕。我预判了所有可能出现的批判之辞——头发按她喜欢的样子扎起来,穿着简单的牛仔裤和宽松的毛衣,避免她揶揄我的体形。

我们商量好在接待处见面。但我到的时候,她没接我的电话,也没在门口等我。而且,她没在前台留下任何信息。这种寂静中有着不祥的氛围。虽然我希望情况会更好一些,但我内心深处知道,现在这种情况迟早会发生的。我本应在那一刻转身回家,这时我看到有人穿过安全门,我加快脚步跟了过去,空空的走廊里只回荡着我的脚步声。妈妈的蓝色房门虚掩着,我蹑手蹑脚地走进她的公寓,门廊里一片黑暗。

"妈妈?"

"海伦?哦,海伦。感谢上帝,你来了!"

她在客厅里,窗帘半闭,拉长的光线透过窗户投射进来,将房间分成两半。她躺在碎花图案的沙发上,用桃红色的垫子把自己撑起来,旁边的桌子上放着一杯水和一只喝光了的咖啡杯。我注意到她化了妆,银灰色鬈发显得很完美。

"我快不行了,好难受。"

"出什么事了?"我站在门口问道,双腿不愿再往前走了。

"我一直在像个黑鬼一样干活。"

这句话像一记耳光打在我的脸上,像一记重拳打在我的肚子上。她通常不会使用这样的语言,在我的家人或朋友中也不会听到这样的话语。这句话是如此粗鄙,令人厌恶、令人震惊——不仅仅是因为这句话中的种族歧视不可接受。我不认识说这种话的人。

"妈妈!"我大喊,"你不能这样说话。"

"好吧,我知道了!"她哀号着,举起双手,"但我一整天都没有吃喝。"

我心想,*又来了*。明明大家都说她已经好多了啊。我们本来要像正常母女一起去好好地吃一顿午餐,去买东西,关系回归正轨。不应该再有任何谎言,不应该再有任何戏剧化的表演。

"那你最好去睡觉,"我说,"我改天再来。"

虽然开了两个半小时的车才到达这里,但我宁愿现在回家找彼得、贝利和布洛瑟姆,回到更有意义的生活里。

"你得救我啊。"她说道,用她的蓝色眼睛恳求我。我强迫自己走上前,坐在她旁边的沙发上,我的双手交握在一起。

"来吧,"我说,"咱俩合作,把你弄到床上去。"

她抬起一只绵软无力的手臂。"我做不到,"她抗议道,"你得抱我上去。"

"我抱不动你,"我冷笑道,再次站起来,"你挽着我的胳膊,我搀着你上床不就好了?"

她缓缓移动着,坐了起来,两只脚放到地板上。"等一下。"好像这个动作耗尽了她所有的精力。我坐回沙发上,仔细观察她脸上每一丝痛苦的表情。

我告诉自己,**我得赶紧走,把她弄到床上,然后就走**。她把双手放在腿上。"没用的,"她说,"我没法自己上床。"

"你可以的。"我像对孩子说话一样——我用同样的语气,能让他们自己穿鞋。"记住莎拉说的话:你是一个有能力、有本事的女人。你不需要助行架或看护人员。你自己可以做到的。"

"我做不到,"她说,"你必须帮助我。"

"这是新衣服吗?"我问道。这是我在贝利感到沮丧时使用的方法:转移注意力。她稍微坐直了一点,露出不太自然的笑容,她的手蜷缩着,搭在光滑的木质扶手上。

"是的,我和桑迪一起去买的。"她一边说,一边欣赏着衣服上的黑白波点图案。

"很好看,"我说,"午饭也是和她一起吃的吗?"

"是的,去'城堡'[1]吃的……吃烤肉大餐。前菜是大虾,餐后还有甜点屈莱弗[2]。"

"大虾和屈莱弗?听着不怎么样。"

她脸上又挂上了虚弱的微笑,向沙发边缘挪去,这时笑脸慢慢

---

1 此处原文为"the Castle",伦敦一家由城堡古迹改造而成的餐厅。——编者注
2 Trifle,一种甜品,在蛋糕和水果上浇葡萄酒或果冻,上覆蛋奶冻等。——译者注

变成了苦瓜脸。

"没有人理解我病得有多重。我这么难受,但没有人关心。"

"我们都关心你,"我说,"我、桑迪、茱莉亚,还有安妮特。我们很高兴你的帕金森氏症只是轻微的。"

虽然只是一寸一寸的,但我可以看到她在往前爬,仿佛她随时会站起来。很快,我就可以离开了。

"还有肌痛性脑脊髓炎呢。"

"你说你的肌痛性脑脊髓炎已经好了。"

"不,我没这么说过。"

她就坐在沙发的边缘,像坐不稳似的,努力寻找平衡,她的脚尖点地,准备承受重量。我站起来,想让她跟随我的步伐。

"那就来吧,咱们一起使劲,把你弄到床上去。"

就像慢动作一样,她把自己滑到了地上,还一直抓着扶手,以便移动的过程尽可能平稳。就是这样一个控制得刚刚好的动作,让她轻轻地跪在我面前。

"你看到了吗?"她眨着水汪汪的大眼睛说道,"我从沙发上摔下来了。"

我差点就憋不住笑了。"不,你是把自己出溜到了地板上。"

"不,我是摔下来的。"

活生生一出喜剧,不是吗?就像《日常小幽默》节目的片段。但我觉得它并不好笑,反而很不正常。

"妈妈,别这样。"我轻轻地拉着她的胳膊,把她扶起来,"来,把你弄到床上去。"

她的尖叫声像电流一样贯穿我全身,我跟跄着向门的方向退去。

她正像豺狼一样龇着牙，说话声音尖利刺耳，像鬼上身了一样，脸都扭曲了。

"我明白了，"她用手指着我，怒斥道，"我得手脚并用地爬行，是吗？"她一边朝着我挪动过来，一边眼神锐利地盯着我，仔细观察我的反应，"看看你是怎么对我的，你这是要把我毁了！"

我瞠目结舌，像是被钉在原地，脉搏猛烈地跳着。她向我移动过来，每个动作都很夸张，同时又很果决，就像老虎在捕猎时一样。接着，她的脸沉了下来，嘴巴张得老大，尖声号叫着，却连一滴眼泪都没掉。就在一瞬间，她从掠食者突然变成了可怜的人。

"哦，上帝呀！"她对着天花板说，"带我回家吧！"

我一边手足无措地后退，一边结结巴巴地说道："如果桑迪看到这些，她会怎么说？我想我们应该给她打电话，告诉她……告诉她你在做什么。"

我在外套口袋里摸索着，手心满是汗水，手机从我的手掌中滑了出去。我想拨出电话，但老也点不中正确的号码。眼前的一切都变得模糊不清。

"桑迪，我在我妈妈这儿。请你跟她说句话。她在地板上爬来爬去，还说她很难受，快不行了……"

"哦，她现在怎么样了？"桑迪问。

我把手机举到妈妈面前，妈妈从我手中抢过手机，放在耳边。那激烈的嘲笑声又回来了，把我钉在地上，而她蹲在地上，准备扑过来。如果有人能说服她，那肯定就是桑迪，她近三十年来最好的朋友。妈妈会听桑迪的话，因为她举止从容自信，言辞笃定而有逻辑。

可是，妈妈又发出了高亢的尖叫声，和第一次一样出人意料。

这一声直接把我吓得退到了门口。

"你太残忍了!"她喊道。

她把手机扔到我的脚下,我不由自主地弯下腰捡起来,感觉胆汁几乎涌出喉咙。我得赶紧从这里离开。

"好了,够了!"我使出十二分力气,让自己的声音比我所受到的冲击更加强烈。"停止这种荒谬的行为,停止!"

她没有说话,紧紧地盯着我,嘴角弯出最微小的弧度。她比任何人都清楚,我没有能力从她身边走开。她把所有的动作都做得更慢、幅度更大:每一次抓地毯、每一次拖腿爬行……

"你这个小婊子,"她怒气冲冲地说,"看看你在让我做些什么。"

我又给彼得打了电话,再一次把手机递给了妈妈。

"哦,你!"妈妈对着手机嘶吼道,"你这个可怕的人!你从来没有信任过我。"

我拿回了手机。

"离开那儿吧,"彼得对我说,"她没问题的。你知道她没问题。"

"她很歇斯底里,我不知该怎么做。"我躲到走廊里,低声说道,"我很害怕,彼得,她吓到我了。我该怎么做?"

"离开那儿。走出去,离开她。"

"我做不到!"我啜泣着说。"我不能这样做。她是我妈妈!"

"你可以的。我允许你这样做。离开吧。"

我没有离开。我不能离开。

"我去泡茶。"我对妈妈说。我走进厨房,关上门,靠在墙上,努力让自己平静下来。我做了几次长长的深呼吸,但两手还是在颤抖,汗水洇湿了整个衣领。我不知道自己还能给谁打电话,也不知道还能找谁帮忙。水壶的声音已经盖过了妈妈的干号,但它沸腾得太快了,我不知道接下来该怎么做。我强忍着痛苦,尽可能慢地泡茶,等着周围安静下来。推开门,我看到妈妈在对面的卧室里,瘫坐在地上。然后,她站起来,像个没事人一样,上床去了。我小心翼翼地关上门,又深深地吸了一口气。我得走过去。我拿起小时候放学后和妈妈一起看《挑战水彩画》时用过的那个花纹茶杯,小心翼翼地把它捧进卧室。我仿佛又回到了七岁,捧着我泡的第一杯茶。我紧盯着杯沿,怕茶洒出来,但杯子太重了,我的手又抖得太厉害。

妈妈恢复了正常。她的表情不再那么尖锐,不再像要骂人似的,嘴唇也恢复了血色,抿成一条细线。她坐在床上,身后有靠垫支撑着,鸭蛋青色的床罩整齐地盖到腰部。

"哦,茶,太好了。"

我靠门站着,离她远远的。而她正在大口喝着茶。

"现在几点了?"

"12点。"

"就这些了吗?那我们现在该做什么呢?"

我的嘴像沙漠一般干燥。"我以为你真的'快不行了',"我哽咽住了,"需要我把你抱到床上去。实际上,你在地板上爬……"

就在一瞬间,那可怕的目光、那张发生了变化的脸,又都回来了。"我是你的母亲,"她把每个字都说得很用力,"我已经为你付出了一切。托儿所的费用也是我出的。"

我瞪大眼睛盯着她。我知道她在说什么,那是一种威胁。我不得不接受她疯狂的胡言乱语,因为她已经"买下"了我和我的孩子。所以,她"拥有"我。这是事实——她给孩子们支付了托儿所费用,但这是她很容易负担得起的事情,也是她自己主动提出的;况且后来她毫无征兆地停止了付款,好像是在惩罚我一样。

这是她的新玩法——用金钱来操纵我——我还没有阅读过这个游戏的规则。我在记忆中查找,寻找可以与之联系起来的蛛丝马迹。我的父母支付了我的大学学费和婚礼费用,但他们说这是他们的乐趣,他们积攒这么多年的钱,就是留在这些时候用的。他们并没有把这些强加于我,作为我将来要偿还的债务。那些都是礼物,不是所谓的"养儿防老"。

现在我想起来了,虽然爸爸在金钱上很慷慨,但妈妈的态度不同。她喜欢吹嘘她所买的东西的价格,还会记下别人在她身上花了多少钱——包括我小时候给她花的钱。她最喜欢购物,买了好多好多的新衣服——虽然都是些过时的款式。还有,她把做饭用过的油脂攒起来,存进一个锡罐,长期放在冰箱里;她还用烘衣柜自己制作酸奶;并把各种破烂都囤积起来,觉得它们有一天还会派上用场。她的生活方式,是狂热的中产阶级消费主义和战后"缝缝补补又三年"理念的混合体。我在童年时一直提心吊胆:我们家的钱到底够不够花?

"哦。"她放下了茶杯,注意力突然转移到了自己的手上。她的眼睛在房间里转了一圈。"我的结婚戒指呢?哦,它在哪里?"

一瞬间,她又变成了一个"被迫害者":软弱无力,需要人来拯救她。她的肩膀耷拉着,眼神充满忧虑,她又变成了一个受到惊吓的老妇人形象。我从她的床头柜上拿起那个金色的圈圈。

"是这个吗?"我问。她从我手里把戒指抢过去,举在手中,反复亲吻。

"我亲爱的艾伦。我爱你,我爱你!"

这太夸张了，假得不能再假了，像被什么东西附身一样——她觉得有爱的人会这样做，因此她进行了戏剧性的模仿。这让我觉得她根本就不爱他。这并不是我第一次想到这个问题。我记得爸爸的病情恶化那会儿，她不断地抱怨自己要照顾他，好像他反而是个累赘；他躺在医院里奄奄一息时，她一直不愿意去探望他，并且仅仅因为喉咙痛，就连续几个星期不露面。还有，尽管他去世时她演了一场崩溃的戏码，但她连一滴眼泪也没掉过，不管是在当天，还是在其他时候。把这些记忆碎片拼凑起来看，她的形象并不是个忠诚、有爱的妻子。

"你看到了吗？"说着，她再次转向我，"我爱你的父亲。我真的很爱他。"

我捏了捏上嘴唇。她拙劣的演技根本表达不出真正的爱，而是一场丑陋的、令人不安的表演。妈妈没有注意到我有意跟她拉开了距离。她把戒指重新戴回手指上，不慌不忙地把床罩拉回去。

"现在睡觉太早了，"她抱怨道，"我们还是去吃午饭吧。"

房间里很暗，尽管窗帘开着，天也还亮着。我得离开这里。

"我不认识你。"说着，我像被一根无形的绳子拉着一样退到房间外。

"你要去哪里？"她问道，坐得更直了，"你该在这里陪我待一整天。"

"你需要休息。"我嗫嚅道。我的手指掠过门厅的墙壁，想抓住点坚实的东西。"我得回家了。"

关上前门时，我能听到她在叫我，但我一走出公寓，就丝毫不停步地快走在走廊上，小腿一阵阵疼痛，走到商业街上，我突然跑了起来。我居然跑起来了,尽管我讨厌跑步。经过接待处时,我的双脚拍打着地板,没有停下来签个字,或是和前台的女士聊聊天。我冲到外面,新鲜的空气让我恍如隔世,像是醉酒后离开夜店时的那种冰冷刺痛。我摸索着找到了车钥匙,把车门遥控解锁。我的头一阵阵抽痛,胸口剧烈起伏。妈妈可能从后门出去了,她可能比我先到车上,她无处不在。

我坐进福特嘉年华小车,锁上车门,肋骨感到一阵疼痛,又随着急促的呼吸,不停地变成剧痛,仿佛我的肺已经被撕裂。我不想四处张望,害怕她就在附近,但我不想留下。我只能抱头蜷在车里,无声啜泣,整个身体都在颤抖。

我很害怕,我很害怕,我太害怕了。

我再也不会回这里了。

第四十二章

微波炉

"你给我打电话干什么?"

我像是一只呕吐之后又回到自己呕吐物中的狗,试图在烂摊子里面扒拉出什么。我花了整整三天时间才鼓起勇气给妈妈打电话,等到一个贝利正在上学前班、布洛瑟姆正在小睡的时候,我才有机会跟她单独说话。我本以为会听到道歉,或者至少是借口。

"我想知道,那天之后你过得怎么样。"

我曾练习说这句话,以使它听起来流畅而不带感情色彩,但我知道,颤抖的声音已经把我暴露了。可能我以前没有意识到一点,但现在我很清楚,我一直害怕她。

"嗯……嗯,我不知道。"

我的问题让她有点措手不及。我不知道她在期待什么,总之她的期待落空了。

"我非常难受,"她说,"睡得很死。我需要一个新的微波炉,准备买一个。还有,银行的克里斯蒂娜会来帮我整理文件。"

"我希望你能感觉好一点,度过美好的一天。"

"是的，嗯。等着瞧吧。"

我们双方都没有意识到，未来所有的对话在此刻都定下了基调。我们除了在真相的边缘徘徊之外，都没有能力做更多的事情。我希望把自己的愤怒、困惑和烦恼倾吐出来，因为我对她倾注的关注，甚至比对我自己的孩子更多。但她是我的母亲，所以我不得不继续接电话，向莎拉汇报情况，和全科医生絮叨，在厨房里哭泣，与此同时，她把她的游戏玩得不亦乐乎。

快到布洛瑟姆的两岁生日了，这天，我们一起从贝利的学前班回家，云层压得低低的。我们已经适应了新的作息时间——早上上学，步行回家吃午饭，孩子们下午小睡。我推着婴儿车，贝利裹着一件苔藓绿色的派克大衣，站在婴儿车外接的踏板上，我的双臂环着他，我们俩戴着手套，双手抓住车把。布洛瑟姆不愿意戴手套，因为这样她就吸不到她的大拇指了，她裹着一条奶牛花纹的毯子。

"我看像要下雪呢。"注意到大家的安静，我说道。

贝利抬头看着我："我们能堆雪人吗？"

推着两个孩子上坡，耗费了我所有的力气，再加上穿着一件巨大的外套，我浑身都已经湿透了。家里暖气很足，布洛瑟姆热得开始哭闹。贝利已经把自己的衣服脱掉了，东一件西一件地扔在地上。我很快把布洛瑟姆脱到了只剩一条紧身裤和一件套衫。她摇摇晃晃地走开了，把我自己留在由脱下来的衣物堆积成的小山中。

"妈妈，什么时候吃午饭？"

我脱下鞋子，扔在前门。我把外套搭在扶手上，这时电话响了，但这个号码我不认识。"等一等！"我对孩子们喊道。

"你好，海伦。"一个陌生的声音有点紧张地说道，"你不认识我，我叫克里斯蒂娜。我以前和你妈妈一起在银行工作。"

我走进厨房，打开冰箱，找出午餐食材。冰箱的冷气已经把我吹得浑身冰凉了。

"对不起，我知道这有点唐突，"她紧张地笑了两声，"我从你妈妈那里拿到了你的号码。我今天去了她那里，发生了一件非常奇怪的事。我觉得你有必要知道。"

我从未见过克里斯蒂娜，她的嗓音甜美和善，我把她想象成一个鬈发、戴眼镜的矮个子女士——是妈妈很容易操纵的那类人。我走进客厅，帮孩子们打开电视，然后回到厨房。

"按照我们的预先约定，我今天去了她的公寓，门开着。"克里斯蒂娜说。我说不出话，心里知道这个小细节表明，她又要开始耍花招了。"埃莉诺在床上呼救，说她不能走路，需要人帮助她去上厕所。我很震惊。当年我认识你妈妈时，她还是银行里一个活力四射的年轻人，而她已经变成这个样子，未老先衰，生活都不能自理了。我是说，她比我还要年轻呢。我帮助她来到厕所，几乎是全程背着她的。还帮助她'那个'。但我还能做什么呢？"

"哦，不。"我说，等待着克里斯蒂娜的情绪从尴尬变成谴责，谴责我——她唯一的孩子——没在她身边协助她小便。我已经准备好了我的借口，准备好告诉她，这一切不是看起来的那样。

"她告诉我，"克里斯蒂娜继续说道，"她已经好几天没吃过热饭了。"她说她没法自己做饭，因为她的微波炉坏了，她又无法出去买新的。我说：'这没什么麻烦的，一点都不麻烦。'我会去城里买一个新的——不出半个小时就买回来了。果然，道路畅通无阻，商店冷冷清清，所以就更快了。仅仅二十分钟后，我就回来了。"她咯咯地笑了一声,我切了一些葡萄,以缓解孩子们的饥饿,然后也冲电话那头笑了笑。

"当我回来时,公寓的门又是敞开的。我真的很担心,因为我把钥匙带走了,这样我回来就可以自己开门,我想,**是谁把门打开的呢?**"

我可以清楚地想象这一切,克里斯蒂娜走到门口,小心翼翼地走进门厅的黑暗中,不知会发生什么。

"你妈妈就站在门厅里。她一开始并没有意识到我也在那里,因为她正在和一个负责安装新电话线的年轻人交谈。她站在那里和他聊天,几乎要围着他跳起舞来,还开着玩笑,**甚至有些暧昧**。完全不是我二十分钟前背去厕所的那个女人。你可以想象我的感受。我几乎感到羞愧了,赶快离开了那里。"

我到门口看了看孩子们,他们机械地把一颗颗葡萄放进嘴里,目不转睛地看着电视屏幕。

"这不太对劲,"克里斯蒂娜说,"我搞不懂。"

"完全不对劲。"我应和道,然后回到厨房,继续跟克里斯蒂娜没完没了地解释清楚。我希望不会下雪,这样我就不会再让孩子们失望了。

即使是妈妈的一般熟人也能看穿她的谎言,知道这一点之后,我感到了一丝丝安慰。轮番轰炸让我要崩溃了。这是我的常态,从一个带着贝利去上学前班、和布洛瑟姆一起玩耍的世界,飞向一种没有任何意义、没有人愿意帮助我的生活。我要求给妈妈找心理医生,但这一请求得到的回应,是国家医疗服务体系的咨询服务机构给我打几个电话,而且很快得出"妈妈只是太孤独"的结论,就把我打发了。

我很绝望。没有人愿意看整件事的全貌。没有人在听我的话,而且我能获得的帮助越来越少了。我不知道该给谁打电话,甚至不知道谁会接我的电话。我很孤独,感觉自己在下沉,找不到可以求助的人。

第二天,我正忙着收拾妈咪包,准备和布洛瑟姆一起去花园中心,不花钱地玩一个早上。就在这时,我收到了茱莉亚的电子邮件。邮件上说,妈妈给她留了一条电话留言:"茱莉亚,有件事我得告诉你:我摔了好几跤,现在在医院呢。你帮我给我的律师打个电话好吗?哦,实际上,我想我也可以亲自给他打电话。"

我正在读茱莉亚的电子邮件时,另一封邮件突然进入了我的收件箱,是桑迪发来的,她写到,几分钟前她接到了一个奇怪的电话。

"我在医院!"

"是吗?"桑迪说,"那你怎么全用座机给我打电话?"

电话那头没声了——当你试图撒谎时,来电显示总是那个拆穿谎言的无情之人。我蹲在妈咪包旁边看电子邮件。妈妈知道自己在做什么吗?她真的失去了对真假的辨别能力和逻辑吗?这时,我的手机响了。

"海伦,我身体不舒服,非常不舒服。"妈妈说。

"又怎么了?"

"全科医生来看我了,因为我有严重的胸部感染。"

我深深吸了一口气。这太胡闹了。爸爸死于肺气肿,我知道人拼命呼吸时会发出什么样的声音,爸爸临终前我曾听到过。

"你连喘息的声音都没有。"

"我就知道你会这么说的。"她嘲笑道。我想象她像一个生闷气的孩子一样双手抱肩,噘着嘴。"你一定对你的生活很不满。"

"为什么这么说?"我有点生气,声音渐渐提高。

"因为你认为我在生病的事上撒谎,所以你总是和我唱反调。"

"哦,你从来没在生病的事上撒过谎,是吧?"我的声音中充满了火山口的气息。

"从来没有过!"

"是吗?你假装摔倒,然后告诉安妮特你是假装的,那次也不算吗?"

她停顿了一下,但只是一小会儿。"就那一次。"

"啊!"我说道,站得更直了,"那样的话,我怎么能相信你呢?你做了一次,就会想做第二次。至于你和克里斯蒂娜的那一幕——"

"你怎么会知道的?"她问,好像克里斯蒂娜不可能敢于告发她,尽管她已经向妈妈要了我的电话号码。

"她给我打电话了!"我怒斥道,"因为你各种奇奇怪怪的表现,有很多陌生人给我打电话。你知道你这个样子是不能见贝利和布洛瑟姆的,对吗?特别是我上次来的时候,你的那种行为。"

"你这话是什么意思?"

"你在地板上爬行,口中骂着脏话,还在我想和桑迪通话时,把我的手机摔了。但十分钟后,你又说想出去吃午饭。"

"我不知道你在说什么。"她说。

我心中的沮丧之情波涛汹涌,再也控制不住。她不可能真的相信我们全都上了她的当,对吗?

"你忘了,是吗?就这样搪塞别人吗?"

"哦,你这个小……!你太不厚道了,真的。"

"因为被我识破了?"我喘着粗气,"你知道我爱你,妈妈,我不想你变成这样。你该看看心理医生。在你调整好自己之前,你不能见孩子们。"

我一直在等着告诉她这个消息,试图找到一个合适的时机说出来,并且不激怒她。这次的事情不在我计划中——在争吵中向她抛出这个消息,试图用威胁的方式来让她获得真正的帮助。

"你在禁止我接触他们,是吗?"她说。我可以听出她的愤怒,因为我对她设限了——限制她可以从我这里得到什么。

"如果你是我,你会怎么办?"我压低声音说,"如果你妈妈在地毯上爬来爬去,还对着你喊脏话,那你会带小时候的我去看她吗?"

"不,我当然不会。"她说。我抑制不住一阵大笑。她是个聪明的女人,但总是被谎言所困,以至于左右为难——一面想告诉我,她是一位多么好的母亲;一面又试图说服我,她是个情绪稳定的人。

"那不就得了。"

我能听到她在自己织出的网里扭动挣扎。"但这不公平!我都不记得发生了什么事。"

"你似乎不记得你做过许多骇人听闻的事情,但这并不代表它们没发生过。"

"这是一种可怕的疾病,海伦。这是吃药的副作用,我出现幻觉了。"

都是她的典型手段:一系列的借口、回避责任、到被逼无奈时假扮可怜。我不仅读过这些自恋型人格特征的文章,还在它们的影响下生活了整整三十年。

"胡说八道,"我胸有成竹地戳穿她,"莎拉都跟我说了,你只有轻微的帕金森氏症症状,你只有停药一周后,才会出现副作用。"

她深吸了一口气。我希望我能为赢得这场争论而感到高兴,但我还是像以前一样被打败了。在把她逼到墙角后,我很害怕接下来会发生的事情。我担心她被抓到夸大和说谎后,会想尽办法疯狂逃窜。她可能会偃旗息鼓,然后卷土重来,重新找一群可以被她操纵的人。她可以告诉他们,所有人都抛弃了她,她只能独自一人——扮演她最喜欢的"被迫害者"角色。而我永远不会知道她在哪里、在做什么、她是否安全,或者她是否需要我,这种感觉会把我活活吞噬。

"我不知道该说什么,"妈妈已经找到了新策略,"这太让人吃惊了。莎拉从来没有对我说过这样的话。"

"闭嘴!"我又一次爆发了,用手猛地拍墙,"你说你不装病,但在过去的半个小时里,你给茱莉亚、桑迪和我分别打了电话,谎报三个不同的病情。你告诉茱莉亚和桑迪你在医院里。全科医生到底来没来过?"

我希望她理智一点,从胡言乱语中走出来。

但,揭穿一个骗子,是很难做到的。

"你再这样,我就没法和你说话了,"她说,"你这是要把我五花大绑,抓起来。不知你注意到没有,我身体不舒服。我得去躺着了。再见。"

埃莉诺的日记

2015年2月16日

　　肌痛性脑脊髓炎互助小组的人说，我被人说得很难听——说我像个小孩子。和海伦打电话。她说她不想让我和孩子们有任何瓜葛，除非我去看心理医生。下午4点的时候，我很生气，打电话叫了出租车，准备去买买买。但安妮特给我打电话，提醒我吃药，然后她开车带我去了玛莎百货，我买了五条裤子，又扔掉了五条旧的。茱莉亚发来可怕的短信，指责我的各种行为。我得做些事，扭转大家的看法。

*

第四十三章

洗脑

贝利已经决定扮成美国队长,去参加杰克的四岁生日派对。他的充气肌肉装和面具都挂在他的床边。布洛瑟姆正在纠结她想扮成蜘蛛侠还是女超人。犹豫了半天都没决定,因为她想和贝利的着装一样,但是女超人款式的纱裙又有点透,不太得体。我的电话响起时,她正在忧伤地抚摸着那条裙子。几年前,我还会期待与妈妈通话。而如今事情变化得真快。

"我已经完全没问题了,"她用宣布的口吻说道,"我去看过心理医生了,并以优异的成绩通过了测试。"

"哦。"我说,我的胸口一紧。我甚至不知道她预约了心理医生。难道是在电话里——就像国家医疗服务体系的咨询服务那样——一段简短的谈话吗?那妈妈可以隐瞒、扭曲事实,把"被迫害者"永远扮演下去。要是面对面谈话的话,她也许会对检查结果撒谎,这也不是第一次发生了。除非精神科医生没有注意到她的不正常。我的手在颤抖。发生了这么多反常的事——前后不一的举动、不合逻辑的对话、令人恐惧的戏剧化表演——医生怎么可能注意不到?她一定是瞒着我和她的朋友,一个人去看心理医生的,这样她能确保自己能掌控局面。她一定是扮演了一个天真的、身有残疾的中产阶级寡妇,并精心设计了自己的行为,来掩盖真相。不管发生了什么,她现在有心理医生的证明了——她的精神是正常的,而我也失去了让孩子们远离她的借口。

"那你可以减少看护人员的工作时间了吧。"我只能亮出最后的底牌。

"我喜欢有人照顾我,"她说,"虽然我比他们脑子更清楚。他们昨天想提前给我吃药,**我不得不告诉他们,我该什么时候吃药**。"

我拘谨地笑了笑。"如果你脑子比他们更清楚,就应该把他们都辞退了。你为什么不能自己吃药?"

电话那头沉寂了很久。我帮布洛瑟姆脱掉衣服,换上蜘蛛侠的服装。她把面具拉下来,盖住她疏疏落落的几缕金色鬈发,双手握拳。

"都是凯莉丝的错。"

"凯莉丝?这和凯莉丝有什么关系?"

"我需要看护人员,完全拜凯莉丝所赐。"妈妈说。我可以想象她自信地在她的房子走来走去,确信她所说的是绝对的事实。"她在药房工作,但给了我错误的药量,我也照着吃了,所以现在他们才说,我没有能力自己正确服药,需要看护人员帮忙。"

"'他们'指谁?"我问道。我很生气,因为她这样信口开河,会危及凯莉丝在药房的工作。除了她自己,她难道不关心任何人吗?

"指莎拉。"

"莎拉说的是让你把看护人员辞掉!"我尽可能说得无比坚定。

"她说你完全有生活自理能力，应该好好过日子，而不该专注于你'轻微'的病情。"

这已经成为我的口头禅了。

"这是一种退行性病变，我必须保持现在的状态不再恶化。反正我今天看到了莎拉，"她一边说，一边冷笑，"她发现自从我一月出院后，医院的各种专业人士都来探望我。这很好。但她取消了这一切。她还在我床上发现了你爸爸的医疗记录，然后说我不应该拥有它们，就全都给拿走了。"

研究爸爸的医疗记录并尽可能多地收集专业人士的关注，这比上一个故事可信得多。我帮布洛瑟姆解开蜘蛛侠的服装，并给她穿上女超人的裙子。

"总之，我现在可以去你家看你们了。这是你说过的。"

我系好女超人的斗篷，果断地走到厨房，鼓起勇气严肃地说道："不，我很抱歉，你不能来。你的状态太不稳定了。而且，既然你的病情严重到每天需要看护人员伺候五次，那么你就不能自作主张出门。"

她怒气冲冲地说："安妮特没有跟你说吗？她会和我一起去，可以全程照顾我。"我能听出来，她前一句还在耀武扬威的语气，这时已经挫败了。

即使是在上次的爬行事件之后，安妮特依然鼓励我去看望妈妈，最好是和孩子们一起去。我不知道妈妈是如何为自己辩解的，也不知道她是如何操纵他人，让人遵循她扭曲的视角去看问题。她反复地对安妮特恶语相加、利用她、毫不掩饰地对她撒谎，但感觉安妮特仍然把我看作问题所在。像是给她下了什么妖术一样，真是令人愤怒。妈妈把我塑造成一个顽固不化的恶人,残酷地拒绝探访病入膏肓的母亲。事实是,我不愿意损害家人的安全。我希望安妮特能看穿妈妈的谎言。

"你得先把自己稳住。"我说,同时布洛瑟姆在厨房里窜进窜出,她的斗篷都被风兜得鼓鼓的。"我不能让你来我家,跟贝利和布洛瑟姆谈论你摔了多少跤,就像我们上次给你打电话时那样。你甚至没有问他们过得怎么样。"

"而且,我也不知道克里斯蒂娜在说些什么。"

她已经对我充耳不闻,脑子里正在进行另一场对话。或者,这也是她精妙控制的一部分——用各种花招操纵局势,让我头晕目眩?

"她说我的行为无法预测,"妈妈继续说,"但这就是帕金森氏症的特点。你可能前一分钟还很糟糕,后一分钟就完全好了。"

我希望现在已经到晚上了,好让我喝杯红酒。"这不是因为帕金森,妈妈。我们已经一遍又一遍地说过无数次了。"

"这是我想问你的另一件事。"她说。我在餐桌前重重地坐下来,把头埋在手心。"我昨天无意中听到我的看护人员站在我家厨房窗户外面聊天。他们让我上床睡觉,但当时才八点,等他们离开,我又起来了。他们说:'我不知道我们为什么要来。她让我们帮助她,实际上她并不需要。她在给人洗脑。这些都是她编出来的。'"

我抬起头,但什么也没说,心脏剧烈地跳动着。贝利拿着他用胶带和硬壳纸做的盾牌追着布洛瑟姆,两个人都在毫无顾忌地大笑。

"我觉得他们的说法很有意思。"妈妈自顾自说着,"你知道吗,这是一个全新的想法。我想知道你是怎么想的。"

这又是什么把戏?她听起来很平静,还稍微有点好奇,好像她在问我对一些科学理论的外行看法。但她可能随时翻脸,我太清楚了。我应该冒着把她惹毛的风险,表示同意看护人员的意见吗?还是继续我无用而温和的策略?

"好吧……你知道……这就是我们一直对你说的……我、桑迪,还有茱莉亚。你没有生病。"

"我跟桑迪和茱莉亚已经没有联系了。"

"我一点也不意外,毕竟你那样对待她们:在电话里对她们大骂脏话,还有总是假装摔倒。"

"你这是什么意思?"

"你知道我是什么意思。我们已经谈过一百万次了。"

"我不知道你在说什么。"

"你知道的。如果有人跟你约好去探望你,你就会开始表演。故意仰天摔跤、挂断电话、假装跌倒、拉动红色急救铃。"

"你这样说,真让我震惊。"

"妈妈,别这样,"我感觉脸颊发烫,"我去看你的那天,你还在地毯上爬来爬去呢。"

"我根本不知道发生了这样的事。"她的语气就像电话答录机一样生硬、机械。

"可你就是这样做的!"我坚称道。打开后门,我让贝利和布洛瑟姆先到外面玩,我不想因为他们发出快乐的声音而吼他们,但是我想对我疯狂的母亲大喊大叫——可我不会那样做。"你在地板上爬来爬去,骂着各种可怕的脏话。"

"那一定是短暂的精神崩溃,但我现在好了。"

她的回答如政治家般胸有成竹:对于她预料之中的指控给出快速

的回应,她要是不声称自己精神错乱,就无法摆脱这一指控。

"你说你不记得任何事情,这意味着你的状况并不好,对吧?"我说。我倒希望她被患另一种病的可能性所吸引,好让她获得更多医疗上的关注。

"这对我冲击太大了,"她的语气活像个机器人,"我得躺下了。"

电话那头没声了。花园里,孩子们互相追逐着跑来跑去,快乐地大笑。如果这就是妈妈表现出来的"理智",那心理医生怎么会认为她没事呢?

埃莉诺的日记

2015年3月30日

精神科医生来到这里。信息量非常大。结果发现唯一对我有危险的人是我自己。去买拖鞋。由于我的脸色很苍白,霍特女士护送我到出租车候客区。很开心。和安妮特去吃午饭。吃了鸵鸟肉——药片不发挥作用了!!!下次不要吃野味。

3月31日

　　莎拉来给我做了评估——我想我将这样度过余生。看不出有什么出路。另一方面，我还能去哪里？糟糕的一天，整天都在发抖。需要更多帮助。

4月8日

　　我打电话给安妮特，问她是否愿意带我去珠宝店把戒指锯断。三家中只有一家愿意这么做。原来这么难办，让我很受伤。我还告诉了海伦，她并不以为然，至少我们认真谈了这事。后来发现她和茱莉亚聊过，抱怨过我。不公平。奇怪的是，我的朋友（除了安妮特和其他少数几个人之外）都对海伦说过各种各样的废话。甚至桑迪也跟我疏远了。

*

第四十四章

煤气灯效应

大多数时候，儿童游乐场都很拥挤，五颜六色的游乐设施上满是孩子们小小的腿和手，这里有高兴的叫喊声，也有刺耳的哭嚷声，孩子的声音、妈妈的聊天声和地方广播混在一起。但这个星期五的早上，这里冷冷清清，冰冷的空气和陈年汗味取代了以往热腾腾的潮气。

周五在亲子班，尽管我提出了抗议，凯茜还是继续敦促我带着孩子们去看望妈妈。她显然认为，母亲总是好的——这种观念是我们之间的一堵墙。她故意无视我的恐惧和担忧，因为她不相信我这样的中产阶级家庭中会有一个糟糕的母亲，更不相信母亲会主动造成有害的影响，而且无论如何，我都有责任把妈妈照顾好。

我像置身于镜厅之中，无法发现谁说的是真话。我在两种念头之间摇摆不定：一方面我知道妈妈在她的病情上说谎，另一方面我又认为凯茜是对的，我是个坏女儿。而且如果这是真的，那么茱莉亚、桑迪、朱迪和安妮特跟我讲的那些事情一定是都是在撒谎，是出于某些不可告人的原因，试图破坏我和母亲的关系。也许妈妈是对的，有一个世界性的"统一战线"想要将她打垮。

我不得不提醒自己,要谨记莎拉的结论——妈妈的症状不是真的。我在脑海中回放了所有的异常事件,这些都是我的亲身经历,而凯茜并不知情。

我读过一些不幸拥有自恋型父母的人写的文字,他们是这样描述童年的:就像是被困在黑暗的地窖里,只有手电筒照亮。我更感兴趣的,是柏拉图的"洞穴之喻",因为这更能解释我的经历。在柏拉图的寓言中,他想象一群人从出生就被锁在山洞里,面对一面空白的墙。在他们身后燃烧着一团火,这是唯一的光源,而这些囚犯在墙上所能看到的——也是他们对世界的唯一体验——是囚禁他们的人在他们身后上演木偶表演的倒影。

妈妈是我的火,也是操纵木偶的人:她控制着我能看什么,以及我是如何看待这些事物的。一切都是通过她的视角来描述的;有些事件很清楚,被放大、被定义为重点,其他事件则不甚清楚,仅仅是个触碰不到的轮廓。

那次流产后发生的一系列事情打破了我的枷锁,我终于能转过身去回看从前的经历。起初,我无法相信这一切,我不断回头看熟悉的"洞壁",刻意忽略新的现实世界,不愿相信我曾经完全误解了自己的生活。但是,一旦我瞥见了真相,就不可能忽视它。我别无选择,唯有逃离"洞穴"。

我跟跟跄跄地走到刺眼的阳光下——母亲的木偶剧之外的生活——眨着眼睛,对周围的新世界感到困惑。我常常还不能完全理解,但我开始意识到,在我长大的那个洞穴里,所谓的"正常情况"其实根本不正常。山穴从来就不是一个安全之地,而是一座我习以为常的监狱。尽管如此,我仍不确定该如何继续前进,因为囚禁我的人是我妈妈。我不可能逃离她。

周五的亲子班倒闭后,我不再经常见到凯茜,这让我松了一口气。现在,每周五我先把贝利送到学前班,然后等儿童游乐场一开门,就带布洛瑟姆进去,在那儿会见到杰玛和露西。

经理对我们说:"早上好。"她阴沉的脸被身后的彩虹丛林壁画照亮了,喇叭里播放着快乐的流行歌曲。"一张入场券、一杯卡布奇诺和一壶果汁?"

我捡起了布洛瑟姆乱扔在地板上的鞋子和外套,轻轻擦了擦脸,露出一个虚弱的微笑。"你太了解我了。"我说。

露西和杰玛的女儿们已经在滑梯上了,露西的小女儿坐在高脚椅上,把米饼扔到地上。

"你又买了果汁,"露西一边把婴儿车收起来,一边说,"我打算下次买。我去喝咖啡的时候,帮我照看一下孩子好吗?你要不要吃玉米棒?"

"我在考虑好好吃一顿早餐。"杰玛说。

露西把一只手放在胸前,假装很惊讶。"好想法。"

"去吗?你去我就去。"

"我得减肥。"

"面包比蛋白质更糟糕。海伦,你去吗?"

我匆忙地把纸巾塞进口袋,点了点头。"我们一起吧。"

露西转身走向柜台,但杰玛仔细打量着我。

"感觉你有些不一样了。"

我笑了笑,把头发别到耳后。"好吧,你真是火眼金睛。"

"你打了耳洞吗?"

"是的!"

小小的金星耳钉是我光荣的叛逆徽章。妈妈曾无情地告诉我,我们都不能打耳洞。她没打耳洞,她妈妈也没打,所以我不能打。"那会毁了我们的耳朵。我们可不想把耳朵给毁了。而且我们不喜欢耳环。"实际上,我真的很喜欢耳环,多年来,我一直在商店里无可奈何地凝视着耳环,知道自己无法拥有它们——甚至当我已经搬离了妈妈家,有了自己的工作和生活,我依然这么觉得。直到几天前,我才下定决心要这么做——虽然只是心血来潮,但也算一种反抗。我不想再像妈妈那样了。

"真好看,"露西说,"你去哪儿打的耳洞?"

"都三十多岁的人了,哪儿还不能给你打个耳洞出来。"

"是在文身店打的吗?"

"不,是克莱尔饰品店。"

杰玛的笑声在空旷的儿童游乐场回荡。"这才是海伦该做的事情。你就该买一对最大、最漂亮、最闪耀的耳环,然后拉风地戴给你妈妈看。"她说。

露西和杰玛去了柜台,孩子在我身边津津有味地吃着东西。我讨厌这种独自一人的时刻,思绪立刻被妈妈带走了。四年来,我每天都在为妈妈哭泣,这是一种隐秘的悲伤,我尽力把它隐藏起来。也许是我隐藏得太好了,凯茜才会认为情况不可能像我所描述的那样糟糕。

因为是背对着朋友们,所以我让自己的眼泪掉下来,泪水把我咖啡上的泡沫砸了个洞,就像雨滴落在积雪中一样。虽然我已经决定不再去看妈妈，但我还在试图说服医生重新评估她的病情，急切地希望能有所突破。我花了好多个小时打电话，发了几十封电子邮件，但没有取得任何进展。妈妈能不能好起来，以及我可否为她多做点事情，对此我都已经不抱希望了。在与她医疗相关的事务中，有一个无法攻克的堡垒：英国国家医疗服务体系的政策是保护病人。这也就意味着我的意见和想法一再被忽视。全科医生还会接我的电话，但精神科医生连电话都不接，他的接线员拒绝让我和他通话，我的电子邮件也如泥牛入海。精神科医生已经宣布妈妈没问题，所以在未来的几年里，她还可以把钱浪费在看护人员身上。我真的没有什么可以再努力的了，尽管妈妈的情况越来越糟。

那天早上我正在装洗碗机，她给我打电话，告诉我她的结婚戒指被锯断了，尽管我已经知道这件事了。上个星期，妈妈一直告诉她的朋友，她的手指肿了——尽管这显然不是真的——但她还用棉线包裹着戒指，让它变得更紧。安妮特告诉我，妈妈无缘无故地把自己的手捆成了个粽子，尽管妈妈向安妮特保证，是急诊医生让她这样做的，但安妮特确信这是她的幻想。妈妈现在无法伸展手指，所以让安妮特带她去珠宝店把戒指锯断。有意思的是，妈妈毫无愧意地告诉我，她破坏了她与爸爸最宝贵的联系，而我不敢告诉她我打了耳洞。

"你对授权书还有什么意见吗？"她问。

"我已经告诉过你，妈妈。想要授权书的话，你必须做好安排。我已经按照你的要求去找了律师，他们说我不能这样做。因为看起来好像是我在强迫你。你需要和你的律师谈谈。"

"哦，好吧，又是一件我必须做的事。"

"因为你才是想要授权书的人，妈妈，"我一边摇头，一边把五颜六色的塑料盘子码好,"我不明白你为什么需要它。莎拉说你完全可以独立生活——你甚至都不需要在莉莉菲尔兹住着。"

她哼了一声:"我有退行性病变,海伦。事实上,我身上有三种慢性病。"

"护士们可不是这么说的。"我用一种漫不经心的语调说道。我懒得再掩饰自己的沮丧,因为无论我怎么做,我们的谈话都是在毫无逻辑的圈子里打转。我把早餐碗里的牛奶喝光,把它放在洗碗机里,然后从岛台上拿起另一个碗。

"我一直在愚弄你,对吗?"她说。

我愣住了,碗举在半空。"什么意思?"

"我一直在骗你。骗你们所有人。"

我小心翼翼地把碗放到一边,仿佛发出声音会吓跑她此刻的清醒。"骗什么了?是生病的事吗?那么,其实你并不需要看护人员,对吗?"

沉默的时间感觉很漫长,我竖起耳朵,努力想听到她的想法,但只有石沉大海般的沉默。

"看护人员会攻击我的弱点。"

她的声音像被吸干了各种戏剧色彩,既没有了她一贯的怨天尤人,也没有了从操纵别人中获得的由衷快乐。我无法解读出来,她又在玩什么样的游戏。

"什么弱点?你是说看护人员因为你生病而给你额外关注吗?"我说道,一个个词语艰难地从我嘴里蹦出来。

"还有,这里有急救铃。只要我一拉,他们就会跑过来。"

"那么,以前的一切都不是真的?"

"我需要帮助,海伦。"

这种如释重负的感觉,一时间竟折磨得我几乎无法呼吸。我本可以泪流满面,或者兴奋地大叫,但我不想把她吓得回到这几年的疯狂状态中去。

"你需要一个精神科医生,"我说道,一开口却惊讶于自己的声音竟如此平静,"这真是太好了,你终于承认了。你还需要给你的全科医生打电话,向他们寻求帮助。然后,我们就可以恢复正常了。"

"好的,"妈妈说,我可以感受到她真诚的微笑,"我现在就去做。谢谢你,亲爱的。"

这是我们几个月来最好的一次谈话。她叫我"亲爱的"!跟她道别后,我在空中挥舞着拳头,在房间里跳舞,孩子们也好奇地加入进来。接下来,我洗了碗,给孩子们穿好了衣服,再把贝利送到学校,然后就是等待着。全科医生可能会很快采取行动,精神科医生可能会给她提供她所需要的真正帮助,正常生活可能近在眼前了。这并不容易,但还是有可能实现的。

一小时后,妈妈又打电话给我,当时我们正从学校走到儿童游乐场,布洛瑟姆在婴儿车里安静地坐着。天色似乎比之前明亮得多。我接通了电话,胸口怦怦直跳。

我问:"怎么样,他们说了什么?"

"谁?"

"医生。"

"医生?"她嘲弄道。

我的胃感觉在下坠,声音自动变得低沉缓慢。"是的,你说你要给医生打电话。"

"我给医生打电话干吗?"

本就低低的云层更是沉沉地压下来,空气变得更稠密,呼吸更加困难。"一小时前,我们谈话时,你说你一直在愚弄我们,对我们撒谎。你并不是真的需要看护人员。你需要真正的帮助。我说你应该给全科医生打电话,还有看精神科医生。"

我停了下来,腿变得很无力。我想坐下来。

"我没有这么说。"

她知道自己在撒谎吗?或者她彻底被困在自己的谎言中,完全失去了对现实的控制力?今天早上,我是和真正的埃莉诺说话了吗,那个不停寻求关注的埃莉诺?还是说,现在正在和我说话的这个才是真正的埃莉诺?我需要和那个遥不可及的心理医生谈谈。

"你说了,"我说,"我们一个小时前才聊过。"

"不,我不会这么说的。"她强势而笃定地说道。

"你不觉得你需要精神科医生的帮助吗?"

"不,当然不需要。"

"但是……但是莎拉已经告诉你,你是一个有自理能力的、健康的女人,只是有点轻微的帕金森氏症症状,至少在十年内不会影响你的生活……可你请了看护人员!你知道吗?甚至,他们还告诉过你,你不需要他们的帮助。你不觉得这很奇怪吗?"

"海伦,"她说,我可以想象她脸上那种坚毅的表情和坚定的气势,像煤气灯一样照着我,迫使我退缩,"正如我所说的,你需要了解,帕金森氏症是一种会削弱病人能力的疾病,它只会越来越糟。所以,我请看护人员是非常正常的。"

"你不打算联系全科医生,或是辞掉看护人员?"我一边说着,一边跌跌撞撞地走在路上,朝儿童游乐场走去。

"不,我需要看护人员。"

"他们不是会像你说的那样,'攻击我的弱点'吗?"

她重重地呼出一口气,好像对我很失望。"只要在我头脑正常的时候,我绝对不可能说出这样的话。我病得非常非常严重。我需要看护人员。"

她的气焰越来越嚣张,我则像是要沉到地底下去了。我的悲伤其实一直存在,平日里只是被微笑覆盖着,但微笑像纸巾一样薄,一碰就破了。这次的事情已经将我掩饰的能力摧毁了。泪水顺着我的脸滚滚而下。

"你是谁?"我啜泣着说,"我已经不认识你了。"

她是故意无视我说的话和我的眼泪?还是她已经听不到我的声音了?

"有人在门口。我得挂了。"她说道,听上去很冷静,毫无愧疚之情。

母亲永远爱孩子,永远关心他们,永远为孩子倾尽所能。母亲就是好人。

"哦,海伦!你还好吗?"杰玛大喊道,吓了我一跳。我忘了我是在儿童游乐场。她伸出胳膊抱着我,我趴在她的羊毛开衫上啜泣。我的人生被吞噬、剥夺了,被卷入了我母亲控制的迷宫般的黑暗世界,而这个世界正在摧毁我。

摘自布莱恩·科尔德菲尔德医生对埃莉诺·佩吉夫人的评估:

2015 年 4 月

佩吉夫人现年 68 岁,长年以来一直有焦虑倾向,现在由于罹患帕金森氏症而进一步恶化,此外,她所谓的帕金森氏症本身,显然与她表达焦虑症状的时间和方式有关。佩吉夫人的情况,是身体和精神方面的问题,都不容易解决。我确信,最好不要去做尝试解决。

第五部
迟来的觉醒

我对自己"美好"童年的信念,已经变成一种令人反感的嘲讽。

只有等到我睁眼看清时,才发现这一切都是那么显而易见。

第四十五章

护理院

贝利四岁这年,夏天非常炎热。在我拍摄的照片中,孩子们脱得只剩下裤子,涂着厚厚的防晒霜,在我们为贝利的派对租来的充气城堡上跳来跳去,而大人们在寻找阴凉处躲藏。我拍下了布洛瑟姆往栅栏上抹水的情景,还给我们新养的小猫拍了一些照片,它就像一团疯狂的玳瑁色毛球,在花园里转来转去,追着自己的尾巴跑。我把这些照片附在每周给我母亲的电子邮件中,按下了发送键,脸上的化妆品有点花了。妈妈从来不回复我的邮件,但是安妮特告诉我,妈妈会回复其他人。妈妈也不接我的电话,不回我的信息。

妈妈不联系我了,虽然不像前几个月朋友和熟人无休止地联系我那样令人精疲力尽,但也是我日常生活中的一个不祥的背景噪声。我不知道她在哪里,不知道她怎么了,更令人担忧的是,我也不知道她在做什么。尽管她把我从她的生活中抹去了,但我还是要对她的生活负责。莉莉菲尔兹打电话来说,他们再也无法应付埃莉诺了。她每个月要跌倒一百多次,看护人员经常发现她站在红色的急救铃绳索旁边,即便没有遇到什么问题,也要拉响它。他们告诉我,她必须离开养老公寓。但由于我没有授权书,也无法联系上她,我几乎无能为力。然后,在贝利开学前的这个夏天末尾,安妮特给我发电子邮件说,妈妈摔倒后被送进了医院。我又回到了在照顾家人的同时,还要给医生打电话的日子。

孩子们在露台上用粉笔画画。贝利用新发现的技能认真地拼写着自己的名字,而布洛瑟姆在地面上画了一条尽可能长的线。

"听着,"我用跟平时形象完全不同的声调,对妈妈所在地医院的护士说,"这是我打的第五个电话了。我需要和顾问谈谈我母亲的情况。"

"很抱歉他现在没空,但我可以帮你转接给护士长。"

护士长舒缓的南威尔士口音,对我沮丧的情绪是一种安慰。我终于可以和(除莎拉以外的)医疗专业人士对话了,她会听我讲话,而不会让我觉得我是在浪费她的时间。

"很抱歉,他现在没空,"她说,"但我确实理解你的意思。问题是你母亲拒绝下床。她说她再也走不了路了,这让我们也无能为力。我们这里所有人都清楚,你告诉我的事情是正确的,但医生认为她的精神状况正常,所以我们必须尊重她的个人意愿。我们已经同意让她去接受暂托护理。"

我想象着护士长坐在办公室的办公桌前——一个可能半辈子都在医院工作的资深护士。她没有任何架子,只是对我们同样走投无路的处境表示同情。"她会被送进县医院的那种类似护理院的地方,直到她重新站起来。我们发现她没有问题,所以她应该很快就可以回到自己的公寓里。"

我很想相信护士长的话,但我知道这只是个美好的愿望。

"我真的不想让她去接受暂托护理,"我说,"她进去后就再不会出来了。"

"我同意你说的,"护士长说,"但这是她的意愿,我们也无能为力。"

我知道这样就等于宣告了结局。一旦妈妈进了护理院,她就再也出不来了。她只会"螺旋式下降"。在这之前,我一直不敢向亲戚们谈那些隐情。我害怕他们会误解我,把我担忧的事情当作典型的老年问题,或者用困惑的眼神看着我,让我觉得自己是个坏女儿。我害怕我背叛了妈妈。直到她住进了护理院,我确信自己没有误判,才敢给他们打电话。

我从我最喜欢的亲戚开始,尽管很少跟他们联系。我的大舅舅雷格性格开朗,说话直截了当,是看着妈妈长起来的。我不仅告诉他上个星期和前几年发生的事情,还告诉了他我对肌痛性脑脊髓炎的新发现。

"肯定是编的啊!"雷格舅舅说,笑声从他被香烟熏黑的肺部深处发出来。"这不是明摆着的吗?我看过你们在美国的视频,你妈妈还跳舞呢。你们去了那么多地方,走了那么多路!如果她真的残疾,她怎么能做到呢?"他深吸了一口气。"我当时就知道了。但这是家族遗传的,你知道吗,亲爱的,这种对生病的执念。"

接下来是安妮塔姨妈,她住在西南部的单层小屋里。"我告诉过你妈妈要乐观一点,但她只想谈论她的病。"她轻叹了一声,若有所思,"这个病持续了这么长时间,我都有点开始怀疑她了。"

"你知道吗,我一直都怀疑。"格温姨妈充满自信地说。她是一位身材娇小的女士,一头银白色的鬈发,说话抑扬顿挫,公寓里总有威尔士蛋糕的味道。"她从十几岁起就一直这样。每次感冒都被她说成重流感,每件小事对她来说都是大病。我以前还担心过你呢,担心你妈妈的残疾会对你造成什么影响。"

真是谢天谢地,亲戚们都没有指责我,但听到他们都知道(或者假装知道)妈妈这么多年来一直在撒谎,还是让我感到沮丧。即便得知他们担心我,我也没能感到安心,因为他们还是选择了不来干涉我们的生活。他们的评论让我很受打击:很明显,妈妈的欺骗行为是利用了我的天真无知。

我每天都在遭受记忆闪回的袭击,那些记忆如今有了不一样的解读。与朱迪和保罗一起度过的快乐圣诞节,被我母亲充满自恋的大声抱怨给毁了。洗衣机爆炸的那一天,并不是发生了一件有趣的逸事,而是凸显了一个粗疏、冷漠的母亲形象。我对自己"美好"童年的信念,已经变成一种令人反感的嘲讽。只有等到我睁眼看清时,才发现这一切都是那么显而易见。太令人蒙羞了。

我记得小学时有一个活动,是设计一种新的巧克力棒。我把自己设计的巧克力棒称为"奇迹棒",因为它能治愈肌痛性脑脊髓炎。中学时,有一次要公开演讲,我选择的题目是"提高人们对肌痛性脑脊髓炎这一被忽视的疾病的认识",以及患者受到了怎样的折磨。我都不需要展开研究这个主题,因为我对它了如指掌。妈妈一定很骄傲,因为我对她的谎言照单全收,即使那些前后矛盾之处就摆在我面前。她甚至不需要进行精心的设计,因为我自然而然地信任我的母亲。我简直太好骗了。

"你爸爸知道吗?"我风流的表弟罗宾问。他高大黝黑,留着浓密的胡须,是家族中"神秘的波希米亚人"。他问出了我也想问但无法回答的问题。"我们怎么没有注意到？她为什么要这样做？我的意思是，她生活中有那么多有意义的事情。她可以和外孙们一起共享天伦之乐。"

只剩下一个人还要联系——朱迪，虽然她并不知道全部的情况。我没有她的电话号码，也不想再给她打电话。即使朱迪不相信我，我知道我也必须告诉她我的发现。上一次和她说话已经是一年前了，当时她让我"别管"我母亲。但一年间就已经物是人非了。

"谢谢你寄信给我。"朱迪说。她的声音很轻，几乎像在耳语。

当时是晚上八点，这是一个精心选择的时刻，此时我能集中注意力。我靠在沙发背上，看着外面空荡荡的街道，我的手在颤抖。"最坏的情况也不过就是，"我不断告诉自己，"这个电话打得不顺利。"我已经打过那么多不顺利的电话了，再多一个也无所谓。

"你知道，我发现有些事情不对劲。"

直到那时，我才意识到我有多紧张。我欺骗自己，这只是一次不顺利的通话而已。但我知道，其后的影响是让我羞愧好几天。

"我搞不清楚发生了什么事。"

朱迪深吸了一口气，她的声音很不安。"上周我去了护理院，她就在那儿，坐在客厅的一个角落里。嗯，那里的布置看起来相当不错，有电视和沙发，但在那儿待着的都是老人。而你妈妈看起来……很正常。我们像往常一样聊天——她告诉我她病得有多严重，帕金森氏症有多可怕——最近总是这个话题。但我注意到，我越是同情她，她就越是糟糕。她开始发抖，在座位上往下出溜——这已经持续超过了一刻钟，但是护士们完全没有理会她，这似乎不太对。然后她告诉我，你没有去探视过她。"她说，"我脑子里响起了警钟。反正呢，她费了半天劲,拄着助行架回了房间,然后上了床。我就告辞了。我忍不住想,这是不对的。我不知道该怎么做。然后你的信就来了。所有的碎片都拼起来了。这一切都是她编的。"

正义终于到来,让我感到深深的满足——就像在炎热的日子里喝到一杯冰可乐。

"这让人很难相信,不是吗?"我说。

朱迪认识我母亲四十年了,她自认为很了解的那个多年老友,一直在欺骗她、戏耍她、羞辱她。这种感觉会让人胸口灼痛,就像整个人生的根基都被摧毁了。

"我在回想之前给你打电话的时候,"朱迪说,"那个时候,你妈妈告诉我,你对她一点也不好。"

"是的,太可怕了,"我有些想笑,又笑不出来,"她就是在挑拨离间。"

"我没法相信。"她的声音有些颤抖,"我当年的反应,让你感觉如何?"

"我很受伤。"我说。还是尽可能对我受的伤害轻描淡写,这样总比让朱迪更难堪好。

"我很抱歉,"她说,"那时候我不知道。"

"我知道这其实不是你的错,"说着,我起身去了厨房,"是她太有手段了。"

"太会操纵人了。真是个了不起的女演员。天哪,我对她已经出离愤怒了!她简直把我当傻子。你知道,我从前真的很信任她。"

"我们都一样。她把我们全都当成傻子。"我一边说,一边给自己倒了一大杯冰镇白葡萄酒。电话那头安静了片刻,但这并不是因为尴尬，而是震惊引发的沉默。

"你觉得接下来会发生什么？"朱迪的声音很平静，"她会回莉莉菲尔兹吗？"

"我觉得不太可能，"我说着，喝了一大口酒，"有全天候看护，她肯定乐在其中呢。但我认为她没有意识到，在护理院里，她会完全失去独立性，失去控制权。一直以来，都是她操纵整个局面。但她为了证明自己的病情，采取了一系列行动，这些都会限制她给自己'加戏'。"

"你觉得她会一直在那里待着吗？"朱迪说，"她才六十八岁。"

我知道这听起来很糟糕：一个本来有能力自己生活的女人，选择在护理院里度过余生。但我也知道，这对妈妈来说，依然是不够的。

"我想，"我揉着脸说，"要想得到更多的关注，她只剩下一个选择了。"

我很清楚她接下来会做什么。我全都知道，因为这是她的第二天性，是她毕生引以为豪的能力，是她用以博取关注的一种操纵才能。我知道，她会绝食。

第四十六章

一个正常的圣诞

这年的冬天，生活发生了重大变化，我的世界不再反常、不可理喻。我好不容易生下的小宝贝贝利，已经向世界迈出了步伐，所以我们现在的日子，都是围着学校的相关安排转。在我的另一个世界，那个太阳从来晒不到的世界，不出所料，我的母亲没有摆脱暂托护理。她在护理院待了三个月，身体状况每况愈下，毫无干预成功的希望。

"真是浪费钱，"彼得卷起他的蓝色工作衫袖子，说道，"你可怜的爸爸辛辛苦苦攒下的钱，却被她挥霍一空。"

"这没有什么好惊讶的，"我说，从桌边站起身，"她已经把他给她的其他东西全都毁了。至少，我不再需要对她负责了。我知道她现在没事。"

"你和莎拉谈过了？"他一边问，一边把吃完饭的盘子收拾起来。

"谈过了。"我把桌子上的碎屑刷到自己手上，"我跟她说，妈妈只用了一年半的时间，就从完全可以独立生活，恶化到卧床不起、大小便失禁、体重迅速下降、关节严重弯曲。莎拉说,这个并不算是特别快,人有的时候真的就是会身体飞速垮掉的。"

"是的,当然,"彼得说,"前提是真的生病。"

"没错,"我说,"显然,全科医生再次来访,没提出任何担忧。但莎拉说她非常担心,"我靠在门上,说道,"她坚持让精神科的科尔德菲尔德医生再次拜访妈妈。一听到这件事,他倒是吓了一跳。"

彼得摇了摇头,看着要洗的碗碟。"我觉得,他肯定得吓一跳。是他为你妈妈打包票,说她不会伤害自己的。"

"现在看来一定就非常不一样了,他把她转给了神经科医生,他们说这有可能是一种非常罕见的帕金森氏症。"我感到喉咙发紧,"也许她吃下去的东西都吸收不了,这可以解释为什么护理院说她吃得很好,她却营养不良。有可能是长了什么类似脑瘤的东西,但也可能完全是心理因素。他们已经决定要进一步调查,所以要让她去伯明翰做体检。"

"谢天谢地,"彼得说着,转过身来面对我,"过了这么长时间,他们终于要干点实事了。"

我点了点头:"她将要得到一位专供帕金森氏症的神经学专家和一位康复顾问的治疗。莎拉已经让他们跟我联系了。"

"你还好吗?"他把我拉到他的怀里,问道。

"如果是我错了呢?"我说,炽热的泪水决堤而出,"也许这一切并不是她编造的,也许她真的得了脑瘤,性格才发生变化的。她需要我的帮助,我却让她自生自灭。"

"但也可能不是,"他在我耳边说,"可能只是心理作用。无论如何,你当时怎么可能知道呢?你已经做了你能做的一切。"

我十几岁的时候,集市上有一个游乐设施,凯莉丝很喜欢玩。那是一个圆形的房间,它会旋转得越来越快,直到你贴在墙上,这时地板会从脚下撤走,就变成你在半空中旋转了。我感觉自己又回到了那里,头晕目眩,脚无所着,不知道什么才是真的。

我听说过一些人的故事,因为得了脑瘤但又没有及时诊断出来,他们的性格发生了变化,还做出很多不合逻辑的选择,破坏了他们的人际关系和生活。这也不是不可能发生在妈妈身上。但这要是真的,那她的肌痛性脑脊髓炎又是怎么回事呢?过去四年,她的所作所为似乎并不是新冒出来的,而是既往种种怪象加速的结果。这更像是她的面具掉了下来,现出了本来面目。但我仍然被怀疑所困扰;也许妈妈是对的,"他们"是来抓她的,而我被另一种把戏玩弄于股掌之间。

我每天早上都在羞愧的冷汗中醒来,但我没有去看妈妈;我怀疑自己,但我没有去看她;我无法理解所发生的一切,但我还是没有去看她。

圣诞树已经在客厅里放了三个星期了,一闪一闪的灯光让孩子们着迷,也吸引着猫去拽那些小玩意儿。彼得和我决定,等孩子们上床睡觉,我们新的圣诞夜习俗就是一边包礼物,一边听着圣诞歌曲、煮一大瓶热红酒来喝。而在这些开始之前,我正在做烤火腿。其实我从来都不喜欢火腿,但妈妈一直在圣诞节做这个,所以我也就跟着做了。就在这时,一个陌生号码给我打来了电话。

"你是埃莉诺·佩吉的女儿吗?"

我一边用下巴夹着手机,一边用樱桃可乐浸住火腿,腰上系着妈妈给我买的圣诞围裙,那是在我生孩子之前很久买的了。

"对不起,你是谁?"

"我来自伯明翰的成人保护小组。"

如果轮到我在平安夜这天下午四点，还在闷热的医院办公室里上班，我的语言也会这样刺耳，语气也会这样咄咄逼人。但我只是一个努力让家人过一个正常圣诞节的妈妈。

"我正在调查佩吉夫人提出的一项虐待指控。"我咬紧了牙关。虽然莎拉保证过，但这是伯明翰医院的人第一次与我联系。我不厌其烦地拨打莎拉给我的电话号码，但很少有人接听，即使偶尔打通了，也被告知不能给我顾问的电话号码，因为我不是病人。我给他留的信息从没得到过回复，而我能得到的只有这样的答复："我们很抱歉，因为你母亲没有给过我们授权，而且她现在身体不好，也没办法再给授权，所以我们不能跟你交流。"然而，她仍然有能力提出指控，这件事情她可是手到擒来，对我来说，这肯定是她"一切尽在掌控"的信号。

"您说。"我答道。她似乎最喜欢在圣诞节这样的日子要花招来引人注目。这是非常聪明、非常有计划性的，属于自恋者的典型策略。"指控的内容是什么？"

"佩吉女士指控道，她入院前，在她所居住的护理院被人踢了。你知道这件事吗？"

我甚至懒得掩饰我的不屑。这些话我都已经说烂了，脱口而出道："我母亲曾有撒谎、假装摔倒和提出指控的行为，所以我很怀疑此事的真实性。"

"好吧。"

电话那头沉默了很久，很明显他没想到我会这么说。这本来应该是一个两分钟的电话，只是在他的圣诞假期前处理一些杂务。

"你最近一次见到你母亲是什么时候？"

这像是一个残酷的、不必要的问题，好像他需要评判我是一个什么样的女儿，能否证实我对这个女人的评论，但对方忽略了一件事：我已经跟母亲亲密相处了三十年。可他的话像极了一种刺耳的指责，如果我没陪在母亲身边，就不可能真正爱她，不可能真正地了解她。

"抱歉，我想问问，这跟她被踢有什么关系吗？"

"这是我需要问的问题之一。"

我咬了咬牙："一年前。"

"我明白了。"他说。我可以听出来，他认为我说的话对他没有用。"而你对她被人踢的事一无所知？"

"不知道。"

"我会做进一步调查。"

"那我会再接到你的电话吗？"我问道，其实我已经知道了答案。

"有需要的话，我会再联系你。"

我想在电话里对他大喊大叫，告诉他我是多么努力地想为妈妈争取到帮助，我被忽视了多少次，又被错怪了多少次。一直以来，我的生活就像一个雪花水晶球，被摇晃得七零八落、一地鸡毛。这个麻木不仁的人打来的电话，只是我的遭遇中最不起眼的一个。即便远在千里之外，我母亲仍然在设法毁掉我的圣诞节。

第四十七章

全面体检

妈妈。

这个词其实很小：与其说是一个词，不如说是一个声音，是婴儿用嘴唇发出的第一个声音。我希望在使用这个词时能感受到自己的本能，但每次我试图说这个词时，都如同遭受强烈的侮辱。我没有"妈妈"，只有"母亲"。作为一个"妈妈"，其含义不应该只是把孩子生下来而已。

但我并没有放弃她。在母亲住院的三个月里，我记住了医院的分机号码，并在帮孩子给大衣系上纽扣、教他们练习拼写、帮他们做午餐便当的同时，花好几个小时打电话。不过，唯一愿意和我交流的人还是帕金森氏症护士莎拉，因为在几个月前，母亲允许莎拉和我分享她的医疗细节。如果没有莎拉，我根本不知道伯明翰那边发生了什么。

莎拉说："他们已经为她做了所有的检查。"我坐在餐桌前做雪花剪纸，为布洛瑟姆的三岁生日派对做准备，而她穿着全套爱莎公主服装，戴着浅金色辫子假发，重看《冰雪奇缘》。

"他们用鼻饲的方式给她喂食,让她脱离了营养不良,体重恢复到了正常范围内。体检结果显示,不存在影响营养物质吸收的障碍。但是只要她不再使用鼻饲管,她的体重又会下降。"

我继续做着手工。尽管莎拉的声音听上去很权威,我还是从她的闪烁其词中得知,她注意到了那些不一致的情况。母亲能在这些医生的眼皮底下让自己挨饿,我不知道他是怎么做到的,而就是那些医生,竟理所当然地认定她没有自主能力。

"他们给她注射了针剂,是为了放松她的手臂和手掌的挛缩,但没有任何效果,这表明你母亲是故意这样的。"

我用手指描画着雪花的边缘。我想跟莎拉重温当年妈妈在莎拉办公室大喊大叫的那次,因为她威胁要拿走妈妈的药——要像那时候一样简单就好了。现在的事情已经远远超出了我的能力范围,就像一个从我身边飘过的气球,我束手无策,只能无奈地看着它升空。

"顾问弗洛姆医生说,他定期与你母亲进行交谈,她都有理性、精神稳定,"莎拉继续说,"但每次他试图评估她的记忆能力,她就会故意表现得很含糊、混乱。他曾问她现任首相是谁,她对他咧嘴一笑,说:'哦,我不知道,是哈罗德·威尔逊[1]吗?'"我摇了摇头,"她显然知道自己是在对他撒谎,甚至都懒得掩饰她是假装发疯。"

"就是这样,"莎拉说,"体能测试也是一样的。佩吉夫人每次的反应都不一致,这表明她在编造自己的症状。她已经把所有帕金森氏症药物都停了,但没有发生任何变化。这再次表明,她在隐瞒,至少是在夸大。"

我放下了剪刀。如果母亲真的被诊断为脑瘤,我会羞愧难当,

---

[1] 英国第67、69任首相,任期为1964—1970年与1974—1976年。——编者注

因为这意味着，过去几年发生的种种情况都是确凿、合理的。她在医院住了几个月，接受了各式各样的检查，结论是她甚至没有真正患上帕金森氏症。我不明白，面对这些足以证明她在撒谎的体检结果，她为什么还在继续假装。难道她不感到羞耻吗？如今，她已经众叛亲离，甚至失去了她非常渴望得到的医生和护士的支持。装病达不到以前的效果了，但她还是死性不改。这已经超出了逻辑可以解释的范围，只能说，这种"瘾"是如此强大，以至于她无法摆脱。

莎拉说："还有最后一项检测。一位研究帕金森氏症罕见表现的专家将会来访。他将给佩吉夫人服用撒手锏级别的'超级药物'，如果她没有反应，这将最终决定她的帕金森氏症的诊断结果。这之后，唯一的治疗手法是物理治疗。"

"那我母亲有没有可能伪造'超级药物'的治疗结果？"我问。

莎拉发出一阵笑声，说道："她不可能影响结果。这是一个非黑即白的问题，不受主观因素的影响。"

我继续剪下一个带刺的、冰冷的形状。"弗洛姆医生收到我的信息了吗？"

"收到了。"莎拉说，"但精神病学的干预并不在计划内。"谈话的气氛变得紧张起来。

"那关于虐待的指控呢？"

"我不知道这回事。后来就没人再提了。"她说道，声音变得轻快活泼起来。我想，这只是我母亲要玩的一个小花招，好让她可以再在医院过一个圣诞节。

我剪好雪花时，我们的通话也结束了。我迅速给安妮特发了一封电子邮件，把体检结果告诉她，希望她们能像对我一样，把该对妈妈说的话大声说出来。我希望她能看穿妈妈的谎言，但她没有回复我。

知道实情之后，我就很少给医院打电话了。但是，伯明翰那边的医生认为，埃莉诺没有能力对自己的健康做出正确的决定，所以他们总是反复给我打电话，先征得我的同意，再继续进行治疗。有两个星期的时间，我接到了相当多的电话，尽管大多数情况下，医生们似乎认为我只是他们履行相关程序时的一个必要流程，所以不需要回答我的问题或听取我的关切。

手外科医生给我打电话时，我让布洛瑟姆在客厅里玩拼图。我想知道是布洛瑟姆先完成她的拼图，还是医生会先打完电话。毕竟，布洛瑟姆是玩拼图的高手。

"你能告诉我，你母亲的手是从什么时候开始挛缩的吗？"他用平静、礼貌的声音问。为了不让埃莉诺的指甲嵌进手掌里，几天后，他将给她动手术。我想知道，她对自己干的这些事情是不是很得意。

"她自己把手绑起来的时候就开始了。"我说。我正在做午饭，一边用面包把火腿和奶酪夹起来，一边听着布洛瑟姆拼拼图的声音。过了好几秒钟，我才意识到医生一直没有说话。我忘了，妈妈的行为并不是稀松平常的。

"你再说一遍，她做了什么？"

我皱起了眉头。"我都跟医生说过五遍了，"我说，"这不是写在她的医疗记录上吗？"

"没有。"

我叹了口气："她无缘无故地把自己的手勒起来，然后手就僵了。这一段真的应该写在她的医疗记录上。我已经让弗洛姆医生给我打电话了,我好给他一些过往的资料。我已经提出过很多很多次了。要不你帮我问问他吧。"

"我会把它记在佩吉夫人的医疗记录上。"他说。布洛瑟姆拉着我的手,带我到客厅。她拼完的图很完美。

"做了这次手术,会有什么结果?"说着,我给了布洛瑟姆一个拥抱。

"我们会检查她的手部是否痊愈,然后她就会出院,回到当地的医院。"他赶紧抓住机会给我讲些正经事。

"所以她的治疗就这样结束了?"我问,布洛瑟姆开始玩下一幅拼图了,我走回了厨房。

"从我在她的医疗记录上看到的情况来看,是的。我不是她的医疗顾问,只是个低级别的手外科医生。"

我咳了一声,笑了:"那她大约一周后就可以出院了?"

"差不多吧,"他说,"我不能确定,因为这完全取决于用什么方式转运,以及床位是否紧张。病房的护士回头会联系你的。"

我在黑暗中摸索着,知道前方仍旧只有黑暗。唯一的希望,是终于跟医生们取得联系了。我可能已经一年没见过母亲了,但我仍是她的女儿。

第四十八章

埃莉诺的预言

"嗨,海伦,我一直在医院看望我的祖父,你妈妈在这里。你知道吗?爱你,凯莉丝,亲亲。"

我不知道妈妈已经从伯明翰出院了。事实上,如果不是因为凯莉丝的短信,我根本不知道妈妈已经被转院。他们跟我联系了这么久,那么多医生都给我打电话询问过情况,我还以为他们愿意拨冗在妈妈出院时通知我一下。收到凯莉丝的短信后,我给病房、护士长、医生和顾问们打了一圈电话,但都无人接听。想得到回应,唯一的方法就是投诉。我感觉自己的力气都被吸干了。

"对不起,一定是疏忽了。"伯明翰医院的护士长说。令我惊讶的是,她对于投诉的反馈速度居然如此之快。

"我想知道为什么会发生这种情况,"我坚称道,"我是她唯一的女儿,唯一的亲人。"

"我理解,我只能对此向你表示歉意。我们联系了她的直系亲属——"

"我就是她的直系亲属。"我打断道。

"是的，我理解这一点。但在医疗记录上，她的直系亲属叫作安妮特·莱特夫人。"

我放下电话，对着空气大喊大叫，叫骂声在空荡荡的房子里回响。我把妈妈居住地医院的电话号码输进我的手机，和她病房的护士长重复了同样的对话。

"埃莉诺是否要求将莱特夫人列为直系亲属？"我问道，紧握着手机的手在颤抖。

"你母亲现在的状况不适合提出任何要求。"护士长说。

"这个现在就应该改掉。"我说，"我是她最亲近的亲属。她的状况，你们应该最先告知我——而不是她的朋友或其他任何人。"

我的愤怒迫使灵魂离开身体，去见证这个据理力争的自己。我确信自己并非无理取闹，无论如何，他们都应该联系我而非安妮特。我可能不是一直在她身边，但这并不意味着我不关心她或这件事无关紧要。我坚持要马上和顾问谈，这一次，我终于接通了。

"她已经出院了，"顾问冷漠地答道，唰啦啦地翻阅着文件资料，"专家们都在伯明翰。我们这里已经没有什么可做的了。我们正准备让她回养老公寓。"

"但是她的问题到底是什么？"我在厨房里来回走动。我想得到一个诊断结果，来解释她眼下的状况，不管是身体上的还是——更可能是——心理上的。"她卧床不起、大小便失禁、弯腰驼背，几乎不吃东西，头脑混乱——"

"我所知的，就是她已经出院了，"他打断了我的话，大声地合上了妈妈的医疗记录，"没有什么可做的了。"

我的额头上有一个凹痕,那是四年来我一直撞砖墙的部位。这位医生当然不会对现状做出改变或质疑,只有神经科顾问弗洛姆医生能够解释,一个病情正在恶化的患者,为什么会不经解释就被要求出院。由于他同时在两家医院任职,每家医院都有不同的秘书负责他的事务,所以我很难联系上他。虽然我经常与他的两个秘书联系,但他们不肯给我弗洛姆医生的直线电话号码或电子邮箱地址。尽管他们一再保证他会给我答复,但三个月过去了,没有任何回应。我的生活被这样一个黑洞支配,让我无比厌恶。

我的信很短,直奔主题。我想知道已经进行了什么治疗;我想知道治疗效果怎么样;我想知道诊断结果是什么;我想知道他是否认为埃莉诺会死;如果答案是肯定的话,她的死因会是什么?这封信是我最后的希望。

我用挂号信把它寄给了两位秘书。

我通过电子邮件发给了两位秘书。

我发出了同一封信的四份副本,之后是两周的沉默。

我再次用挂号信寄给两位秘书。

我再次通过电子邮件发给了两位秘书。

我通过两家医院的病人咨询和联络服务(PALS)办公室,把信寄给了弗洛姆医生。

这次发出的是十份纸质信件,又等来了两个星期的沉默。

我再次联系了两家医院的病人咨询和联络服务办公室,表示将进行正式投诉。

于是,第二天我就收到了弗洛姆医生的信。

第四十九章

艰难的诊断

迈克尔·弗洛姆医生
顾问,
神经科医生
2016年7月1日
回复:关于埃莉诺·佩吉的情况

我必须要为迟复信件道歉,但我需要时间来获得医院的相关医疗记录。

在我之前,佩吉女士一直在接受精神科顾问科尔德菲尔德医生的治疗,所以可以回答你的问题:她可能存在的心理或精神问题,都已得到了解决。她此次入院接受我的治疗,主要是为了寻找身体结构或激素水平相关的医学手段,不幸的是,实际情况并不如我们所愿。

我们采取了多学科会诊的方法,康复医学专家、在运动障碍研究领域很有建树的神经学顾问、骨科手外科顾问和胃肠病学顾问,都对她进行了检查。

没有证据表明她的大脑出现了严重的认知性神经退行性疾病，如阿尔茨海默病。

她没有再服用任何可能加剧运动障碍的药物，但僵硬状态没有得到改善。

要做出对她病情的根本性诊断很困难，但在临床上，她会被描述为患有僵直 – 少动综合征。

她并没有明显的帕金森氏症症状，而且相应的治疗没有效果。

由于她难以增加或保持体重，加之她的挛缩和潜在的吸入性肺炎风险，我对她的未来非常担心。

我读了两遍他回复的邮件，希望通过重读这些词句，可以理解出更多含义。在身体机能上，她的症状得不到任何解释，而信中没有提到任何潜在的精神问题，她的未来还不明朗——然而她就这样出院了。

我应该不是第一个听着无休止的拨号音的人，也怀疑我母亲不是第一个被放弃的人。毫无疑问，精神科的问题往往是错综复杂的，但这是否意味着，精神科医生科尔德菲尔德决定不试着去解开或理解这些谜团，是因为这样做不值得？与其让他去寻找答案，不如让我母亲去做她想做的事情——聘请她本不需要的看护人员，接受不必要的临时护理，捆绑自己的手，停止进食——还打着保护病人隐私、尊重病人选择的旗号。他们毫无顾忌地在她身上浪费资源和金钱，因为这是她想要的，而当她病情恶化时，又被扔进了一个全部检查结果都被量化的医疗系统——那些医学词典中记载的内容。当不可能找到答案时，他们没有设法去解决她的复杂需求，而是放任她死亡，因为她没有能力做出更好的选择。

至于我，她唯一的家人，却一直被忽视，好像只有专业人士和病人自己的意见才有价值，但所有这些都是基于"病人会说实话、并能做出合乎逻辑的决定"这一假设。没当过医生也知道，在医疗服务的每个领域，都有很多疑病症患者，更不用说像孟乔森综合征这样更严重的精神疾病患者——他们会去误导那些帮助他们的人。现在回想起来，妈妈表现出了典型的孟乔森综合征；而且被帕金森氏症护士质疑时，她又变得咄咄逼人。我完全可以想象，她也是这么对待其他挑战她的人的。

因此，即使这些病人显然身体没有疾病，我们的医疗服务部门除了给他们想要的东西，也不能拿他们怎么办了，尤其是在医患双方爆发冲突的情况下。

弗洛姆医生的信给人以冷酷无情、态度强硬的感觉，其实他也只是在遵循国家医疗服务体系的相关准则，尽量减少医疗接触。正如我后来在国家医疗服务体系网站上看到的那样，由于妈妈操控他人、撒谎成性、伪造症状，"病人不能再被信任，（所以）医生无法继续治疗他们"。但这样处理，把病人及其家庭置于何种境地？

如果医生能与病人的家人和朋友多做沟通，让他们更多地了解孟乔森综合征患者的生活情况，他们就有可能尽早做出诊断。如果这样的话，医护人员和病人家属都会有更多的解决方案，而病人也不会在国家医疗服务系统中被来回踢皮球，浪费医疗资源，给那些相信他们谎言的人造成严重后果。

我本该感到愤怒和震惊，因为他们打算什么都不做了；我本该继续投诉他们，继续采取行动的。但我揉着眼睛，直至再也看不清眼前的字。我太累了，浑身无力，肌肉不由自主地垮下去。我可以读懂字里行间的意思：弗洛姆医生一直在寻找他可以着手治疗的症状，然后发现没什么可治疗的。他坚定地认为，即使是进行精神干预也无济于事。因为已经太晚了，是时候放弃了。

夏天一天天临近，布洛瑟姆扎起小辫，背上绿松石色的书包，兴高采烈地开始上学前班。

茱莉亚告诉我，埃莉诺在新的护理院里得到了很"到位"的治疗。她被捆绑在床上，喂食、更换衣物和清洗身体都由护士完成，她的关节继续弯曲着，变成永久性的僵硬扭曲状态。由于不再用鼻饲管喂食，她的体重急剧下降。她变得越来越虚弱，逐渐失去认知能力。

每当说起不会再去看母亲时，我已经习惯看到人们脸上的表情——那是一种震惊，我竟如此大胆地说出"不可明说"的内容。我听到了各种各样劝我去看她的理由："不希望你们的母女关系落个难看的结局""你会后悔的""你得报恩""你不能以埃莉诺最近几年的表现来评判她"——但这些理由都是基于"我母亲是正常人"和"我们的母女关系原本没有问题"的假设。

关于与母亲见最后一面的场景，我设想过很多种版本，无一例外都涉及真相被操纵和扭曲，让我余生都被羞耻感折磨。我的母亲并不正常：她并不想给我最好的，她不关心我的需求，她不是好人。对我的母亲来说，最好的结局，便是我落个精神崩溃的下场。

第五十章

放手

虽然夏天渐渐远去，但天气依然很温暖，阳光照耀下的花园青翠欲滴，让我感到怀恋和惆怅。我痛苦地意识到，季节很快就会变换，树叶会变黄、萎缩，太阳会低低地挂在空中，我不得不翻出厚外套来穿。贝利已经开始上一年级了，布洛瑟姆也在上学前班，所以我每天有两段宝贵的时间不受打扰，可以逛超市、喝咖啡、跟人聊天。

乔伊和我坐在我家客厅里，面对面盘腿坐在沙发上。她是一个朋友的朋友，在适当的时机进入了我的生活。她是一个身材娇小的女人，受过精神病学的教育，衣着风格轻便实用，一头灰白相间的利落短发。虽然她并没有表现出坐立不安，但她身上有一种能量，让我觉得她很少放松。

"我知道你没法告诉我确切的真相，"我紧握着一杯卡布奇诺，说道，"但我希望你给我一些有理有据的看法。我觉得她有人格障碍。"

她歪了歪头："她的父母、她的家人有什么病史吗？"

"他们都是疑病症患者，"我说，"她的父亲是一名药剂师。她的祖母无缘无故地在床上躺了二十年。"

"人格障碍是很难界定的,"乔伊说,"仅仅给人贴上这样的标签的话,的确能做到一言以蔽之,但实际生活中我们不能以偏概全呀。那她的童年如何呢?"

"她自称是家庭中的'弱势方',"我说,"她很像她的父亲。她的母亲说她会成为一名职业女性,所以她力图证明,她同时也可以拥有家庭。她嫁给了我爸爸,但整个生活还是围着工作转——她热爱工作,所有的朋友都来自工作场合。后来他们有了我,这一切就都结束了。爸爸生病了,妈妈的肌痛性脑脊髓炎也随之而来,我们的生活被'疾病'主宰了。"

乔伊慢慢地喝着茶,目光注视着前方不远的某处,我则保持沉默。

"这可能是一条线索,"她放下杯子,终于说话了,"是这样,在你妈妈成长的环境中,她一直感到自己被忽视。埃莉诺很看重她的父亲——对她来说,他是成功的典范——而她母亲说埃莉诺像他,这更加强了她对父亲的崇拜。可他又经常不在家,埃莉诺成长在这种环境中,她感到自己被忽视了,是家庭中的一个'另类'。她想得到父亲的爱,但没能奏效。从她外祖母的经历以及父亲的职业中,她了解到在人生病的时候,会得到很多的关注和照顾。

"然后,你父亲出现了。也许她根本不知道什么是爱。她只是一具空壳,她认为自己该成为什么样的人,就把自己打造成什么模样。你爸爸负担了她的生计,她在职场打造了自己的成功形象。后来,她犯了一个可怕的错误——生了一个孩子。因为她妈妈说过埃莉诺是职场女性,此言非虚,随着孩子的降生,埃莉诺设法打造的职场女性身份便不复存在了。而抛开这个身份，什么都没有。

"你爸爸生病了，这提醒了她，一个人身体抱恙时会得到很多照顾。她偶然发现了肌痛性脑脊髓炎——当时新闻都在播报这种'雅皮士流感'[1]——这是种很完美的'病'：没法检查出来，没有治疗方法，也没有医疗干预手段。对一个装病的人来说，这是个完美的'藏身之处'。'病人'成了她的身份——新的身份。这给她带来了很多关注和成功——她当起了本地的肌痛性脑脊髓炎互助小组的主心骨，单枪匹马地写作新闻通讯，获得'本地健康之星'的美誉。一个非常成功的病人。她得到了很多赞美和认可，而这都是因为她向大家展示了她是个残疾人。我可以想象，只要公众的注意力开始减弱，她就会复发。而那些不相信她有病的人，她必定与之切断联系，否则就有会被揭穿的可能性。这无异于高空走钢索。

"这并不是说她不爱你——假设她曾动过任何去爱别人的念头——相比之下，维护她的'病人'身份重要得多。很显然，她是爱你的，否则她就不会寻求你的注意，或花这么多精力来操纵你。"

"但我不明白，"乔伊话音刚落，我就紧跟着问道，"如果她那么爱我和我父亲，为什么在他死后，她要毁掉一切？包括锯断她的结婚戒指。"

乔伊停下来，若有所思地看着天花板，然后再次看向我。"也许她是在惩罚他。他让她失望了，就像她父亲抛弃了她那样。你说她在你父亲去世后就开始讨论授权书的事？也许她是希望自己也会死。"

"但她有了'遗孀'这个新身份。这还不够吗？"

---

[1] Yuppy Flu，也写作 Yuppie Flu，又称为慢性疲劳综合征，是一种长时间（长于六个月）的严重疲乏无力状态。

"可这只能在短期内吸引注意,不是吗?"她语带讽刺,"她得给自己加一份更重磅的戏码。你爸爸的最后几年——紧急赶往医院,不断有医生探访——让她产生了'我连生病都生不过别人'的想法。另外,你在生下孩子的那一刻,就'抛弃'了她。"乔伊轻轻地摸了摸我的膝盖,"很明显,我是说,这可能是你母亲一直以来看待问题的视角。你照顾自己的孩子是理所应当的,但从她的角度来看,你的孩子是她新的竞争对手,他们在和她争夺你的注意力。她需要加大力度来让你回来。"

"啊,"我说,"所以,这才有了帕金森氏症。"

乔伊笑着说:"在某种程度上,这是她最错误的一步棋——肌痛性脑脊髓炎可谓一步妙棋,她不需要证明什么,医生们就接受她是残疾人——但是她选择了帕金森氏症,无论出于什么原因……"

"她父亲有良性原发性震颤[1],"我补充道,"他的手会抖。"

"不排除是遗传,"乔伊点点头,说道,"也许是在模仿她父亲。但是,帕金森氏症不是一个她可以随意编造出来的病症。它有具体的症状,是可以辨识出来的。从表面上看,这肯定对你妈妈很有吸引力:有护士、有医生,有药物治疗。但医护人员实际上是在评估患者,如果患者没有正确地表现出相应的症状,他们马上就会知道,所以她最终注定会走向死局。你不能只是说你有肌张力障碍,并试图凭自己的意愿使其成为事实。"

我在沙发上变换了一下坐姿。"我不明白她为什么要一直这样

---

[1] 良性原发性震颤是一种常染色体显性遗传病,姿势性或动作性震颤是唯一的表现,为最常见的锥体外系疾病,也是最常见的震颤病症。患者中60%有家族病史,因此又称作家族性震颤。

做。我们都知道她是编造的,这不是破坏了她原本的计划吗?"

乔伊不假思索地说道:"在肌痛性脑脊髓炎的这步棋上,她可谓大获全胜,因而她可能认为,如果继续装下去,你们还是会相信她。也许她是被迫的。在某些时候,人会从控制别人上瘾转变为被控制上瘾。而我们也要谈谈'选择',同样很有意思。她并不像你认为的那样,可以做很多种选择。如果没有'残疾人'的身份,她就什么也没有了。从心理学上讲,在她的伪装之下,并没有任何身份。"

我喉咙发紧,眼泪无声流淌。"听得我好难过。"

她平静地从包里拿出纸巾递给我,我擦着泪,她继续用温和而低沉的声音说道:"但这并不能改变什么。她会继续把你拖入其中,操纵你,因为这是她的全部手段。最终,她想让你牺牲你自己和孩子的生活来照顾她。这对你们所有人都不好。"她迎着我的目光,向我伸出手,"但是,也许了解了她为什么要这样做,会让你更容易原谅她。"她端起茶,坐回沙发上,把温热的杯子握在手里,"很遗憾,假如继续假装罹患肌痛性脑脊髓炎,她大可以接着这样生活下去。没有人会质疑,而且会有很多人关注她;你会依旧照顾她,我们也不会有这样的对话。她就这样过完余生也未尝不可。我想说的是,这本来是一个谎言,但你不会知道,她在自己编造的故事里活得很快乐。可是她选择了帕金森氏症,一着不慎满盘皆输。她一定很受折磨,从精神到肉体。"

"你觉得,"我从发干的喉咙里挤出一个问句,"我还可以做什么吗?我曾试图与她的医生和顾问沟通,但大多数医生几乎从来不搭理我。"

乔伊再次抓住了我的手。"她这种情况,换作谁也是不可能料到的。如果在她刚开始假装患有肌痛性脑脊髓炎的时候，有医生真的询问过她，并把她介绍给合适的精神科医生，那还有挽救的机会。但那个时候，没人能看清真相，对不对？而且，你说当时有家人和朋友站出来反对她，她就跟他们绝交了。是她不喜欢听这些话。"等情况变得显而易见时，就已经太晚了。即使科尔德菲尔德医生决定着手做一些事情，可能也无法让她有任何改善。那时她已经积重难返了，更不用说现在。而所有能做的，你都已经做了，你曾努力想拯救她，现在你也尊重了她的决定。你现在该做的，就是照顾好你自己和家人。"

乔伊走了，屋子里静下来，暗影笼罩。我坐在沙发上，哭了起来，但不再是出于绝望。我为我母亲虚掷的人生感到悲伤。一切都变了，但又什么也没变。我知道我必须要原谅她。如果一直紧紧抓住那些伤害不放，我就会和母亲永远捆绑在一起。尽管她永远不会道歉，我还是要原谅她，以摆脱她对我的控制。

我不相信我母亲无法选择做一个好人。她很聪明，懂得利用四下无人的时候，偷偷地摧毁我；她并非不择手段，而是懂得狡猾地利用时机。不过，乔伊还是教我练习原谅，我需要不停地反复练习。这样我才能让自己好好地放手，跟母亲告别。

第五十一章

电话

我们走在去学校的路上，狂风呼啸，卷起尘土和树叶，刺痛我的眼睛。我紧紧握住孩子们的手，把他们拉到树篱间的小道里，躲避这一阵猛烈的风。

"哎呀，"我说，"幸亏我们走了这条路。"

"我又能听到你说话了，妈妈。"贝利说着，拉下他的蝙蝠侠外套的帽子，放开我的手。

"你现在不会被风吹走了。"我笑着说，他在小道上狂奔，布洛瑟姆在后面追。他们追追打打，就是两股小旋风。

我的电话响了，现在是星期二早上八点半，这个时间通常不会有电话打来。我慌忙从口袋里掏出手机，放在耳边。

"我是护理院的，你是佩吉夫人的家属吧。"

我立刻颤抖起来，就像摄入太多的咖啡因，身体轻飘飘的，心悸不止。就是现在吗？这几个月来，我仿佛一直留守在寒冷的无人区，不知她死后是否会有人通知我。我体内升起一阵燥热，即便此刻身在刺骨的寒风中。

"我给你打电话,是为了通知你,你母亲得了口腔感染。"那个女人的语气不带任何感情色彩。上次埃莉诺得了胸部感染时(我是从茱莉亚那里知道的),他们没有给我打电话,那么这次他们为什么要给我打电话?"给她注射了抗生素,医生将在一周内给她复查。"

我知道这是一次加密通话,但我没有拿到密码。"好吧,"我说,学校的大门出现在我们前方,"那等医生下周复查完,你能不能把结果告诉我?"

电话那头停顿了很长时间,显然她对我的回答感到很困惑。

"嗯……她非常虚弱。"

"好吧,"我故意把尾音拖得很长,想给她机会多说几句,"那你过几天会给我打电话吗?"

"好的,没问题。没准会更早些。"

这句话的含义暧昧不清。没有明确告知我发生了什么事,所以我不知道该如何处理这些信息。我把手机放回口袋,跟着孩子们跑,学校铃声在我们前方响起。

"你还好吗?"杰玛问,"你平时都很早的。"

"我接到了一个奇怪的电话,"我一边说,一边冲正在走进教室的贝利挥手,"说的是我妈妈的事。"

我们和一大群家长一起,像潮水一样涌出大门,流向街道。

"我不知道这意味着什么。可能是结束,也可能什么都没发生。"

杰玛给了我一个拥抱。"我们去喝杯咖啡吧。"

在这一整天,这个电话一直在我脑海中回荡,就像一首循环播放的歌曲,让我无法忘记,甚至影响了我的睡眠。

送布洛瑟姆去上幼儿园的时候,我不会总让贝利在学前班的操场上玩滑梯。但第二天,我让他小小放纵了一下。布洛瑟姆骄傲地把她的包挂在贴有她照片的钩子上,然后带着我穿过挤满家长和幼儿园阿姨的区域。她找到了橡皮圈上自己的照片,选择了她想要的牛奶盒,并轻松地贴上了标签,而其他孩子费劲得多——这种小技能让我感到无比自豪。她正准备进入教室,这时我发觉到手机在振动。我知道是谁打来的电话,也知道他们为什么要打,但学校里是不允许打电话的。我精神高度紧张,但竭力想表现出不慌不忙的样子,我知道我这会儿没法去找贝利了。我像机器人执行程序般吻了一下布洛瑟姆,房间里人太多了,我出不去,手机又一直急促地振动着。我推开门,冲到阳光下,想去找贝利,却先见到了杰玛。

"你还好吗?"

"我得去接个电话。"

"去吧,"她心照不宣地说,"那我去找贝利。"

我走出大门,哆哆嗦嗦地回拨电话,碰到紧急情况时我无能得像个废物。电话响了两次才有人接听。护士的声音很严肃。

"你母亲的情况恐怕已经极其严重了。"

我感到愤怒和恐慌席卷而来。我仿佛又回到了父亲去世的那个时候,又听到了医院语焉不详的委婉告知,回到了令人作呕的恐惧中。我脑子里咚咚作响,看不清也听不清。我重重地靠在学校的大门上,希望它能撑住我。

"怎么个严重法?"

我将不得不听到她说出那句话。那句话会告诉我,我一直渴望但又惧怕的日子,终于到来了。我的腿开始发抖,大脑过热;我几乎听不到她是如何回答的。

"恐怕她已经去世了。"

我瘫坐在地上:"她,她什么时候走的?"

学校铃声响了,家长们从我身边经过,他们正走向没有孩子负累的一天。我把脸上的化妆品全都抹花了,丝毫不在意那些人正在盯着我。

她说:"大约半小时前。"我看了看表,知道了妈妈离世的时间。

"那么……现,现在该做些什么?"

"哦!"她说,"嗯,你可以联络一下葬礼主管,然后再跟我们联系。"

在三十多岁的年纪,我成了孤儿,但可以这样算吗?人长到十八岁成年就不再算孤儿了,还是说哪怕到七十岁了也还算?父母都不在了,只剩下我一个人,我感觉自己又回到了十六岁。我不知该对葬礼主管说什么,也不知怎么对接律师,更不知如何做遗嘱执行人。三十多岁的成年人,应该有能力处理这些事情,但我觉得自己漂泊无依。我想要我的妈妈。

"那……她的东西呢,会怎么处理?"

"别担心,它们在这里呢。"她终于意识到我处于震惊之中,换成亲切的语调,"等你准备好了,再给我们打电话吧。请你节哀。"

我用手捂住脸,睫毛膏粘在了手上。然后,我强撑着站起来,跌跌撞撞地走回操场。我倒在杰玛的怀里。

"我不知道该怎么办。"我哭得又大声又难听。

"给彼得打电话吧。"

"但是……他没法请假回家吧?他什么也干不了。"

"不,"她不以为然,"你得给彼得打电话。"

我已经完全蒙了。我给彼得打电话,告诉他不用回家来。尽管杰玛说她要送我,但我还是无力地独自走了四分之一英里回家。我到家时见彼得也开车赶了回来,他用胳膊搂住我,自打和护士通话后,直到此刻我才得以长舒一口气。我坐在家里的沙发上,看了看时间:现在是上午9点10分。一个小时前,我的母亲去世了。

第五十二章

葬礼

有好几天的时间，我都有种不存在于这个世界的感觉。彼得负责送孩子上学、买吃的，打扫卫生、做饭，打电话、安排大事小情。他维持着生活正常运转，我没有参与其中，而是像个幽灵一样在房子里飘来飘去。只要我试图走到外面去"探险"，就像踩在火柴棍一样细的高跷上，摇摇晃晃，离彻底崩溃只有一步之遥。

"我得告诉你一件事。"

夏日最后一丝微弱的烟火已经散去，被房子里沉闷灰暗的冷漠所取代。我在看电视，其实是借此来掩饰自己的情绪。我抬头看了看彼得，知道他要说什么。

"是关于安妮特的，对吗？"

安妮特已经几个月没有和我联系了，我越来越觉得不对劲。虽然茱莉亚、桑迪和朱迪都越来越支持我，尤其是在她们看到弗洛姆医生的信之后，但安妮特的沉默就像是一个潜藏的阴影。虽然她无视我的电子邮件，但有人告诉我，她继续定期用自己手头的那把钥匙，进入妈妈以前在莉莉菲尔兹的公寓。彼得告诉她埃莉诺的死讯，要求她先保密,让我们先通知我的亲戚,她的回复却简短生硬。在妈妈死后的第二天,我给护理院打电话,安排茱莉亚去取我妈妈的物品。"没事儿,"护士说,"埃莉诺的一个朋友今天下午会来。"

"什么?谁会来?"我问,其实心里已经知道了答案。

"安妮特·莱特。"

"不,"我的心率都上升了,"不,我不想让安妮特去收拾东西。我会安排别人去的。"

我给安妮特发了一条短信:

茱莉亚会去取我妈妈的物品,谢谢你。既然你已经开始通知别人,请你也告诉他们,葬礼不会对外开放。

我很久以前就决定,把母亲的葬礼办成一场小型的私密聚会。我无法面对成群结队前来吊唁的人,听他们告诉我将如何怀念埃莉诺,听他们讲述有多爱她,听他们叫我节哀顺变。慰问卡开始陆续送来,阅读这些已经让我感觉很困难了,上面写满了对我母亲的赞誉:"善良""慷慨""美丽大方"。妈妈可能已经让一些人相信她是好人,毫无疑问,他们都被愚弄了。要是他们知道她关上门后说的话就好了,她把我们所有人都当成傻瓜。我不想站在这样一间"谎言之屋"里:屋子里的每个人都被我母亲蒙在鼓里。我想揭露真相,因为我要对我们的远亲,以及那些被我母亲欺骗过的朋友负责任,可是我的悲痛太沉重、太复杂了,让我无法顾及所谓的"责任"。安妮特没有回复我的短信。

我说出安妮特的名字,彼得坐在我身边,拉着我的手说:"是的,是安妮特的事。茱莉亚去拿莉莉菲尔兹公寓的钥匙了。安妮特请茱莉亚进门,像主人招待客人一样让她坐下,然后,安妮特和她丈夫开始对你大加指责。他们告诉茱莉亚,你这个女儿当得糟透了,因为你不去探望你妈妈。安妮特还对葬礼不公开的安排很生气,她不打算参加了。"

"本来是想邀请她的。"

"好吧,但她不知道实情,对不对?"彼得挑了挑眉毛,"她告诉茱莉亚,她会来葬礼现场'把你臭骂一顿',让大家知道你的所作所为。至少,她还是把钥匙给茱莉亚了。"

"想想就吓人。可怜的茱莉亚。"我用双手捂住脸,"这都是我的错。"我可以感觉到,最后一丝能量从我的胳膊和腿上慢慢漏出去。

"这不是你的错,"彼得说着,把我拉到他胸前,"完全不是!这下我们总算知道了,她办的这档事有多么可笑!"

我使劲地揉了揉脸,希望能把脑海中的雾气擦掉。"她这人可真有意思,居然这么草率地得出我们没请她参加葬礼的结论。她可是名单上的头号人物啊。"

"现在不是了!"彼得嘲笑道,"我们不请她了。"

我重重吐出一口气,擦了擦脸。如果我没有给她发那个信息,我们就不会知道她在计划什么。她会出现在葬礼上——可能还要带上丈夫和儿子们——当众把我"臭骂一顿"。

我已经崩溃得哭都哭不出来了。我不明白安妮特的行为是被什么所驱使,也不知道她想从我这里得到什么。只有在肥皂剧中,才会有人出现在葬礼上,冲着悲伤的人们大发雷霆。这太不成体统了,是更为夸张的闹剧。

"你自己也知道,你已经仁至义尽了。"彼得说,"你妈妈毁掉了自己的人生,如果安妮特也想搭上她自己的人生,那也是她自选的。但她没有权利要求你也这样做。没门儿。"

我被一件件要处理的事情推着往前走。彼得和我赶回莉莉菲尔兹,孩子们被送到杰玛那里,这是他们第一个没有爸爸妈妈陪伴的夜晚。我忙得脚不沾地,花了一天时间,在妈妈公寓次卧堆积如山的箱子里,寻找举办葬礼所需的文件。

这些乱而有序的文件涵盖了她的一生:二十世纪七十年代他们出售房子的细节材料;从十二岁起,她的同学写给她的每一封信;她每一次大手笔购物的收据。我还记得这些我童年时期就存在的物品,但此刻它们失去了生命力,是一些堆积在此、尚未真正融入新环境的杂物。我很难理解为什么我母亲选择把这些东西带到她的新公寓——一口破碎的装饰钟、四部过时的手机、一箱二十世纪五十年代的玻璃制圣诞装饰品——唯独没有带她的婚纱。她连每一张收到的生日卡都保存起来,但没有留下那件长袖、高领的白色蕾丝长裙。这些物品是特意挑选的吗?还是被混在那些更有保存价值的物品中,被一股脑儿带过来的?我感受到了在有限时间里找到所需文件的压力,情绪一度麻木,无法阻止自己发出骇笑。我仿佛灵魂脱壳,只是个似是而非的轮廓。

终于找到需要的东西后,我们来到茱莉亚家,喝了很多金汤力。茱莉亚的小屋里点着蜡烛,我们躺在她柔软的奶油色沙发上,枕着靠垫,身上裹着毯子,火苗噼啪作响,令人安心。

"死亡原因可能是多器官衰竭。"茱莉亚边说边把信封递给我。很正式的棕色信封,A4 纸大小,似乎装的是高考成绩单而不是死亡证明。我有点抵触地伸出手。

"你来打开吗?"

疲惫与近乎疯狂的警觉在我体内交织,仿佛灯光太亮,让我目眩神迷。茱莉亚用手指撕开封条,拉出那张凹凸不平的纸。

"哦。"她边看边说。彼得从扶手椅上向前探,有点期待的样子。"我想,可以说她得偿所愿了。'死亡原因:帕金森氏症'。"

我一时无法呼吸。"他们怎么能这样说呢?"我说,"她在伯明翰已经停用了所有的药物,甚至检查过她有没有罹患帕金森氏症的罕见亚型。"

"反正人是不会死于帕金森氏症的,"彼得跌坐回椅子上,"只会死于帕金森氏症引发的其他症状。"

"就是说啊,"茱莉亚说着,拂去脸上不听话的发丝,"我也很惊讶,怎么会把这个作为死因。我猜想是医生看了她的医疗记录,看到她一直在服用帕金森氏症的药物,又发现她有挛缩等症状,所以就选择了这个死因。"

"这也太不负责了。"说着,我的手紧紧攥成拳头。

"这说明了一些问题,不是吗?"彼得说,"这就是心灵的力量。她绝对想死于帕金森氏症,而她的死亡证明上就是这样写的。"

我又喝了一些杜松子酒,感觉胸口的黑洞在不断扩大。经过这么多检查,有这么多医疗证明,居然还是让她赢了。这个帕金森氏症的死因已经盖棺定论,而真相仍然隐藏在阴影中。

"那她究竟是怎么死的?"我靠在茱莉亚的肩膀上,问道。

"她一直处于营养不良的状态下,会非常虚弱,而且由于长时间不动,她会有轻微的口腔感染——我们正常人都能轻易抵抗这样的感染——但她的身体会承受不了。"

彼得挪到沙发上，伸出胳膊搂着我。我的脸上泪迹斑斑。"真是个令人悲伤的结局。"

"我知道，亲爱的。"茱莉亚说。

葬礼这天，天气很凉，但阳光晴朗。季节更替，秋天来拥抱世界了。我在厕所里躲了一上午，真正体会到了什么叫"吓得屁滚尿流"。茱莉亚几个已成年的子女打算守在火葬场的门口，我们也严格要求葬礼主管不做宣传。但我的想象力过于丰富，想象着安妮特、她高大的丈夫和她身形庞大的儿子们带着愤怒的指责冲进来。

尽管戏剧性的送别仪式可能更适合，但我们只邀请了少部分人参加妈妈的葬礼，坐下来不过两排人，省去诸多纷扰。我的二表哥欧文给我发了一封愤怒的电子邮件，责备我没请他这个"最亲近的亲戚"，尽管我和母亲多年来都没有见过他，也没怎么联系过。除此之外，其他亲戚对我选择小规模葬礼普遍表示理解——尽管也带点疑惑。我固执地认为，只有在相对私密的场合，我才能对来客们坦诚相见，为我母亲的离世流下百感交集的眼泪——终其一生，她都没能成为我期待的母亲。

看到自己在"控制"整个故事，坚持自己的看法和对埃莉诺的印象，我也感觉不舒服。因为，我也像妈妈那样，与和我持同样观点的人同流合污，维护所谓的"真相"。我感到不安，我和她的做法竟然如此相似，但我并未歪曲事实——而是在其他人似乎都不想表达悲伤的时候，让自己自由地哀悼。安妮特已经明确表示，她打算利用葬礼这个机会，抨击我在妈妈行将就木的时候没有在跟前尽孝。对我的表哥欧文来说，想要参加葬礼被他视为一种"认可"。参加葬礼是他写在血脉中的权利，所以我的做法不够尊重他。自从我母亲进入护理院，大多数亲戚都没有与她联系过，他们出席葬礼是出于礼数，而不是为了哀悼。那些更远房的亲戚，以及妈妈失散多年的朋友、肌痛性脑脊髓炎互助小组成员和其他可能来参加仪式的人，更不了解全貌。我无法忍受他们一直说我妈妈有多好——以及他们多么爱她、多么想念她——而我知道她的真实面目，也知道她在背后是怎么说他们的。她狡猾地利用了他们，而他们完全没意识到。心理上，我应付不来他们不合时宜的陈词滥调。这是我的一种自我保护。而妈妈的行为——无休止的操纵和编造，与他人保持距离，疏远那些不赞同她观点的人——也是她的一种自我保护。

我不能否认，生活中我和妈妈有不少相似之处。只是我们行为背后的动机不一样。妈妈总是把她自己、她的欲望和她认为的真相放在首位。就算要表现得和她不一样，也绝对不意味着，我不该把自己放在首位。真正的区别在于，在我真的需要自我保护时，我会优先考虑自己，这意味着有时我的行为和想法会与妈妈类似，但这不代表我跟她一样自私。这种矛盾拉扯让我内心纠结，这些相似之处让我心生厌弃。

葬礼结束后，我们一起吃蛋糕，紧张的情绪和悲伤的泪水都消失了，大家陷入沉静中。"也许，"我说，"我可以在她的墓碑上引用斯派克·米利甘[1]的墓志铭。"

"是那句'我告诉过你我生病了'吗？"茱莉亚爆发出一阵大笑，

---

1 斯派克·米利甘（1918.4.16—2002.2.27），印度男演员，代表作品有《不十分好莱坞》等。

说道。

"听上去更讽刺,你不觉得吗?"说着,我擦了擦脸。

我已经受够了为了讨好别人而装模作样。在我母亲的葬礼上,我终于可以开诚布公了。

第五十三章

戒指

我们一家四口挤在茱莉亚的小屋里,这个周末说长也长、说短也短——有太多的事情要做,却没有足够的时间。我太清楚了,我们的出现打破了她家一贯的宁静,所以在我们一起吃早餐时,那只长得像毛绒垫子似的大白猫,用匕首一般锐利的目光盯着我。

"告诉我,亲爱的,我们是不是先去珠宝店?"茱莉亚一边问,一边把手中涂满黄油的谷物吐司晃来晃去。布洛瑟姆正在好奇地打量茱莉亚衬衫上绣的蜻蜓,还把她的紫色开衫拉开,看看能不能找到更多的昆虫。

"是的,"说着,我把牛奶倒在贝利碗里的玉米片上,"我也不知道为什么,但我有一种感觉,我们应该尽快去找他们。"

"那里安全得不能再安全了。"彼得说道,翻了个白眼。

我歪了歪脑袋,说:"我知道。"

"你知道有几个吗?"茱莉亚问。

"三个，"我说，"结婚戒指、订婚戒指和永恒戒[1]。都被锯成了小段。很容易找的。"

"我们在你妈妈的公寓里碰面吧，"彼得疲惫地看了一眼还穿着睡衣的孩子们，"但不一定保证什么时候抵达。"

从停车场走出来，我紧紧抓住茱莉亚的胳膊，死亡证明好像在我的包里燃烧。虽然她已经去世两周了，但我仍然感觉站不稳，一想到要取回戒指，我就心力交瘁。珠宝店的大门很重，木质镶板挡住狭窄走廊上的光线，似乎店主人想把所有人都拒之门外。一个长长的玻璃柜台横在中间，将顾客和员工隔开，上面摆满了珠宝，闪闪发光。珠宝店老板是一个瘦高的男人，长鼻子上架着一副半月形的小眼镜。他捏着自己的下巴，笨拙地把重心轮流放在两只脚上。

"问题是，你没有收据。"

"我们已经在她的公寓里找过了，"我说，"但是找不到。我给你描述一下这些戒指的样子，这样可以吗？"

他再次翻阅了死亡证明，似乎它可以给他提供额外的线索。"不，这个就可以了。"说着，他转身走进店铺后面，厚重的大门在他身后关上了。

"我还以为他不让我们拿走戒指，"茱莉亚说，"他非常谨慎。"

"确实是呢，"我一边说，一边看着柜台里放着的金链子，"他在电话里还说，有死亡证明就够了。"

店铺后面的门被打开了，珠宝商紧紧抱着一具小小的黑色"棺

---

1 永恒戒（Eternity ring），是一种戒指款式，窄圈，表面镶满大小、切割均相同的宝石，象征永恒的爱。一般佩戴在结婚戒指前，以防止戒指脱落。佩戴的顺序通常是结婚戒指在最内侧，然后是订婚戒指，最后是永恒戒。

材"走了出来,来到我们面前。

"恐怕要告知你们……"他说着,挤出一个紧张的笑容,"是这样,几天前有另一位女士到这里来,让我把这几枚戒指交给她。"

我感觉自己被绕晕了,茱莉亚却很云淡风轻。"哦,是吗?"她说,"她该不会是留着一头粉红色的短发吧?"

"就是那个人。"他说。

茱莉亚和我交换了一下眼神,看见彼此的面色都很沉重,但我们的反应似乎让珠宝店老板松了口气。他脸色放松了一些,又向前走了一步。

"她很坚持,"老板继续说,"她说这些戒指是她去世的朋友的,但她把收据弄丢了。我告诉她——我也这样告诉你们——要有死亡证明。她对此很不以为然,甚至有点咄咄逼人。根据我的工作经验,这其中肯定有问题。"

"我想,在你的工作中,良好的直觉是必不可少的。"茱莉亚说着,和他一起笑起来。

"的确如此。你知道那些戒指被锯断了吗?"

"是的,我知道,"我说,"她找人把它们锯断了。"

"没错。"说着,他把小盒子递给我。

我在手中掂了掂盒子。我还要消化几年时间,才忍心去看那些已经变色的金属残片,它们曾经戴在我母亲修长的手指上,骄傲地展示给全世界。

周日晚上,我们回到了家,瓢泼的秋雨和极度的疲惫使这趟车程显得更加漫长。我们还在往屋里拖行李箱,孩子们已经飞快地跑回他们的卧室，急着跟他们的玩具重修旧好。我弯腰从门垫上捡起一个崭新的白色信封，起身时头发甩到脸上。信封的标签上，我们的地址被打错了。信封里有一张复印件，印的是一段从当地报纸上撕下来的文字，此外没有别的说明。

肌痛性脑脊髓炎互助小组的损失

近期，埃莉诺·佩吉去世了。她善良而出色。她帮助了很多患有肌痛性脑脊髓炎的人。她在肌痛性脑脊髓炎互助小组工作了多年，担任秘书长和财务主管。埃莉诺先是患有肌痛性脑脊髓炎，后又患有帕金森氏症。她因为病重，不得不放弃在肌痛性脑脊髓炎互助小组的工作。我们都爱她，感谢她的辛勤付出。安息吧，上帝保佑你。

来自她在肌痛性脑脊髓炎互助小组的所有朋友

每月第四个星期四的下午3:15，小组成员在伍尔沃斯旁边的社区大厅开会。欢迎广大群众参加。联系方式如下。

我感到暴怒，血管里如同涌动着炽热的岩浆。这似乎并不是表示敬意的悼词；他们是在利用我母亲的离去，为他们的小组做广告。像这样，寄给我这么个东西——就一张破纸，慰问卡或信件一概没有——感觉并不像是在表达同情。这要么是蹩脚的画蛇添足，要么就是表达对我的不满。

我的母亲为什么会有这种支配他人的权力？我曾经希望她一走，

这出戏就结束了,但我仍然要面对这一切:她的朋友们威胁要冲击葬礼、写讣告,未经我允许就去珠宝店捣乱。这些手段都太极端了,他们怎么能堂而皇之地做出这样的行为?!

已经过去几个月了,安妮特还在想着自掏腰包为埃莉诺筹备追悼会。她包下了一家酒店,并联系了我母亲埃莉诺的许多熟人、肌痛性脑脊髓炎互助小组成员和我的一些远房亲戚——其中大多数人已经多年没有跟埃莉诺见面或是联络过。有人告诉我,虽然她费了这么大劲,但只有几个人参加了悼念活动,分享了一些零散的回忆,并从埃莉诺给他们讲的故事中,重新拼凑出她"美好"的人生。也许他们认为,回顾埃莉诺的种种逸事,可以为她最后岁月里的所作所为开脱,但对我来说,这更进一步凸显了她的老谋深算。她对我们的操纵,建立在我们对她不加怀疑的奉献的基础上,如今她已经在坟墓里了,还能继续控制坟墓之外的人所叙述的内容。

我仍然想知道,是什么让这几个"忠实的崇拜者"陷得如此之深。也许是被悲伤所驱使,但他们的行为隐秘而极端,并没有表现出悲痛。我更愿意相信,他们只是不能接受这一切都是埃莉诺的谎言。这对我们任何人来说都很难接受:朱迪很愤怒,茱莉亚很震惊,桑迪很伤心。这个看起来如此脆弱、无助又可怜的女人,竟然一直在用谎言和阴谋,让我们为她做出牺牲。我们搀扶着她走路、替她买东西、开车送她回家、用轮椅推她、给她收拾屋子……而一直以来,她身体都很健康,这些事情她自己都能干。这是一种对我们的羞辱。

在其他人被埃莉诺的谎言逼退的时候,也许安妮特觉得别无选择,只能一意孤行地相信埃莉诺,因为她在她们的关系中投入了这么多时间、精力和信任。埃莉诺说得很清楚,安妮特必须选择相信她,否则就会被切断联系。所以安妮特留了下来,继续照顾埃莉诺,相信自己是在帮助她,安妮特没有其他任何选择余地;而她的女儿必须成为矛盾的重心,而且她依然决心要证明这一点。

对于肌痛性脑脊髓炎互助小组的成员来说,这个消息会让他们大受打击。承认他们的秘书长、财务主管和"本地健康之星"一直在编造事实,会给他们的事业带来难以想象的损失。所以他们才诽谤我编造回忆,否认他们的悲痛,因为这比接受埃莉诺伪造了这一切容易得多。

我觉得,我动不动就遭到记恨和厌恶,是因为我在埃莉诺离世前的那段时间里没有和她联络过。我的悲痛情绪很复杂,归根到底仍是悲痛。我原本希望一切都能有所改善,我原本希望能与母亲在去世前和解。我爱我的母亲,比她的朋友和熟人都更爱她。而事实让我痛苦得怀疑人生,可是拒不接受这个事实也于我无益。

第五十四章

日记

我记得,在母亲去世几个月后,有一天我意识到自己已经整整一个星期没有哭过了。在经历了前几年的疯狂之后,我惊异于自己的转变——没有母亲在身边,生活可以如此轻松。我不再困在光明和黑暗对峙的世界中,终于可以专注于自己的家庭。

母亲去世转年的九月,布洛瑟姆开始上幼儿园,她的紫色格子校服裙长度刚刚过膝。杰玛和我开玩笑说,我们终于成了能吃得上午餐的女士。如果只做家庭主妇的话,与妈妈的生活模式太接近了。我害怕成为她。由于妈妈一直教导我:任何利己行为都是懒惰和失败,所以,我无论如何也不会去效仿她。

从童年开始,我就喜欢写小说、戏剧、诗歌和歌曲。我创作出很多角色和冒险故事,也很喜欢看到文字落在纸面上。现在,我有了专心写作的机会,又有一个奇怪的故事想讲,所以文字在我心中涌现,摩拳擦掌准备大写特写。但我知道,要想写这个故事,我必须先通读母亲的日记。

母亲去世后,我足足花了两年才鼓起勇气去读她的日记。我知道妈妈一直在写日记,我十几岁时她还高兴地与我分享过,当时我觉得没什么意思。清理妈妈的公寓时,我坚持要留下这些小本子,并且把它们妥善存放在我家阁楼上,而她到底是不是真的想要这些日记,我自己也说不准。

最后我决定从她生命中的最后几年开始阅读,这样可以直接与我的经历进行比较。我疯狂地阅读,时不时地停下来缓一缓。我震惊于日记中矛盾、扭曲的描述和明目张胆的谎言。在日记中,埃莉诺永远把自己描绘"被迫害者",经过她转述的一字一句,像是用钝刀无情地捅刺我。日记里没有一丝一毫我认识的那个完美母亲的影子。

我不想再读下去了。读它有什么意义呢?她已经给我讲过她的生活故事了。她童年生活艰苦,二十多岁时是她的黄金岁月,而三十多岁时,她的人生被我的出生给毁掉了。我知道她在二十世纪九十年代一直假装患有肌痛性脑脊髓炎,并且总是躺在床上装病。到了二十一世纪,在我父亲生命的最后几年中,她"牺牲"自己来照顾他。阅读她的叙述能有什么收获呢?茱莉亚让我把这些日记扔掉——她说,日记里写满了谎言,读了对我没有好处。但是它们的重量压在我身上,我不知道其中还藏着什么嘲弄我的内容。

过了几个月,我重新开始阅读,从二十世纪六十年代埃莉诺十几岁时的日记开始。我立刻又陷入了埃莉诺织的网中,被她扭曲的视角弄得神思恍惚。有好几天,我一度看不清这个世界了——叙述完全不可靠,无法触及真相。别人告诉我的故事、日记中的描述、我自己的记忆,各种版本相互矛盾。埃莉诺固然不再可信,仿佛我自己的记忆也随之动摇了,在埃莉诺不断的欺骗中变得扭曲、模糊。而且没有人能够安慰我,因为没有人全盘知晓我的个人记忆。尽管我不断地从日记中抽身出来清理头脑，最终我还是不得不继续阅读。我所做的，是擦去污垢、扫清视野，希望最后能看清我的母亲到底是一个什么样的人。

我把日记放在阁楼的一个鞋盒里。里面曾经放着一双 Kickers 牌米色高跟鞋，那是我十四岁时买的，当时可时髦了。现在鞋没了，只剩下一个破旧的盒子，里面装着五十五个袖珍日记本。它们的尺寸都差不多大，有些是女学生专用的款式，有些有着豪华的金色封面，有些扉页上印着深刻的历史文化故事。在埃莉诺早期的日记中，她记录的是从图书馆借的书等内容，而在后来的日记中，她记下了她收到的手机短信。此外，从肯尼迪遇刺、人类登月，到撒切尔夫人辞职，再到"9·11"事件等世界大事，都被她记录下来。她人生五十多年的时间里，每一天都被浓缩到一张不到两英寸的纸上，用不同的钢笔和铅笔写下细小而整齐的字迹——荧光绿色的字迹特别难以辨认。但我总能读得懂：她写"Z"字收尾时画的精巧旋涡，她无意义的拼写错误，以及她特有的措辞。

即使是埃莉诺最初的日记，也显示出她性格中的一些侧面——很轻易就能识别出自恋型人格障碍特征。她是个虚荣、自恋、爱操纵别人、心理空虚的人。最早的那几篇日记并不是典型的少女日记（一般都会充满了焦虑、心碎或秘密）。埃莉诺冷酷、白描式的描述，使人很难把她的日记与本人联系起来。她把日常事务像世界大事一样如实记录下来，仿佛她与这些事情无关。甚至她祖母去世也无动于衷，她好像是站在云端描述她父母的悲痛情绪；她父亲被紧急送往医院时，她毫不在意地记述道："爸爸开始出血，医生直接把他送到医院。我去看了他，他应该还行。然后我去了 Sue's 21st，夜里 12 点才回

334

家。相当不错。"

她也没有写到过爱情。我父亲艾伦是她唯一的男友,但她对与他相识、约会和结婚的描述不可谓无趣。她对他没有任何感情、激情或欲望;他的求婚被她拒绝了,她写道:"**我说,我不想犯错。**"这段恋情完全是单方面的,感觉埃莉诺的父母比她更热心,对这段感情的参与度更高。她竟然会跟我爸爸结婚,着实让我很困惑;但艾伦显然是比较有决心的一个。

从那些年的日记中,我越发清楚地认识到,她和所有社会关系都保持一定距离,而且我注意到,她与人的很多交往都是在电话中进行的。真聪明,电话是很好的操纵工具,让人无法看到全貌。而对于假装患有肌痛性脑脊髓炎来说,这一招特别有用。她还想方设法让朋友、熟人都欠她的人情(连她雇的清洁工、理发师和顾问等人也是如此),比如送他们贵重的礼物、借钱给他们,或外出吃饭时抢着买单。这样是很有迷惑性的,一般人会以为她慷慨大方,实则是她用来控制周围人的技巧。人家把车免费借给你,你就不能跟人家作对;你欠人家钱,就不能惹人家——就这么简单的道理。

任何质疑埃莉诺的人,她都会立刻与其绝交——无论是医务人员还是朋友,甚或是她的家人,这是她的惯用伎俩。这些"迫害者"激发了典型的"自恋式暴怒"——一旦人们不按埃莉诺的方式行事,就会招致她愤怒和尖刻无情的回击。在她的日记中,埃莉诺总是扭曲事实,把自己描绘成"被迫害者":她的朋友被嫉妒蒙蔽了双眼;她的父母虐待她,对她很残忍;她的医生孤陋寡闻,又带着偏见。这就说明了为什么她的朋友和艾伦会忍受她毫无逻辑的行为。和我一样,他们也一定知道(即使只是潜意识里知道):如果你不顺着埃莉诺,那么她就会离开你。

虽然她从未被评估或诊断为孟乔森综合征,但从她的日记中很容易发现,她对疾病的痴迷从一开始就存在。她把每次小感冒都看成重流感,把发烧说成是"危及生命"的病,一头疼就得找医生……即使在她年轻、健康的时候,也不断有各种小问题——昏厥、过敏和奇怪的跌倒。在她的一生中,她还总有一些神秘的症状,即便再怎么检查、转诊也无法解释。多年来,她把事事都往最坏处想,抱怨过两次得了腺热,脚上有淤血,以及视网膜脱落、神经病变、器官脱垂、脓肿、肠易激综合征、"网球肘"、"味精中毒"、椎骨扭伤和甲流等数不胜数的健康问题——全部未被确诊。她还做过肾脏、骨骼、大脑和乳房的扫描,没完没了地去做X射线检查和血液检查。所有检查的结果都表明她没问题,但只要她一抱怨,她的全科医生仍然会安排她去做检查。即使是出现一丁点更年期的症状,她也会去找医生,说不定医生一看到又是佩吉夫人预约,会偷偷叹气。她一定是个噩梦般的病人,但她的转诊请求几乎都被同意了。没有记录显示,她做过任何心理健康方面的评估。虽然很明显这是一种疑病症,但埃莉诺没有表现出一丝为自己的健康担忧的迹象。相反,她以"病"为乐,测试结果为阴性时,她就会感到失望。

整个二十世纪八十年代,她似乎都在"找病"。在1986年的一篇日记后,她记下了一个地址,并注释:"**关于癌症、药物和治疗的信息**",还写到她参加了关于这一主题的讲座,并且感到很兴奋,尽管在这几年里,她认识的人里没有得过癌症的。八十年代末,有几次她在日记里写道:"**海伦没有去学校,因为我太难受了,不能送她去。**"她还描述了在她睡觉的时候,会让六岁的我做家务——我不记得自己做过这种不正常的事情——那天晚些时候,爸爸下班回家,我们一起去了"皇家卫士"餐厅吃饭。原来,早在她开始玩肌痛性脑脊髓炎的花招之前,我就在照顾她了。难怪我总觉得自己应该对她负责。

她的肌痛性脑脊髓炎在 1991 年突然出现。她第一次的暗示,是通过日记中这样一句话表达的:"下午,坐下来,研究研究'我的'病。"不到一个月,她被诊断为肌痛性脑脊髓炎,于是去健康食品店大买特买,还每天量体温——尽管她的体温一直正常。一个月后,她被颁发了残疾人停车证,紧接着她就开始拄手杖了。她迅速爱上了这一款全新的虚荣,扔掉了那些时髦衣服,蜕变成一个脆弱的残疾妇女——穿衣风格和行为举止都比她的实际年龄大几十岁。这样一个新身份让她无比振奋,而成功骗到别人显然也给她带来了自我陶醉的成就感。她快乐地记述道,自己才五十多岁,却被当作退休人士来收餐费,还说她雇的清洁工比她年纪还大。这些文字读起来已经够令人不适了,而当肌痛性脑脊髓炎成为热门新闻时,她竟然在日记中不加掩饰地写道:"**新闻上说:肌痛性脑脊髓炎跟多发性硬化症(MS)和肌肉萎缩症(MD)一样严重!真是激动人心。**"简直让我不寒而栗。

尽管如此,这一切对我来说都不算是太意外。我知道埃莉诺对"生病"上瘾。肌痛性脑脊髓炎是她最喜欢的话题,她曾经大言不惭地讲述肌痛性脑脊髓炎是如何影响她的生活的——要卧床很多个小时,仅有的几次短途旅行后,都要休息长达一周时间。而在埃莉诺的日记中,她的生活依然是很正常的,甚至对生病的事只字不提,这一发现让我备受打击。

她可不是每天都得休息,而是每天都要去购物或参加社交活动。

这是一个正常、健康的女人的生活——与母亲之前对她生活的描述完全相反。我去上学的时候，她和爸爸经常去摘苹果，到离家最近的城市一日游——车程要花几个小时。其实，有很多场合她都表现得很正常，比如我们每年都会去度假，她在路上不用休息，也不会提到自己很痛苦。

让我吃惊的是，她的生活根本没有异常，她也完全不受所谓"残疾"的影响，我却一直相信她是残疾人。现在，我的眼睛终于痛苦地睁开了：她的欺骗行为，原来是如此明目张胆。

即使按照埃莉诺自己的标准来算，她的肌痛性脑脊髓炎也是一个骗局。1992年，也就是她患肌痛性脑脊髓炎的第二年，她给每天的日记附上颜色标记——蓝色代表糟糕，黄色代表"休息了很长时间，但感觉还是很不够"，粉色代表"要么是做了一些重大的事情，比如买食物，但没有导致（过多的）疼痛或疲惫，要么就是一整天闲逛，休息了不到四个小时"。她标记为"粉色"的日子都是很凑巧安排的，可能是她的生日、预约做头发，或者与朋友夜间外出，都有可能——但她并不拘泥于这些分类，而是有可能在标记为"蓝色"的那一天参加各种活动，或者在忙碌的一周后，又度过"粉色"的一天。她也可以很机动灵活，朋友建议出去玩的时候，她会放下一切，跟她们去逛新店。日记中能看出她身体不适的描述，只有她的"每日自用药方"：酒精加处方药，以及对于身体不适的抱怨。她经常用"累坏了"或"撑不住了"来形容自己的忙碌，仿佛在二十四小时不休不眠之后感到疲倦是不正常的。

埃莉诺所谓的肌痛性脑脊髓炎只是一层薄纱一般的假象，纵使这谎言让我瞠目结舌，但读到她的叙述时，我的想法非常纠结，因为我不愿意接受这种欺骗。我责备自己对她太过苛刻。也许我的记忆、她的语言再加上她的日记，并不能拼凑成一个完整的故事。而且，也许是我错把肌痛性脑脊髓炎当成一种确切存在的疾病。我想当然地认为，在她这么多年的灌输下，我已经相信肌痛性脑脊髓炎是种病了，无论如何，我还是不能相信她的说法。

根据国家医疗服务体系的说法，肌痛性脑脊髓炎症状的特点是无法抵御的极端疲惫，也可能包括失眠、肌肉疼痛和类似流感的症状。很少有人会卧床不起，即使是只有最轻微的症状，也很难开展正常的活动，患者可能需要放弃工作、爱好或社交活动，把大部分时间都用来休息。

显然，埃莉诺并不符合这一描述。她并没有极度疲惫，她仍可以进行正常活动，日常生活也没有改变。她所声称的残疾是恶意的谎言，有几次她写道，她"决定晕倒"和"决定好起来"，仿佛生病与否是在她的控制之下的。从日记中可以很明显地看出，她并没有不舒服，真不知道我怎么会相信她。这就是赤裸裸的煤气灯效应[1]。我本能地相信母亲说的话，而忽略了摆在明面上的证据。在我年幼时，妈妈就是我的主心骨。我完全相信她。而轮到父亲艾伦，情况就更复杂了：有时候埃莉诺会拒绝开车或一起去社交场合，这时我会发现父母在争吵——其实并不奇怪。艾伦并没有被愚弄，但他没有进一步挑战她。

---

1 Gaslighting，煤气灯效应描述的是一种隐性心理操控手段，受害者深受施害者操控，以至于怀疑自己的记忆、感知或理智。"煤气灯效应"概念起源于1938年的话剧《煤气灯》，后因改编版电影《煤气灯下》而首次受到关注。在电影中，男主角反复调节屋中煤气灯的亮度，并对女主角声称她出现了幻觉，使其逐步相信自己的精神出现了问题。

在日记中，只有一次她看起来真的病了，但与肌痛性脑脊髓炎无关。2002年，埃莉诺用她典型的夸张手法，记录她正在遭受"**可怕的背部、肚子和器官脱垂的疼痛**"。医生告诉她，这是肌痛性脑脊髓炎复发，但埃莉诺还是坚持要求转诊。经过内窥镜检查，她被诊断为十二指肠炎。虽然日记中没有解释病因，但我在网上快速搜索后发现，这是一种小肠的轻微炎症，通常由长期使用阿司匹林、止痛药和酒精引起。

在公共场合，埃莉诺很少饮酒。她偶尔会喝半杯用苏打水冲淡的白葡萄酒，声称肌痛性脑脊髓炎会使她受到酒精的不良影响。即使在家里，我也很少看到她喝酒。但她告诉我，她会飞快地喝完好几瓶烈酒，或者偷偷地在茶里加杜松子酒。当然，她在日记中毫不隐瞒地记录了她每天喝的酒——自称是为了帮助睡眠或缓解不明原因的疼痛，但在别人看来，她就是在偷偷喝酒。她曾告诉我，她"发现"了藏在车库里的一瓶威士忌，暗示那是我爸爸酗酒失控的证据。但是，由于爸爸既不喝烈酒，也不会暗中喝酒，我只能推测这瓶酒实际上是属于妈妈的。

她喝的不仅仅是酒。对于患有孟乔森综合征的人来说，有一个当药剂师的父亲一定是真正的福音，即使在他去世后，埃莉诺还在写她每天"自我治疗"的过程。根据她的记录，从二十世纪九十年代开始，她越来越频繁地服用镇静剂、止痛药、消炎药、"夜班护士"胶囊[1]、抗组胺药、β受体阻断药、地西泮和水合氯醛滴剂[2]。她服用这

1　原文为"Night Nurse"，是一种复合型感冒药"Day & Night Nurse"在夜间服用的胶囊（类似于国内的"白加黑"，也有单独服用的版本），可以帮助缓解夜间的感冒和流感症状，提高睡眠质量。
2　一种镇静催眠药水。

些药物,更多是为了舒服,而非治愈,她在1999年写道:"**服用止痛药和消炎药。无法摆脱疼痛,但我不在乎。**"也许她意识到自己上瘾了——在1997年的日记中,她记录了"非自愿安眠药物成瘾委员会"的电话号码。然而,她并没有寻求帮助,而且她的全科医生似乎在她被诊断为十二指肠炎后,依旧向她提供大量药物,使她能继续有增无减地嗑药。

第五十五章

自恋型人格、孟乔森综合征和我

母亲是疑病患者，父亲是工作狂药剂师，这太典型了。孟乔森综合征的一个潜在成因，就是由于父母自身有病或有医疗行业的工作经历，而得不到妥善的照顾。如果是这样的话，为什么我没有孟乔森综合征？

妈妈曾告诉我，我很可能会遗传肌痛性脑脊髓炎和帕金森氏症，以及爸爸的先天性心脏病。读着日记，我回忆起一段痛苦的往事，这段记忆一直被我刻意掩埋：妈妈曾鼓励我装病。我十二岁那年得了腮腺炎，有六个星期没上学。我隐约记得这段经历，但回忆中大多是情绪而非言语或行为。即使现在，这段回忆仍被羞愧层层包裹，细节仅仅隐藏在我的潜意识中。我记得我想留在家里，而且妈妈绝对知道我已经康复，可以回学校了。这一切都被笼罩在困惑之中。我仍然能感到那种不确定性，不知道自己是真病还是装病，不清楚什么是真实的。我记得，社工来访时，我很紧张，她走后我很快就回到了学校，但学校坚持让我去接受心理辅导。

接受治疗的细节记不太清楚了。只记得我们坐在一间又小又暖的侧屋里,窗户很大,让我觉得自己是橱窗里的展品。(现在人们看不到这样的场景了。)一个男医生坐在我面前,我还是一个不到十岁的小孩儿。我妈妈坐在我右边另一把不太舒服的椅子上。这是我们第二次来这儿,我在座位上动来动去,尽可能地少说话。医生的语气突然就变了。我不记得他到底说了什么,但我知道医生转向妈妈,说了一些关于疾病的事。气氛变得异常沉重。我想逃离,真希望妈妈不在场。

我们再也没回过那个地方。

"**这样的治疗不太好,**"埃莉诺在日记中提到了这件事,"**海伦决定不再去看医生了。**"妈妈把责任推到了我的身上,设身处地地想一想,如果你觉得你女儿心理问题严重到会装病的程度,你肯定不会让她只接受两次治疗就作罢。不,这其实是埃莉诺的决定。"(海伦)回到了学校。**我很生气。**"她写道。事实上,她是在对医生生气。我清楚埃莉诺为什么会生气。我仿佛能从字里行间读出她的情绪,不需要看到文字中用到大写字母突出显示或感叹号,就知道她勃然大怒了。而且,她只有在愤怒时才会做家务——对她来说,打扫卫生是一种牺牲——所以,在读到她下面一句话"**吸完尘,就瘫倒在了床上**"时,我也能知道她当时确实是愤怒的。当被质疑是在装病或要求别人装病的时候,埃莉诺的表现就是典型的孟乔森综合征,她对质疑她的人不理不睬。

当时这件事把我彻底吓坏了。妈妈鼓励我继续休学,她在日记中写成了是我固执地坚持要上学。我对自己的这段往事感到非常羞愧,所以把它深埋在记忆中。回想起来,对当时的我来说,装病是理所应当的行为:我的榜样,唯一一个向我灌输世界观的成年人,她自己就沉溺于装病。没有阿姨、叔叔、教父、父母的朋友、导师或老师长时间和我接触,没有人教给我另外一种世界观。妈妈就是一切。我惊讶于自己竟然能反抗她,不像她那样"找病"。那么,为什么?

孟乔森综合征和自恋型人格障碍的另一个可能诱因,是儿童时期遭到虐待。妈妈曾经向我讲述过她艰难的童年时光,她的日记让我有机会发现她曾受到的"迫害"。这是她心理问题的根本原因,也是我们走上不同道路的原因。

这些日记开始于二十世纪六十年代。那时距离配给制终止[1]不足十年,英国的国土和经济受战争摧残的痕迹犹在,但与埃莉诺讲给我听的故事恰恰相反。她在日记中描述了自己成长过程中享受的非凡待遇,埃莉诺的父母带着她和妹妹去比利时和阿姆斯特丹度假。在伦敦过夜的那两天,他们去逛了塞尔福里奇百货公司,去看戏的时候也是坐的包厢。有很多她去参加舞会时拍的照片,照片上的她穿着不同的礼服裙,戴着丝绸长手套和珍珠首饰。她还举办奢华昂贵的生日派对,无不彰显家庭财富。只要没事的时候,她就总去购物,每周看两次电影,去听流行音乐会。她的父母还送给她最新的小玩意儿和时髦的衣服。

虽然我知道虐待可能会被中产阶级的富裕生活表象所掩盖,但没有任何迹象表明埃莉诺被伤害过,她可能连一点点不快都没有,更不用说虐待带来的心理上的累累伤痕。她并不自卑,而是虚荣自负,经常称赞自己的"大长腿""纤纤手"和曼妙的身材。与此同时,她叫自己的妹妹"矮胖子"。她的父母太溺爱她,甚至到了二十多岁,

---

[1] 英国在"二战"中就曾实行(食物、衣物等的)配给制,而且在战后由于经济困难,也一度实行,直到二十世纪五十年代初才终止。

她都不愿为自己的行为负责。她给人的感觉是一个被惯坏了的、没心没肺的人。

作为一个典型的自恋者和有强迫症的骗子，埃莉诺对自己过去的描述完全不可信。直到很久以后，当我小心翼翼地走近我小姨的生活时，我才发现埃莉诺谎报了她"艰难"的童年，并将她的不良行为编派到了别人身上。埃莉诺对我小姨的欺凌、操纵和谎言，才是他们家庭分裂的原因。

与其说埃莉诺受到了直接的身体或心理虐待，不如说埃莉诺的父母先是过度纵容她，后又因为工作和健康原因，在情感上疏远了她，这样的境遇为埃莉诺长成她日后的样子埋下了种子。但在两姐妹中，为什么只有埃莉诺受到影响？她的基因中一定有某种东西，让她有成为一个喜欢算计、操纵别人的自恋狂的潜质。

埃莉诺的谎言肆无忌惮，她讲述的生活故事与她的日记所揭示的真相截然相反。之前我自以为了解埃莉诺的人生，但她记录多年成长的日记完全粉碎了之前的认知。埃莉诺在我童年时代记下的日记最具杀伤力。她决定怀孕完全是心血来潮。她在日记里写道："**我决定怀孕了，给医生打了电话。**"那时她觉得自己就像上帝一样无所不能。读埃莉诺的日记给人的观感，我的出生好像完全是由埃莉诺的意志决定的。在这个无所不能的时刻之前，她对孩子们没有表现出任何母性本能或者丝毫兴趣。几年前，当她不得不为朋友照看孩子时，她只在日记里留下了一句话："非常讨厌。"

即使在生孩子这个重要时刻，她依然情感麻木。当她看到她自己孩子的 B 超照片时，她表现得就像是在看关于人体结构的电视节目。她写道："挺有意思的。"我的出生也被用十分冷淡的描述记录下来。"海伦没哭,一出生就很漂亮。"这句话就算是她日记中对我的出生表达的喜悦了。我很好奇,妈妈是不是因为我没哭,才觉得我漂亮?

在仅仅四周大的时候,我就被要求为自己的行为负责,在理发店要为了她而表现得很乖。尽管那天晚些时候她写道:"海伦整个下午都不乖。我直到下午 2 点 45 分才吃上午饭,而且吃得不多。"我真是个坏孩子,竟然妨碍了我的妈妈吃午饭!在我十个月大的时候,埃莉诺写道:"我们布置了圣诞装饰,但她却没注意到。"我生来就是为了取悦她的。才不到一岁,我就注定是一个不合格的孩子。

我听说过很多关于自己幼年时期的故事,这些故事都耳熟能详。我发现,她只告诉了我故事的一面。我记得他们说在我六周大的时候,被爸爸抱着摇,他不小心把我的头撞到了餐厅的椅子上。在埃莉诺的讲述中,这是一个我父亲粗枝大叶致我受伤的故事,但她在日记里写成了这样:"在去医院的路上,我抱着海伦摔倒了。我吓了一跳,我被诊断为双膝受伤。海伦很好。谢天谢地。回家。"

本来是我看病,医生的精力却被埃莉诺占用了,这种情况不止一次。她仅仅是因为膝盖受伤,就不让头部受伤的六周大的婴儿先看病,实在令人发指。在接下来几天的日记里,她关于仅仅因为擦破皮就感到自己无比脆弱(我读起来只觉相当荒唐可笑),但对我头被撞的事情只字未提。看完以上种种,还用得着我挑明,她是在送我去医院的路上故意摔倒的吗?

我从婴儿时期起就不健康、体重不达标,即使医生告诉埃莉诺我有过敏问题,她也不闻不问、漠不关心。读到这种对自己孩子的忽视,我禁不住发抖。我以读别人故事的姿态,努力让自己置身事外。

一旦把视角跳出来，再读埃莉诺日记中的一些描述，我甚至会觉得好笑——她缺乏母性本能、以自我为中心，再加上干瘪的叙述，简直是滑稽。要做到事不关己、超然事外，好像也挺容易的。我发现自己竟然在为她的行为找借口：比如，埃莉诺少谙世事；比如，那个时代不比今日；比如，如果我自己没有孩子，也不会想到去谴责她的一系列做法……

当我继续读下去，熟悉的故事开始有了不一样的邪恶的气息。埃莉诺写道："给安妮特打电话，她约我们共进午餐。"当时，我十九个月大，她三十七岁。"午餐不错，但海伦没吃。突然，海伦来了一个有趣的小插曲，她一阵痉挛！！谢天谢地，幸好我在场。安妮特推荐了医生，看完病后我带海伦回家，她睡了一个小时。后来，我给医生打了电话，医生说只要不复发，就没问题。晚上出去参加聚会，很有趣。"这可是一套连锁反应，情况稍有变化，这些错误就会是致命的。埃莉诺对她的小宝宝抽搐不以为意，没有主动叫救护车或带孩子去看医生。她做了与医学常识完全相悖的事：让我睡觉。全科医生连看都没看我，就在电话里做出没有大问题的保证。我是一个需要保护的婴儿，即使事发当时有好多人都在场，也没有人保护我的安全。

埃莉诺之前讲述这件事情的时候，只是把它当成一个戏剧性的故事来讲。我问她为什么我会抽搐，她只是耸了耸肩——她不知道，也不在乎。因为在这件逸事中，她才是中心，而不是我。现在我成了母亲，再读到这件事，才发现它的意义截然不同。试想一下，如果是我心爱的孩子崩溃了，我产生的恐惧足以让心跳停止，肾上腺素大量分泌。恐慌的思绪接踵而至，我绝不会不带她去看医生，放任事态发展。我不会只是耸耸肩。我不禁要问，疏忽到何种程度时，就可以等同于虐待了?

在埃莉诺的日记里,有日常的天气、最新的购物、约会以及晨间咖啡时光。在这些日常琐碎之外,埃莉诺的日记会展现出令人震惊的冷漠。有一次她写道:"**去理发店。**"换作我的话,去理发可是件大事,因为在我有了一个十九个月大的孩子之后,才发现理发是一段"属于我自己的时光"。但对埃莉诺来说,这只是十一月中正常的、满是家务的一天,去理发店也是件不以为意的小事。"**海伦摔倒在了路边的水沟里。哦,天哪。她的紧身裤湿了,我还要从水里把她的鞋子捞出来。好在海伦剪了头发。她的脚很冷,好在紧身裤湿得不厉害。所以回到车里,回家换了衣服。**"

哦,天哪!

我盯着这段话,一遍又一遍地读。我看到了一个小女孩在冬天摔在一条破水沟里。水沟里的水还不浅,她的紧身裤被水浸湿,鞋也掉了。我看到了一个蹒跚学步的孩子,浑身冰凉、湿透、内心惊恐万分、外皮伤痕累累。尽管如此,她还是被她带到理发店,陪着妈妈坐了几个小时。她的母亲只管做发型,而不给女儿换掉湿透的衣服,也不管她会不会着凉。

这些小事件可能会引起朋友、熟人甚至是陌生人的注意,但还不足以促使他们来干预。人们不会对明显的虐待行为置之不理,而且施虐者很容易分辨。而作为一个烫着鬈发、戴着眼镜的中产阶级女性,她的外表和气质展示的是一个脆弱、虚弱的形象,她天然不会受到怀疑。因此,只要她想这么干,她忽视儿童的行为就会很随意地变成虐待儿童的行为,而且不用担心会受到谴责。

我磕磕绊绊地打出"虐童者"这几个字。理智告诉我,我可能在夸大其词。虽然埃莉诺不是一个好母亲，也不是一个特别好的人，但说她虐待儿童就是完全另外一回事了。我仍然怀疑自己，同时为埃莉诺寻找借口。我读到她把一周大的婴儿放在婴儿睡篮里，自己去了商店，这时我还在告诉自己，这只是一个没经验的妈妈犯的一个愚蠢的错误。埃莉诺还写到，上门做检查的护士数落了她，从她的叙述来看，这件事马上就翻篇了。放到今天来看，这足可以算是一种危险信号，但那是二十世纪八十年代，埃莉诺很容易扮演成一个缺乏经验的新手妈妈。新手妈妈需要指导，而不能责罚。既然上门检查的护士原谅了她，我也该原谅。

埃莉诺的行为开始不那么好蒙混过关了。在我六个月大的时候，父母第一次带我去伯恩茅斯度过家庭假期。"晚上 7 点 50 分让海伦睡着了。谢天谢地！一顿没有被打扰的晚饭。坐在酒吧聊天到 11 点 30 分。在海滩散步，然后回房间。天很热。"我不能接受这样的行为，但还是挖空心思为此找借口。作为一个母亲，我始终高度警惕，绝不能让人贩子潜入酒店房间把孩子拐走。难道二十世纪八十年代的父母，都能毫无心理负担地把孩子独自留在房间里？退一步讲，吃饭的时候将孩子一个人留在房间还情有可原，但把她一个人扔在房间长达四个小时，自己却去了酒吧、到海滩散步，则是匪夷所思。而在假期的每一个晚上，我的父母都重复着这个惯例。我在埃莉诺的日记里看到了一个被困在婴儿床里的小婴儿，她可能饿了，也可能尿床了，或者很孤独，她可能会呛到，甚至是窒息。我真心疼那个被忽视的小宝贝。

"海伦打嗝了？是因为昨晚尝成人菜了吗？我在半夜 12 点给她喝了一滴威士忌，她就睡着了。"埃莉诺的这段描述被时间冲淡了，所以我才能笑出来。我的心理防御机制将我自己和那个七个月大的孩子隔绝开来。那个孩子在七个月大的时候就被喂成人餐和威士忌。

"在绝望中,我给海伦吃了非那根,结果起效了。她从晚上8点10分睡到早上5点45分,一声没吭。"埃莉诺在次年六月写道。非那根是一种抗组胺药,用于对抗过敏和晕车,我妈妈却用它来让我乖乖睡觉。目前的用药指南规定,两岁以下的儿童不得服用,因为它可能会导致严重的呼吸问题,甚至造成婴儿死亡。在未咨询医生的情况下,埃莉诺给她不到一岁半的孩子服用了非处方药物。第二天,她写道:"海伦起床就吐了,吐了我一身,还吐得到处都是。天哪。是吃香肠吃坏了,还是被虫子咬了?"是吃药吃坏了吧?!我妈乱喂我吃各种各样的药,这并不是最后一次。

我以为施虐者会感到后悔或羞愧,但埃莉诺没有试图辩解、隐瞒或否认自己的所作所为。也许她认为能骗过读她日记的人:把我描述成一个坏孩子,而她自己则是"被迫害者",从而使虐待行为顺理成章。我坚定地认为,她写日记就是要让人看的。在日记里,她会时不时直接对着读者讲话,并想引导他们看到她希望他们看到的,在日记里她可以巧妙地操纵引导读者,就像在面对面交流那样。她要把孩子变成父母,把婴儿变成挑衅者,把受害者变成施暴者。

在我读日记之前,我觉得我最初的记忆是关于凯莉丝的。三岁那年的夏天,我们坐在我家的楼梯上,从糖纸上剥融化的糖果。这其实不是我的第一个记忆片段。埃莉诺骗了我,让我颠倒了记忆顺序。按照她的日记,我真正的初次记忆是整整一年前:我记得我站在安妮特家的椅子上,假装用一把蓝色的玩具大刷子刷墙。我还记得我摔了下来,胳膊着地。妈妈告诉我,这件事发生在我四岁的时候。

"我们带（海伦）去医院了。"埃莉诺还在旁边补充道，"艾伦也来了。"就好像他是碰巧撞见了我们。"海伦做了 X 光检查，没什么大问题。但 X 光检查发现，她两个月前手臂还经历过一次骨折。他们竟然怀疑她的手臂是被打断的！我们回到安妮特家吃午饭，海伦完全康复了。"

妈妈复述这次事故的次数越多，对它的改编就越大。她说，因为没有报告婴儿的手臂骨折问题，所以他们被社会服务机构调查，但手臂是不是真断了，还是存疑的。当然，完全调查不出任何结果。可能是因为我的父母有体面的工作和漂亮的房子，我很干净，衣着也不错。也许现在的社会对我这样的隐性虐待事件不会置之不理，但我怀疑当今社会仍会为中产阶级蒙上一层面纱，诱使我们相信那些受过高等教育的职场精英、过着看上去体面生活的家庭中，不会出现操纵、欺骗和虐待。

那么，我的胳膊到底是怎么断的呢？妈妈对这件事的口头说法是，几个月前她把我放进了车里。我想往后伸手把车门关上，她正好也要关门，于是不小心把门砸在了我的胳膊上。因此，我现在一直小心地开关车门，避免这种不幸发生在我的孩子们身上。我的孩子贝利直到六岁时，才开始试着自己去关车门。我不会去争论我四岁时试图关上车门这件事是否现实，何况当时我只有两岁半。

当年，埃莉诺只把它当个寻常的故事讲给我。现在，我已经有了自己的孩子，这就成了一个恐怖故事。当年，我还是个蹒跚学步的孩子，有着胖乎乎的小胳膊，小到可以被大人用手指攥住。如果埃莉诺想的话，她生气的时候可以轻而易举地把我的手臂弄断。她是否真的这样做了，我无从得知。

虽然在这之后并没有直接的虐待事件，埃莉诺说话的语气却带着十足的威胁。埃莉诺"沮丧地向海伦大叫"，自称"失去了理智"。还有更多让人感觉不安的句子，比如"海伦哭得更厉害了，但我成功让她闭上了嘴。"她自称是一位理想的母亲，从未打过孩子，也从未对孩子大喊大叫。但在日记中，她是一个残忍的、失控的妈妈，她写道："打了海伦的屁股，让她闭上了嘴"，"不得不再次把海伦关起来"。有好几次我受了伤，却不知道是怎么被伤到的。我四岁的时候，她写了"海伦摔倒了，伤到了阴唇，很糟糕"。埃莉诺的朋友看到我满身淤青，我被送进医院，医生看了后没有过问太多。

明显的忽视还在持续。我经常"冷到哭"，甚至在那么小的时候，我也经常被放在帆船俱乐部独自玩耍。爸爸在玩水上项目，妈妈在厨房里，和她的朋友们在一起。我记得在俱乐部房子后面杂草丛生的荒地上徘徊、在小船之间穿梭、沿着小动物的踪迹瞎走的经历，我无聊又孤独。现在回想起来，汽车随意地在没有交通标记的场地上开，帆船俱乐部通向大马路的门敞开着，没人看管，一不小心就会迷路，再加上周边一整片开阔的水域，可谓危机四伏。那时我还没上学，但没人管我。在这样的环境中成长，没有安全感也就不足为奇。不出所料，我在埃莉诺日记里看到的，是一个没有安全感的孩子，尿床，难以入睡，进食困难。

父母塑造了我的性格。在埃莉诺的故事中，我恰恰不是受害者。埃莉诺说我是个难相处的孩子，是我毁了她的人生。她说，都是因为我，她没能拥有理想的家庭。她说，我总是让她失望。她说，我有毛病。她说，我总觉得自己一无是处、羞愧得不能自已，总是自怨自艾，但这些都与她无关。她说，问题出在我身上。

在母亲的日记中，我发现了一个我完全不认识的海伦。一个被独自留在酒店房间长达几个小时的、体重不足的婴儿；一个被喂外卖和威士忌的婴儿；一个被下药、被弄断骨头、伤痕累累的幼童；即使事态紧急，也不一定会被及时带去看医生的小孩……那个海伦遭到妈妈的忽视和虐待，却被要求为她妈妈的幸福负责。这一切都发生在我真正记事之前。我身上没留下明显的伤痕，也没有多少记忆。这些令人心碎的创伤，都被埋藏在了我的潜意识里。虽然最终我相对安然无恙地逃离了童年，但现在的我还是为那个曾经受伤的小女孩而心碎。如果将那些忽视和虐待比作一块石头，它早已沉入水下，激起的情感涟漪却久久在我的人生中荡漾。

读完这些日记，我如堕五里雾中，一时间不知所措。好几个月的时间，我用吃饼干、看电视来消极度日，总是没来由地无精打采。我头脑发沉，被支离破碎的思绪死死压住。我读到的海伦与现在的我，仿佛是完全割裂的。同样，我也无法将我所爱的母亲与虐童者埃莉诺联系起来。这不是我所知的故事——这恰恰是我的真实故事。

不生妈妈的气，其实很容易。我本该怒不可遏，但要爆发出对于埃莉诺的愤怒，似乎总是差一口气。我很难在情绪上对妈妈和别人做到一碗水端平。想到那些眼见我被虐待而毫无作为的医生、社工和朋友的时候，我的怒火总是遏制不住地喷涌而出；但面对埃莉诺的时候，愤怒的情绪往往不太能自然而然地产生。

至于我的爸爸，他是虐待我的同谋。他本该挺身而出阻止妈妈，把我保护好；他本该选择把他的爱和时间倾注到我身上，而不是在酒吧里消磨时间。他也辜负了我——但我并未因此感到沮丧，反而松了一口气。因为一直以来，我都以为是我辜负了他。

艾伦是二十世纪八十年代的父亲，与彼得所承担的父亲角色截然不同。

他从未给我换过尿布，觉得妈妈最明白怎么照顾孩子。即便怀疑过妈妈在虐待我，他也将这种疑虑有意或无意地打消了。妈妈找的借口很好，她的障眼法又总是那么有欺骗性。最重要的是，妈妈会要挟，威胁要甩了我爸爸。但他爱她。我很同情爸爸。

爸爸最后死在了医院。我记得在爸爸住院之前，我最后一次在家里见到他的时候，我吻别他，他哭了。我很少看到这个坚强的男人哭成这样。

"他现在太多愁善感了。"妈妈翻了一个白眼，说道，然后领着我走出房间。转身的那一瞬间，我感到了绝望。

爸爸为什么哭呢？是因为他知道自己快死了，害怕这是我们最后一次见面吗？还是因为知道他死后，我会完全被妈妈控制？我希望答案是后者。我现在知道了，爸爸从来没有保护过我。在我内心深处，我知道，即使再来一次，他也会为了埃莉诺而放弃我。如果没有看到埃莉诺的治疗日志，我可能还会蒙在鼓里，面对那些令人困惑、自相矛盾的不同版本而无所适从。二十世纪九十年代末，埃莉诺在教会开始接受心理辅导，在她和我外祖父母闹翻之后。埃莉诺说，成为基督徒后，她的父母和妹妹与她断绝了联系。即使当她第一次讲述这个故事时，我也觉得这很奇怪。我的外祖父母是当地教会中备受尊敬的成员，女儿成为基督徒，他们为什么会不高兴呢？

在我三岁那年的冬天，也就是在埃莉诺宣称她的父母因为她的新信仰而同她产生龃龉的时候，她的日记里有一句话："**然后我们（埃莉诺和她的父母）为了海伦吵得很凶，对于我的抚养方式，以及爸妈**

对我的帮助究竟够不够多。我感到很压抑，厌倦了被不断批评。"埃莉诺只是捏造了另一个故事：并不是因为她的新信仰而与父母争吵，而是因为她的父母在批评她虐待孩子的行为。很容易想见，因为埃莉诺被指责了，所以与父母断绝了关系。埃莉诺在日记中写道，她妈妈"责怪我是个坏母亲"。

读完这篇日记，我感觉自己被托了起来，升到半空中，脚尖摩挲着地面。我感到整个人放松了，头痛减轻了。我的外祖父母为我挺身而出。在他们之前，没有人管我；终于，他们为我而战。我没有记错：我记忆中的温暖、爱和幸福是真实的。那些照片并不是骗人的，我的外祖父母真的很宠我。有人爱我。

在二十世纪九十年代末，埃莉诺乐意通过她所在的教会定期接受一到两次心理辅导，并在记事本上记录了她的感受。埃莉诺用整整九十页的篇幅，讲述了她艰难的童年。她描述了自己小时候的挫败感，讲了如何费力地照顾自己，觉得自己不可爱，也没人爱。她先是抱怨自己和妹妹被区别对待，进而开始为自己表功，讲她如何凭借自己出色的育儿能力，阻止肌痛性脑脊髓炎影响我的童年。她长篇大论写自己的牺牲，写她如何为了照顾他人而委屈了自己。看着她的这些话，我觉得无比沉重。有好几天我早上醒来时，发现自己的双手正掐着脖子上，仿佛埃莉诺的话正在勒死我。

读完这九十页，我才意识到我之前根本没有读懂埃莉诺的日记。她的日记就像一幅拼图，只有慢慢拼好每一块，真正的图案才会最终显露出来。当慢慢地意识到埃莉诺是如何把握日记的节奏时，我渐渐明白了她是如何在日记里操弄事实、粉饰真相的。埃莉诺的日记根本不是情绪的倾诉。读她的日记，就是在看埃莉诺精心编织谎言。如果她是巫婆，那日记就是巫婆的那口大锅，她在锅里混合着自己的幻想、谎言和半真半假的信息，想用最完美的混合比例，呈现出所谓的"真实"。这是她的一种试验，要从日记中提炼出一个故事，在这个故事里，她能得到最多的关注和同情。

埃莉诺在日记中记录了她和十几岁的我进行的很多"深入"的对话。那时，我正试图自杀，渴望从妈妈那里得到安慰。对埃莉诺来说，这是一个完美的机会，她像吸血鬼一样吸取我的感受，并把它们写在日记中，将这些感受描绘成自己在"被虐待"时的真情实感。她不只对我这样做。在她的日记中，她写到，她遇到了几个人，都过着跟她一样的"艰难的生活"。其中有一个人曾遭受过身体、性和心理层面的虐待，埃莉诺写道："真不敢相信他们的处境和我有多相似。"她还痴迷于奥普拉[1]和菲尔医生[2]的节目，从中收集悲惨的故事，将这些故事改头换面，当作自己的经历写进日记。

而过了日记的这九十页之后，埃莉诺才开始吐露实情，并记录了一些与她之前的讲述互相矛盾的回忆："我记得，在我们搬进的新家里，我住的房间要比妹妹的大。我妹妹总是对此怀恨在心。"这是一段父母偏心的清晰记忆，但不是埃莉诺想要讲述的故事。"这一切都很奇怪，我们去看电影、开派对。为什么要为开派对？我被他们宠坏了。为什么不给（我妹妹）办派对？"

这些自相矛盾的记忆，导致埃莉诺产生了一些自我怀疑。"我真

---

[1] Oprah Winfrey，美国脱口秀女王，其主办的《奥普拉脱口秀》（*The Oprah Winfrey Show*，1986年12月8日始播）是美国历史上收视率最高的脱口秀节目，该节目关注与普通百姓生活息息相关的现实问题，试图通过对典型事例的探讨和分析，给人们提供一种指导性的建议。
[2] Dr. Phil McGraw，美国著名节目主持人、心理健康专家，其主办的《菲尔医生秀》堪称美国电视史上最全面的心理健康问题论坛。

的像回忆中那样天真吗？还是我只看到了我想看到的呢？我是不是太沉迷于自己的世界中，所以无法理解别人？"她难得地对自己进行了反思。"我是个很糟糕的人吗？不。应该说是'消极'。"即使她试图对那些真相视而不见，她也不得不承认，在妹妹眼中，埃莉诺并非像她自己所描述的那样软弱。"应该说（我姐姐）是'卑鄙'。"埃莉诺在日记中记录了妹妹对她的评价。

接下来，她又提起了自己被虐待的故事，又写了羞耻、自我贬低等负面情绪。接着，她补充道："我认为刚才那一段话并不完全正确。那真相是什么呢？"最后，埃莉诺摘下了面具，她一直试图掩饰的真实情绪爆发了。这是自恋者的暴怒，她不再是那个可怜的被迫害者，开始对她妈妈怒不可遏，因为她妈妈竟敢患上抑郁症；她为拥有这样的爸爸而感到无比羞愧；她怒斥妹妹"邪恶"，因为她竟敢走上同一条职业道路。

与此同时，她觉得自己无比优越，声称自己的职业生涯已经"平步青云"，是"改变了一整代的银行经理"。她写道："我妈妈不理解我的工作，对我的聪明才智一无所知。"她愤怒地抱怨朋友们的成功，一旦有人比她更成功，她就会变得怒不可遏。在这种愤怒中，她试图掩藏的"真我"暴露了。"我太生气了。难道他们看不出我有多优秀吗？我真的很特别。别人看不出来，但我一直相信这一点。我认为妈妈对我妹妹好，是为了弥补她人生的失败，因为她比不上我。"

自视与众不同，又害怕自己一无是处，自恋者在这两种极端情绪之间摇摆不定。埃莉诺的日记就把这种摇摆表现得淋漓尽致。她写道："我担心我不够好。当人们看到我真正的样子时，他们会离我而去。"但她很快就把自我怀疑撇到一旁，又开始怒斥她去世已久的父母、她的妹妹、她的朋友们，甚至是艾伦。"你们为什么不给我所需要且应得的爱？你们没让我觉得自己很特别，我觉得自己像个局外人。"作为一个冷血的自恋者，埃莉诺理所当然地认为自己是家里的陌生人，无法理解亲人们的关系和感受。她认为自己高人一等，并且毫不掩饰对别人的厌恶。"想成为一个专业骗子，就必须要有良好的记忆力。而（他们）没有。"

通过阅读埃莉诺的日记和治疗日志，我终于扯下了她华丽的面具，得到一种令人难以置信的解脱。我读到埃莉诺日记里的这些"台词"，不仅哑然失笑。这些台词冰冷强硬，但它们再明显不过地揭露了埃利诺精心掩藏的真面目。我的记忆、她的日记和治疗日志，这些东西结合在一起，让关于埃莉诺的凡此种种都解释得通了。她的虚荣心、她的自我痴迷、孟乔森综合征、她对别人缺乏情感、缺乏爱，操纵、虐待他人，以及无穷无尽的谎言，这一切归根到底都是因为：埃莉诺是一个自恋者。

她写道："我们都很特别，但我真的、真的更特别。"

第五十六章

走出阴影

虽然我现在认清了母亲的真面目，知道了她对我做过什么，但我仍然觉得，我永远不会真正看到故事的全貌。我一度过着没有实感的日子，不知道可以信任谁，像在海洋中扑腾，脚不能触到地。我就像一边在漫无边际的海里踩着水，一边在英国国家医疗服务体系的漫长名单上，等待接受创伤后应激障碍的治疗。我总会禁不住问自己，在经历过那一切之后，我为什么还能这么正常？说实话，我一点都不正常。

这些年来，埃莉诺把控、扭曲了我对整个世界以及自我的认知。没有发生过哪一桩惊天动地的虐待事件，她对我进行长期的侵蚀，让我不知该相信什么、相信谁。就这样，经过长期的折磨，我的意识不再是自己的，思想和反应已经完全受人摆布。我看到的世界是扭曲的，慢慢地，我连自己都相信不了，只能相信妈妈告诉我的。即使我妈不再把观点强加于我，我也依然不能相信自己。直到现在，我才在不被扭曲的情况下，逐渐开始真正看清这个世界。而这种对于世界的清醒认知让我害怕——之前对母亲的信任是完全错误的。现在，我的大脑匪夷所思地高速运转，试图了解什么是真实的、谁是真诚的、谁是好的。

我正在试探性地重建我母亲破坏掉的关系，包括与朱迪的关系，与我小姨的关系，与其他亲戚成员的关系。之前我甚至不知道还有这么一个大家庭存在。最重要的是，我在探索真实的自我，我在追逐写作的梦想，释放我对音乐的热爱，找到属于我的长久持续的激情。除了这些有形的东西，我每天都在探索自我，进一步了解这个和我母亲一样神秘的女人。一个拥有独特美貌、才能和力量的女人。一个成功的、有价值的女人。一个幸存下来并将继续拥抱生活的女人。

虽然我试图否认，但我也不得不接受，极不情愿地接受，我生命中相当长的一段时光，是与我母亲交织在一起的，我无法逃脱。为什么我会为了自己假装腮腺炎逃学而自责好几年，而埃莉诺却对自己长达二十五年的装病经历丝毫未曾感到后悔？我可能只是影响了一阵子的学业，埃莉诺的谎言却是实实在在毁了我的整个童年、我父亲以及她自己的人生。我承受本该由埃莉诺承受的羞愧和挫败感已经太久太久了。现在我明白了那种感觉是什么，以及为什么会有那种感觉。之前笼罩我的负面情绪就像一个干枯的茧，我也许可以把这层茧剥掉。不管埃莉诺告诉我什么，我和我的母亲绝不是一样的人。

现在是七月中旬，一周后贝利就满七岁了。在这个灿烂的夏日，热浪滚滚，阳光透过我们餐厅的窗户照射进来，照在了一瓶鲜花上，从花瓶上反射的光束，如彩虹般洒满整个房间。

"我真想要一套乐高'星球大战'系列里的死星。"贝利说。

我和彼得隔着餐桌对视,笑了起来。

"可不是吗,谁会不想要。"我说。

"嗯,就想要乐高。"贝利一边说,一边用比萨饼皮蘸着番茄酱。他变高了,他的 T 恤衫不再像童装那样花里胡哨,他慢慢穿上了青春期男孩会穿的纯色上衣,我们的小男孩长成了少年。

布洛瑟姆从比萨上取下意大利香肠,然后把它堆在盘子里准备享用。

"你还想要什么?"她一边说,一边把她的长发往脑后甩,晒得发白的发带和榛子色的头发飘扬起来。

"樱桃味儿的可乐,要大瓶装的。青柠或者生姜味的也可以。"贝利咧嘴一笑,露出了新长出的大牙。

我们已经把一块自己做的蛋糕藏在了罐子里,蛋糕上有用糖霜做的达斯·维达[1]。

这是为贝利的星球大战主题派对准备的。茱莉亚说,孩子们在七岁时开始与自己的身份认同和独立人格交战,开始形成他们自己的世界观,并与母亲渐行渐远。我在书里读到过,自恋型父母对于孩子的情感虐待,往往也从这个时候开始(或是加剧)。埃莉诺的肌痛性脑脊髓炎,就是在我七岁时开始发作的。

这是她和我不同的地方。埃莉诺本可以选择美好的人生,但她没有;她本可以选择去爱,但她没有。我会为我自己和我的家人创造最美好的生活。我会付出爱,而她没有。我会全心全意、真诚地去爱,哪怕爱会让我敏感脆弱。

我看着彼得、贝利和布洛瑟姆在筹办派对。如果没有他们,我

---

1 "星球大战"系列中的角色。

可能永远不会意识到真相,也不会逃脱埃莉诺的控制。阳光照在我的脸上,我闭上眼睛,确信我已经逃出了那个可怕的洞穴。阳光耀眼,我会继续跌跌撞撞地去探索、理解这个新世界。但有一点是确定的,那就是我再也不会回去了。我终于重见天日,沐浴在阳光中。

来自海伦的一封信

非常感谢您选择阅读《我和我的病人母亲》。如果您喜欢这本书,并想发现更多鼓舞人心的回忆录,请登录如下网站注册:www.thread-books.com/sign-up。您的电子邮件地址不会泄露,也可以随时取消订阅。出于保护隐私原因,除了我母亲和我自己,本书中提到的每个人的名字,和他们的一些易于被辨认出的特征都有所修改。虽然这本回忆录中提到的一些人可能对我讲的事情有不同的记忆,但我写的都是我认为的真相。

我动笔写回忆录,是为了我的孩子们。他们太小了,无法理解关于我母亲的种种。我不想因为自己逐渐忘却故事的细节,最终只能给他们讲一些模糊的情节。于我个人而言,这本回忆录也很有用处。每次通读回忆录文稿,我都会被一些已经抛诸脑后的细节吸引住,有时甚至能再次感受到当时的激烈情绪。直到现在,我仍然很惊讶于自己挺了过来,而且坚持写完这本书。

在不幸的家庭环境中长大,会让人头脑混乱。当年的我面对着一波又一波心理冲击,无暇逃出去寻求帮助。如果你正在经历类似的事情,有一些组织可以为你提供帮助。除了你的医生或心理医生之外,还有社交媒体和慈善机构,他们会帮助那些曾经或正在遭受虐待的人。我在下面列出了几个组织，主要位于英国境内，供你参考。他们会提供一些有用的信息，比如帮你确认某些行为是否属于虐待，并且给你提供建议。

我希望《我和我的病人母亲》能够打动你，特别是当你正在经历类似的事情，或怀疑你认识的人正在经历类似事情的情况下。我希望我的回忆录能让你感到安心，知道也有其他人在承受这样的遭遇，并且能够推动你去寻求帮助。我希望它能提醒我们所有人，用爱而非偏见去对待他人，尤其是在不了解他们正在经历什么的情况下。我得到的温暖至关重要，否则我绝对挺不过来。

如果你喜欢读《我和我的病人母亲》，希望你能写一篇书评。我将非常感激。我很想听听你对这个话题的看法或是你自己的经历。你可以通过 Facebook、Twitter 或我的网站 helennaylorwriter.com 与我取得联系。

再次感谢！

海伦

napac.org.uk（全国儿童受虐待者协会）

nspcc.org.uk（全国防止儿童伤害协会）

samaritans.org（邮箱地址：jo@samaritans.org）

mind.org.uk（邮箱地址：info@mind.org.uk）

blueknot.org.au

counselling-directory.org.uk

致 谢

我很感谢斯莱德（Thread）出版社的每一个人，特别是克莱尔·博尔德。她是一位有洞察力、认真负责的编辑。和她一起工作是一件愉快的事。

感谢我的经纪人卡罗琳·哈德曼，以及哈德曼·斯温森的团队。他们从一开始就理解了我这部回忆录的意义。他们既有出版领域的专业性，又充满人情味，帮我一起打造了这本书，并呈现给广大读者。

我得到了许多人的支持。他们不仅仅帮助我出版了这本书，更帮助我走过了（书中所描绘的）艰难岁月。我对我的丈夫和我的朋友们深表感激，特别是本书中提到的那些人。他们在我母亲在世的时候始终支持着我，并在我母亲过世之后，继续爱我、关心我。没有他们，我不可能渡过难关，并撰写这部回忆录。我怎样感谢他们也不为过。

也要感谢那些我在人生旅途中遇到的鼓舞人心、温柔善良的人。特别要感谢乔安妮·伯恩、格雷厄姆·卡文尼、安吉拉·福克斯伍德和伊比·马隆尼的鼓励、支持和宝贵建议。

最后，我要感谢我的两个孩子。这本书献给你们。你们是我生命中的阳光。

导读：她是我妈妈，那又怎么样？

文 / 乔淼

戳穿一个与你关系密切、对你意义重大的人身上的表象，一定会给你带来极大的冲击。形象的崩坏就如同偶像的"塌房"。海伦·内勒就经历了这样的"偶像塌房"，塌房者是她自己的母亲。更糟糕的是，母亲埃莉诺形象的崩坏，不是发生一次的事件，而是贯穿海伦前半生的、漫长的过程。

海伦出生于一个中产阶级家庭，成长于英国的一座相对闭塞的小镇。在她七岁那年，母亲被诊断患有"肌痛性脑脊髓炎"，这种病伴随了她若干年，之后又发展成帕金森氏症。但这些疾病都是纸老虎，其下潜伏的真老虎则是一种名为"孟乔森综合征"的精神疾病。

孟乔森综合征在临床上也称"指向自我的做作性障碍（factitious disorder imposed on self）"。患者惯于以夸张的、富有表演性的方式人为"制造"自己的不便、痛苦甚至疾病，借此引起周围人的关注。换句话说，患者并不是简单地处于"不诚实"或"逃避责任"装病，而是在没有外在动机的情况下，故意把自己装扮成一个病人的角色。

通过海伦的讲述，我们看到了一个无法承担任何母亲职责的、无能的女性。一方面，她无法处理任何家庭琐事，对女儿轻微的皮肤病视而不见，在女儿的成长中处处缺席；另一方面，我们也看到，她永远以"病"为人生的核心议题，以"我有病"吸引注意、操控他人，表面上楚楚可怜、四处求助，内心却并不感恩，甚至对他人不屑一顾。

她确实是可怜的，晚年时孑然一身，年轻时装过的病都一一成真，在护理院孤独地死去。她也确实是可恨的，所谓的"无能为力"都是假装的，只是为了让别人心生同情。

通过作者的描述，再对照每一章结尾的日记原文，我们很自然就会联想到各种人格障碍的典型表现：边缘型的捉摸不定、表演型的长袖善舞、自恋型的现实扭曲、反社会型的冷漠麻木……一个正常、有理智的成年人会为欺骗、操控他人感到羞愧，但在埃莉诺的剧本里，感到羞愧（或者说愤怒）的，只有其他人。就如她在日记中写下的："我们都很特别，但我真的、真的更特别。"

这样的人，是无法也不配做一个母亲的。

而英国国家医疗服务体系未能及时做出诊断，当然也谈不上做出有效干预。他们基于"病人会说实话""能够做出合逻辑的决断"的假设行事，任由埃莉诺这样的患者像逛商店一样"逛医院"、滥用医疗资源和公帑。

另一方面，我们也可以大胆推测：即使是精神科药物，对埃莉诺这样的病人，也不会起什么作用。她的"病"与医生的"治"（以及他人的关注）互为因果，循环强化。无论动机为何、收益为何，她都深陷在这种"病"和"治"的循环中不能自拔——治好一种"症状",下次又会有新的"症状"出现。一旦痊愈,她就失去了自己的堡垒,甚至失去了自我。所以,她是不会允许自己被治愈的。怎么可能去治一个无药可治又不想被治好的人呢?

既然母亲没有错也不需要改变,有错的就一定是周围的人。孟乔森综合征患者显然是玩弄"煤气灯效应"的高手。埃莉诺也不例外,她善于对不同的人陈述罗生门式的"现实";她拒绝承认自己有错;她认为自己是伟大的,只是因为有病才沦落为凡人;她将疾病和症状作为堡垒,自觉走投无路时就固城据守、要求特权。通过否认、曲解、撒谎和威逼利诱,她扭曲了身边所有人的认知,特别是亲生女儿海伦。"他人"在一两次戳穿埃莉诺谎言后往往能及时抽身,但海伦很难做到,理由则是全人类共通的那句话:

"毕竟她是我妈妈。"

父母与子女的关联,在生物学和社会学意义上,都是无法拒绝和避免的。若再有某些文化价值的加持,这种桎梏就变得无比坚固、极难打破——例如所谓的"天下无不是的父母"。以"毕竟是我生养了你"要求子女的服从甚至牺牲,这样的剧本在我们的文化中屡见不鲜。于是女儿就更容易被迫退让、忍耐,既饱受忽视和贬低,又被罪恶感和羞耻感折磨。

看似轻微的认知侵蚀和情感虐待,造成的实际影响远大于单次的、直接的暴力事件。如果经年累月一直受他人摆布,就谈不上有成熟的自我同一性,对世界、对他人缺乏统一、一致的判断标准。在这种情况下,甚至"塌房"本身都会引起我们新的恐惧,光是这种恐惧和"对这种恐惧的恐惧",很多时候就足以让一些人选择继续相信假象、自我欺骗,总好过惶恐无着、无所适从。之前的世界彻底崩溃了,以后该相信谁、相信什么?

好在,久病成良医的海伦终于意识到,母亲身上存在着"孟乔森综合征"这个鬼影。她开始直面这只真正的老虎,并着手处理母亲"塌房"后的混乱和哀伤。

我们看到,海伦勇敢地与母亲划出一条又一条清晰的界限:不再拿母亲的钱,不再一起吃饭,不再允许她来见外孙,直至主动拒绝会面。

我们看到,海伦积极学习心理学和精神病学的相关知识,在专业人士的帮助下,重新寻求埃莉诺行为模式的解释。

我们看到,海伦得到了家人和朋友的种种支持,特别是丈夫彼得最关键的赋权助攻:"你可以的""我允许你这样做""你可以离开"。

我们还看到,在母亲离世后,海伦整理母亲的遗物时发现了她的记录了几十年的日记,解开了有关母亲的许多谜团。最后,她成功地重述了自己有关母亲的叙事:

"我没有妈妈,只有母亲。妈妈的含义不应该只是把我生下来而已。她是一个自恋狂。"

这个新的叙事具有极为重大的意义。它是一种祛魅,打破了神圣不可侵犯的"母亲"形象。它是一次哀伤,代表主体接受了"妈妈"角色和职能的缺位。它也是一种理解,虽然未必握手言和,但至少可以相对安静地放下。如果这样的叙事发生在一次心理治疗的对话中,我们无疑可以认为,治疗已经取得了阶段性成功。

从生物学和社会学的意义上,她是母亲。但那又怎么样呢?一个不合格的、无能的母亲,是应当被看到,也应当被"放弃"的。

该如何理解海伦的疗愈过程呢?我认为可以将其概括为这样三个字:不接锅。

不接锅的关键,在于确定自己的界限,专注在自己的议题上。不用刻意关心界限以外的东西,对方也许会把魔爪伸向他人,或装出玻璃心的样子,对你大加指责,试图调动你的愧疚。如作者在最后一章所言,笼罩自己的负面情绪"像一个干枯的茧",你完全可以把它剥掉;无论那个操纵煤气灯的人是谁、对你灌输了什么,你都可以相信,你和他们绝不是一样的人。

不管怎样,我们要始终相信,没有我的拯救,那个人也可以自己活下去。

——如果 TA 就是活不下去呢?

——那也是 TA 自己的事。

图书在版编目（CIP）数据

妈妈，我想为自己而活 /（英）海伦·内勒著；吴湘译. -- 北京：北京联合出版公司，2024.3
ISBN 978-7-5596-6679-6

Ⅰ.①妈… Ⅱ.①海… ②吴… Ⅲ.①回忆录－英国－现代 Ⅳ.①I561.55

中国国家版本馆CIP数据核字(2023)第235804号

Copyright © 2021 by Helen Naylor
Published by arrangement with Hardman & Swainson, through The Grayhawk Agency Ltd.

北京市版权局著作权合同登记号 图字：01-2024-0611

妈妈，我想为自己而活

作　　者：	［英］海伦·内勒
译　　者：	吴湘
出 品 人：	赵红仕
责任编辑：	高霁月
选题策划：	大愚文化
特约监制：	王秀荣　高　敏
特约编辑：	董子鹤　孙淑慧
营销编辑：	常思蕊
封面设计：	尚燕平
版式设计：	宋祥瑜

北京联合出版公司出版
（北京市西城区德外大街83号楼9层 100088）
北京盛通印刷股份有限公司印刷　　新华书店经销
字数276千字　880×1230毫米　1/32　12印张
2024年3月第1版　2024年3月第1次印刷
ISBN 978-7-5596-6679-6
定价：58.00元

版权所有，侵权必究。
未经书面许可，不得以任何方式转载、复制、翻印本书部分或全部内容。
本书若有质量问题，请与本公司图书销售中心联系调换。电话：（010）64258472-800